AF363339

Tome 8

LOULOU

Une vie en suspens

Du même auteur

(Une anomalie ? Une incohérence ? Une erreur ? N'hésitez pas à m'en faire part sur mon compte facebook : carole lombart auteur.
Après lecture, si cet ouvrage vous a plu ou pas, merci de laisser une évaluation et/ou un commentaire sur le site Amazon)

Tome 1	LOULOU	A la vie, à la haine
Tome 2	LOULOU	Balade dans le désert
Tome 3	LOULOU	Combat d'une lionne
Tome 4	LOULOU	Jeu du chat et de la souris
Tome 5	LOULOU	Album souvenir
Tome 6	LOULOU	Entre passion et raison
Tome 7	LOULOU	Voyage aux portes de l'enfer

Carole LOMBART

LOULOU

Une vie en suspens

I

Incompréhension

Loulou ouvrit les yeux et regarda le radio-réveil. Il était 10H40.

Elle se sentait mieux, elle n'avait plus d'étau sur la poitrine, plus de poids sur le cerveau et ne se sentait pas angoissée. Elle était seule dans la chambre. Elle aurait voulu se lever, mais elle avait peur.

Elle se souvenait parfaitement bien de la veille, quand elle avait d'elle-même téléphoné à Martial et qu'il avait demandé à parler à David.

Sa toux revint de manière régulière la perturber. Elle s'assit et prit immédiatement la bouteille de sirop sur la table de chevet. Elle remarqua que l'écoute bébé avait été posé là.

Elle reposait la bouteille quand elle vit la porte s'ouvrir sur David, qui tenait un café à la main. Il s'assit et posa le café. Elle constata tout de suite qu'il s'était rasé. Il se pencha et l'embrassa.

- Comment tu vas, ma puce ?

Loulou lui sauta au cou. Elle savait pourquoi elle n'avait jamais cessé de l'aimer.

- Je t'aime tellement ! dit-elle.

- Moi aussi, je t'aime... mais tu m'étouffes !

Elle relâcha ses bras et se rassit dans le lit. David prit un cachet dans chaque boîte et les tendit avec le café.

- Allez, c'est l'heure de la dose de cheval. Tu te rappelles que Laurent est passé hier soir ?

- Vaguement ! répondit-elle, en avalant les cachets.

- Il a dit que tu devais te reposer et surtout bien prendre ces médicaments-là. Tes poumons sont beaucoup moins encombrés. Tu as passé le plus gros.

Il rajouta, à voix basse :

- Les marques sur ton corps ne disparaîtront pas avant quelques jours.

- Je pense que tu m'en veux pour hier soir, ce serait normal.

- Je n'aurais jamais eu l'idée de te mettre dans un bain, s'il ne me l'avait pas soufflé.

- Qu'est-ce qu'il t'a dit ?

Le visage de son compagnon sembla se fermer.

- A moi, pas grand-chose, sauf de te mettre dans un bain et de te recoucher avec un somnifère.

Il patienta quelques secondes, avant d'ajouter :

- Il a surtout parlé avec Jacques.

- Qu'est-ce qu'ils se sont dit ?

- Jacques t'en parlera, s'il estime que tu dois être au courant.

Loulou voulut sortir ses jambes du lit.

- Tu fais quoi, là ? demanda David.

- Je voudrais voir les enfants, dans un premier temps et après, fumer une cigarette.

- Tu veux bien attendre deux minutes ?

Il sortit de la chambre, mais ne ferma pas la porte. Il lui fallut attendre quelques longues secondes, avant d'entendre de nouveau la voix de son compagnon.

- Ferme les yeux !

Elle s'exécuta et sentit un poids tomber sur le lit.

- Maman ! hurla Marie, à ses oreilles.

Loulou ouvrit les yeux, prit sa fille dans ses bras et se mit à pleurer, en découvrant Olivier dans les bras de Leandro.

- Ça va, fillette ?

- Faut pas pleurer, maman ! dit Marie, en la regardant.

- Maman est heureuse, c'est pour ça ! lança Leandro, pour sortir Loulou de ce mauvais pas.

Il déposa Olivier sur le lit, qui accueillit sa maman avec un grand sourire et en tendant les bras. Elle le serra fort. Elle n'arrivait pas à arrêter de pleurer.

Elle réalisait à cet instant qu'elle n'aurait jamais pu vivre loin d'eux.

Après quelques minutes, les enfants étaient à côté d'elle et ils jouaient avec David. Leandro était assis sur le lit.

- Et moi, je n'ai pas droit à mon câlin ? demanda-t-il, en lui faisant un clin d'œil.

Elle se redressa et serra fort son complice dans ses bras.

- Merci ! émit-elle.

Marie tira Leandro par la manche.

- C'est ma maman ! déclara-t-elle, un ton de reproche dans la voix.

Loulou rit de voir sa fille avoir tant d'aplomb. Il prit sa filleule.

- Si ta maman n'était pas là, tu ne serais pas née, chipie !

- C'est quoi, ça ? demanda la petite fille, en montrant les marques sur ses bras.

- Des petits bobos. Rien de grave.

Elle reposa ses yeux sur Leandro.

- Tu as vraiment cru qu'on t'avait abandonnée ? s'étonna celui-ci.

- Oui.

- Comment tu as pu avoir une idée pareille ? lança David.

- Je ne sais pas, c'est comme ça !

- Ça n'aurait jamais dû t'effleurer ! ajouta Leandro.

- Je n'avais plus les idées très claires, j'ai pas mal cogité.

- Et on dirait que ce n'était pas dans le bon sens ! continua David.

Le ton de son compagnon lui parut sec sur l'instant, mais elle se dit que c'était elle qui n'était pas très alerte, sur les choses qui l'entouraient.

Physiquement, elle était à la maison, mais mentalement, son esprit était encore branché dans l'entrepôt, avec Martial.

Après quelques minutes, Loulou se leva, en prenant Olivier dans ses bras. Elle tendit la main à Marie, qui y déposa la sienne. Ils prirent tous les trois la direction de la cuisine.

Elle aperçut Emmanuelle, assise dans le canapé.

- Comment tu te sens ? demanda Loulou.

- Bien.

- Dis-moi comment ça s'est passé l'autre jour ? Est-ce que Sylvain et Fathi sont arrivés peu de temps après ?

- Oui, mais je t'avoue que le temps m'a paru si long jusqu'à leur arrivée, que j'ai fini par croire que plus personne n'allait passer le portail. Je n'ai su qu'après qu'il était resté ouvert.

- Tu n'as pas été trop effrayée ?

- Tous les scénarios sont passés dans ma tête.

- C'est normal !

Elle laissa Marie dans le salon. La petite fille était devant ses jouets. Elle mit Olivier dans son trotteur.

Elle partit à la cuisine, en lâchant une mémorable quinte de toux. Elle se servit un café et s'installa à la fenêtre, pour fumer une cigarette.

Elle repensa aux paroles de Leandro. A cet instant même, elle savait bien que ça n'aurait jamais dû l'effleurer, mais comment pouvait-elle expliquer à son complice le cheminement de pensées qu'elle avait eu dans l'entrepôt ? Comment lui dire que c'était pour elle une évidence qu'elle était seule ?

Elle avait ses yeux fixés sur le sol, quand elle entendit un briquet. Elle se tourna et vit David en train de s'allumer une cigarette. Il vint la rejoindre. Elle le regardait, ne comprenant pas ce que faisait cette chose dans sa main.

- Je n'avais que ça pour me calmer ! expliqua-t-il. C'était ça ou la bouteille, tu aurais choisi quoi ?

- Le chewing-gum ! répondit-elle, gentiment.

- Je n'en avais pas ! lança-t-il, sèchement.

Il la fixait. Elle voyait dans ses yeux qu'il semblait en proie à une grande colère.

Elle eut alors la certitude que son attitude était en rapport avec la réaction qu'elle avait eue la veille. Loulou avait été à l'encontre d'une certaine logique, si on se basait sur les événements survenus ces dernières années. Elle remonta dans ses souvenirs.

*

**

24 heures plus tôt.

Loulou s'était réfugiée parmi les étoiles durant le trajet. Elle s'y mouvait au gré des soubresauts de la voiture.

Elle avait malgré tout conscience qu'autour d'elle, on discutait. Elle avait entendu David engager une conversation avec Leandro, sans jamais arrêter de lui caresser les cheveux.

- Ça veut dire quoi la descente est mauvaise ?

- Si tu es angoissé avant la piqûre, tu payes à la descente.

Un GSM avait retenti. Elle avait, de nouveau, entendu la voix de Leandro.

- On est en route.

Silence.

- Loulou a voulu qu'on le laisse sur la table.

Silence.

- Mehdi, tu ferais bien d'appeler Laurent, je crois qu'on va avoir besoin de lui.

Elle était retournée au milieu de ses amies les étoiles.

Quand elle avait ouvert les yeux, elle était dans son lit. Elle avait tout reconnu de sa chambre. Son regard s'était porté sur la fenêtre. Il semblait que le temps était couvert ou le soir tombait, elle n'aurait pas su dire. Elle avait sombré.

Elle s'était rendu compte que plusieurs fois, elle ouvrait les yeux sur la fenêtre. Elle s'était alors aperçue qu'il pleuvait et qu'un orage tonnait au loin. Elle avait toussoté, sans avoir la force de tousser franchement.

Elle gardait les yeux fixes et s'était mise à penser à Martial. Elle l'imaginait seul dans l'entrepôt, découvrant son GSM sur la table. Cette pensée lui avait fait une peine énorme. Elle avait fermé les yeux et sombré à nouveau.

Quand elle était remontée à la surface, elle avait devant elle le plafond. Ce dernier ressemblait tant à celui de l'entrepôt.

L'image de Martial était revenue la hanter. Elle avait senti une boule dans sa gorge et un poids sur sa poitrine. Elle s'était mise à pleurer, en même temps qu'une quinte de toux déchirait ses poumons. Il lui semblait que la boule dans sa gorge l'empêchait de respirer correctement. L'angoisse qui pesait sur son cerveau avait fini de la faire basculer dans sa bulle. Sa toux continuait de s'accentuer, ainsi que ses larmes et son anxiété. Elle s'était mise en boule dans le lit et avait remonté la couette sur son visage.

Elle avait bien senti quelqu'un s'asseoir sur le lit.

- Loulou, ma puce, sort de là ! avait doucement dit David.

Ce n'était pas cette voix qu'elle voulait entendre. Elle savait que seul Martial pouvait la sortir de sa torpeur, il l'avait déjà fait. Elle l'avait abandonné, elle l'avait trahi et certainement qu'elle l'avait déçu. Alors qu'il l'avait mise en sécurité, pour qu'elle ne soit pas confrontée à l'homme qui avait fait d'elle une ennemie. Elle avait redécouvert l'homme qu'elle connaissait. Il l'avait nourrie, soignée et l'avait aidée à parer les effets indésirables de la drogue. Il l'avait convaincue de sa bonne foi.

Et à la première occasion qui s'était présentée à elle, elle lui avait donné un coup de couteau dans le dos. Tout ça lui laissait un fort sentiment de trahison. Même si elle avait parfaitement conscience qu'elle ne pouvait pas vivre sans David et ses enfants.

Elle avait alors pensé qu'elle serait peut-être parvenue à le convaincre, sans employer la lâcheté, la duperie.

Quelqu'un avait tenté de tirer sur la couette, elle n'avait pas lâché prise et l'avait relevée. Elle avait besoin de se vider, son corps et sa tête n'étaient plus qu'une boule d'angoisse et de culpabilité. Ses quintes de toux se mêlaient à ses pleurs, ce qui ne faisait qu'accentuer sa difficulté à reprendre sa respiration.

- Sors de là-dessous, fillette, on va parler.

Elle savait qu'une seule personne pouvait l'aider. Elle ne voulait personne d'autre que Martial pour la rassurer et lui dire que ça allait passer.

Elle avait laissé Leandro baisser la couette. Elle se donnait l'impression d'être une enfant à qui l'on vient de lever sa punition, tant le regard de Leandro sur elle semblait triste et coupable.

- Les cachets ! avait-elle hoqueté.

- Tu veux tes médicaments, c'est ça ?

Elle avait fait un signe affirmatif. Leandro était sorti. Elle avait vu David assis là. Dans ses larmes, elle avait, une fois de plus, remarqué sa barbe. Il était venu s'asseoir près d'elle. Elle avait levé le bras et touché son visage.

- Les enfants ?

- Ne t'inquiète pas, ils sont chez Amandine.

Elle avait voulu se lever.

- Aide-moi !

- Qu'est-ce que tu veux faire ?

- Aller au bureau.

- Tu veux aller au bureau ?

- Oui, aide-moi, s'il te plaît !

Elle avait sorti ses jambes du lit et il l'avait aidée à se lever. Mais son premier réflexe n'avait non pas été de l'aider à marcher, mais de la serrer fort dans ses bras.

- J'ai eu si peur de te perdre !

Leandro était apparu sur le pas de la porte avec les boîtes de médicaments et le sirop. David avait relâché son étreinte. Loulou avait pris la bouteille de sirop dans une terrible quinte de toux et bu à même le goulot. Elle avait rendu la bouteille à Leandro et regardé David.

- Mes clés.

- Pour quoi faire ?

- Ouvrir le bureau.

Il était, à son tour, sorti de la chambre. Elle avait entamé sa marche incertaine vers la porte. Leandro avait tout posé sur la table de chevet et s'était mis devant elle.

- Tu vas où comme ça ?

- Le bureau.

- Arrête, Loulou ! avait-il dit, presque suppliant. Dis-moi ce que tu veux, je te le ramène, mais arrête et va te recoucher... s'il te plaît !

- Le GSM dans le tiroir.

Il avait paru surpris, mais n'en avait rien dit. Il l'avait recouchée et était parti avec David, qui venait d'arriver avec les clés de Loulou.

Elle s'était remise sous la couette, en boule. Sa gorge lui faisait si mal, sa poitrine était compressée dans un étau et son cerveau était écrasé sous un poids invisible.

Leandro lui avait tendu le GSM quelques minutes plus tard.

Elle se rappelait qu'à l'époque où elle avait envoyé les messages à Martial, elle avait caché son numéro et l'avait mis en mode silencieux. Elle avait passé la main sur ses yeux. Elle avait enlevé le numéro caché et remis une sonnerie. Puis elle était partie dans ses contacts et avait lancé le seul qu'elle avait là.

Elle avait mis le GSM sur son oreille et avait relevé la couette. Elle avait entendu deux sonneries avant que ça ne décroche. Son correspondant n'avait rien dit. Elle savait que c'était Martial. De le savoir à l'autre bout du fil avait resserré l'étau dans sa poitrine. Elle avait reniflé.

- C'est toi, Loulou ?

Malgré ce qu'elle avait fait, il venait de lui parler si doucement, si tendrement, qu'elle avait émis un gémissement.

- Écoute, je sais que là, tu te sens très mal, mais tu n'es pas seule.

Elle avait articulé :

- Je m'excuse !

- David est près de toi ?

Elle n'avait pas répondu.

- Passe-le-moi, tu veux bien ?

Elle avait repoussé la couette et tendu le GSM à David.

Les deux hommes devant elle avaient paru surpris, mais David avait pris l'appareil et était sorti de la chambre, suivi par Leandro. Elle avait entendu au loin la voix de David et une intonation beaucoup plus aiguë. Elle comprenait qu'il avait mis le haut-parleur.

Elle avait vu sur la table de chevet les boîtes de médicaments. Elle avait pris un cachet dans chaque boîte et les avait avalés avec de l'eau.

Elle s'était remise en boule sous la couette.

- Loulou ? avait-elle soudain entendu.

Elle avait instantanément reconnu la voix, il s'agissait de Nathaniel. A la villa, il était la première personne avec qui elle avait parlé, quand elle était remontée de son gouffre. Elle avait baissé la couette et il s'était assis sur le bord du lit.

- David t'a dit que les enfants sont chez Amandine ?

Elle avait fait un signe affirmatif.

- Elle les ramènera demain matin.

- Qu'est-ce que tu fais ici ? avait-elle demandé, à voix basse.

- J'étais avec Amandine quand Mehdi a téléphoné. J'ai emmené les enfants et je suis venue t'attendre, avec mon père et Mehdi.

Elle avait l'impression que le visage de Nathaniel se brouillait, mais elle se disait que ce devait être ses larmes qui déformaient sa vision.

- Je suis content de te revoir.

La voix de son ami s'était faite lointaine.

- Je te laisse, Laurent est là.

Il s'était levé et Laurent avait pris sa place. Loulou sentait une sourde sensation dans sa tête, comme si son cerveau amorçait une déconnexion. Ses oreilles s'étaient mises à bourdonner.

- Donne-moi ton bras, Loulou !

Elle le regardait, mais ne réagissait plus aux mots. Elle avait terriblement envie de sombrer, ses yeux se maintenaient difficilement ouverts. Pourtant, elle faisait son possible pour forcer sa conscience. En désespoir de cause, elle s'était mise à l'écoute de son corps et avait sombré.

Quand elle les avait à nouveau ouverts, Nathaniel avait repris sa place.

Sa tête lui donnait l'impression d'enfler. Son mal-être était trop pesant, trop envahissant. Sa toux était immédiatement revenue. Elle s'était remise sur le côté et voulait monter la couette. Nathaniel avait arrêté son geste.

- Tu ne veux pas boire un peu ?

Elle avait fait un signe affirmatif, sans ouvrir la bouche. Il lui avait tendu la bouteille d'eau.

- Assieds-toi !

A défaut, elle avait pris appui sur son bras. Sa toux était douloureuse, tranchante. Elle avait avalé une gorgée, rendu la bouteille à Nathaniel et s'était rallongée.

Elle était restée ainsi, les yeux perdus dans le vide.

De très longues minutes après, David était revenu dans la chambre.

- Je vais te faire couler un bain ! avait-il dit.

Elle avait vu le GSM devant ses yeux.

- Prends, c'est pour toi ! avait alors émis Leandro.

Elle avait mis l'appareil sur son oreille, en même temps qu'une quinte de toux lui arrachait les poumons.

- Tu vas te soigner, mon cœur ! entendit-elle, à l'autre bout. David va te mettre dans un bain et te donner un somnifère.

Elle ne trouvait rien à lui répondre. Il avait continué :

- Et si tu as besoin de parler, je serai toujours là pour te répondre.

La communication s'était coupée. Elle n'avait pas prononcé un mot. Elle avait rendu le GSM à Leandro, qui l'avait posé sur la table de chevet, en lui disant :

- Si tu en as besoin, il est là.

Il s'était effacé et elle avait vu Jacques Massin. Il s'était assis sur le lit.

- Comment tu te sens ?

Loulou se contentait de le regarder.

- J'ai autorisé Martial à t'appeler demain pour prendre de tes nouvelles. En attendant, tu dois te reposer et reprendre des forces.

Il lui avait déposé un baiser sur le front et était parti.

Elle avait pris son bain et quand elle s'était recouchée, David lui avait donné un somnifère. Elle avait attendu le sommeil artificiel.

*

**

Elle écrasa sa cigarette et s'installa à la table avec son café. Elle apercevait Leandro et Emmanuelle sur le canapé, en train de jouer patiemment avec Marie et Olivier. Elle sourit de voir ses enfants jouer et rire. C'est là qu'elle se rendit compte que sa vie lui avait vraiment manqué.

David vint la rejoindre. Il s'assit en face d'elle.

- Est-ce qu'il t'a violée ?

Elle sentait beaucoup de colère dans sa voix. Mais elle ne savait pas si c'était dirigé contre elle. Elle pensa qu'il avait certainement besoin de savoir, de se rassurer.

- Non.

- Tu vas me dire qu'il ne t'a pas touchée ?

Il ajouta, sarcastique :

- Je te rappelle qu'on t'a retrouvée nue sous le peignoir.

- Je ne suis pas en train de te dire qu'il ne m'a pas touchée, je dis seulement qu'il ne m'a pas violée au sens où tu l'entends.

- Parce que maintenant, il existe plusieurs sens au mot viol ?

- Je ne sais pas, David ! Pourquoi je sens autant d'agressivité dans tes mots ?

- Je suis au bord de l'explosion !

Elle avait conscience qu'il n'allait pas comprendre ce qu'elle allait dire. Tout comme elle avait conscience que lui expliquer son point de vue n'allait pas arranger son état. Mais elle ne pouvait pas se taire, ça redoublerait la colère qu'il avait en lui. Elle soupira plus qu'elle ne répondit.

- Il m'a fait l'amour.

- Pour faire l'amour, il faut être deux ! dit-il, un peu plus fort.

- Écoute, David ! Ça faisait partie d'un processus.

Sans le vouloir, elle-même éleva la voix :

- Qu'est-ce qui te prend d'un coup ? Tu veux savoir quoi, au juste ?

- Il y a des trucs que je ne pige pas.

Loulou but une gorgée de café.

- A quoi ça va t'avancer de chercher ? Tu es bien assez à cran.

- A savoir pourquoi tu l'as appelé hier soir ! cria-t-il, en se levant.

Leandro tourna la tête, laissa Marie et vint dans la cuisine. Il servit deux cafés, qu'il déposa sur la table.

- Allez, viens là, on va discuter tranquillement ! dit-il à David.

Celui-ci s'assit et regarda Loulou.

- Je n'y comprends plus rien. Et il faut que je comprenne !

Loulou laissa sa quinte de toux se calmer et expliqua aux deux hommes ce qui s'était passé pendant ces quelques jours.

Elle commença par la vengeance des coups de scalpel en coups de martinet, pourquoi et à quelles fins Martial avait usé de la drogue, en précisant qu'il ne s'agissait que d'obtenir des réponses à certaines questions. Elle leur expliqua dans quelles circonstances il lui avait fait l'amour. Mais elle insista aussi sur le fait que jamais, il ne l'avait laissée sans nourriture, sans soins, qu'ils soient au niveau de l'hygiène ou lorsqu'elle était tombée malade.

Elle ne raconta que les faits, pas les longues discussions qu'ils avaient réussi à avoir tous les deux. Mais elle ne cacha pas que le dialogue était de nouveau entamé.

- Tu ne considères pas qu'il a abusé de toi ? demanda Leandro.

Loulou avait mis sa meilleure volonté à raconter les faits et elle trouva la question de Leandro déplacée. Elle sentait surtout que lui non plus ne comprenait pas.

- Quand une nana te plaît au salon et que tu la ramènes au loft, tu considères que tu la violes ?

- Bien sûr que non, je ne vois pas le rapport.

- C'est tout bête. Tu lui fais l'amour, mais tu n'as pas de sentiments à son égard.

- C'est ce qui s'est passé pour toi ? demanda David.

- Tout à fait.

- Tu ne vas pas me dire qu'il l'a accepté ?

- Il a compris que je ne ressentais plus rien pour lui, je ne lui ai jamais menti. Mais c'était un moyen pour déclencher quelque chose en moi.

- Ça a fonctionné ? demanda David, fermement.

Loulou, contre toute attente, retrouva le sentiment de colère qui lui avait tant manqué à l'entrepôt.

- Tu te fous de moi ? Pourquoi est-ce que j'aurais pris le GSM si ça avait si bien fonctionné ?

- Pour les enfants, par exemple !

Elle se leva et lui lança :

- Il faut vraiment que tu n'aies pas envie de comprendre, pour réagir aussi connement ! Les enfants et toi, c'est un ensemble. Pour moi, l'un ne va pas sans l'autre. Et si tu veux tout savoir, en partant avec lui, il me promettait que je pourrais les voir. Mais si ça t'arrange tant, je peux bien y retourner.

- Ça fait combien de temps que tu le contactes ?

- Je ne l'ai jamais contacté.

Il cria, à travers la cuisine :

- Alors, qu'est-ce qu'il foutait ce GSM, dans le bureau ?

Leandro siffla comme un avertissement.

- Si vous voulez vous engueuler, j'emmène les enfants dehors. Ils n'ont pas à assister à vos règlements de comptes.

Loulou le regarda.

- Pas la peine, laisse donc les enfants là où ils sont.

Elle prit la direction de la chambre dans une majestueuse quinte de toux, attrapa le GSM sur la table de chevet et revint à la cuisine. Elle le mit sur la table et dit calmement à son compagnon :

- Vas-y, appelle-le, c'est le seul contact. Et demande-lui donc quand je l'ai appelé.

- Pourquoi tu l'as, alors ?

- Appelle et demande-lui si, à une époque, il ne recevait pas des messages d'un numéro caché. Tu verras ce qu'il te répondra.

- C'était quand, ça ? demanda Leandro.

- Il y a un an, à peu près ! Juste avant le cimetière. J'avais demandé à Emmanuelle de m'acheter le GSM.

- C'était ça la question qu'il t'a posée au cimetière, concernant des messages qu'il recevait ?

- Exactement !

- Ça ne prouve pas que tu ne l'as pas contacté depuis ! insista David. Tu peux sûrement expliquer pourquoi il était chargé. Si, comme tu le dis, les messages remontent à des mois, il aurait dû être déchargé.

- Je m'assurais de le recharger de temps en temps, juste au cas où j'en aurais eu besoin.

- Pour l'appeler ou lui envoyer des messages ? lâcha-t-il, méchamment.

Loulou lui montra le GSM et lui répondit, sèchement :

- Allez, fais-toi plaisir !

- Je n'ai rien à lui dire.

La colère l'emporta sur la raison.

- Alors, pourquoi tu me fais chier ?

Par provocation, elle avança encore l'appareil.

- Va donc lui expliquer ta théorie ! Quand je te regarde, je vois que tu me tiens responsable de ce qui vient de se passer. Et tu sais quoi ? T'as raison, je l'ai cherché ! Voilà, comme ça, t'es content !

- Ce n'est pas ce que je dis !

- Tu le penses, c'est encore pire ! cracha-t-elle.

Elle tourna le dos et reprit la direction de la chambre. Elle ouvrit l'armoire, en sortit quelques vêtements et les mit sur le lit. Elle vit arriver David.

- Qu'est-ce que tu fais ? demanda-t-il.

Elle lui fit face.

- Je vais respirer un peu ! Vu qu'on n'est pas foutus d'avoir un dialogue, je vais prendre quelques jours et je vais chez ma mère.

Elle sourit et ajouta :

- Ne t'inquiète pas, je ne te demande pas de m'emmener.

Il prit les vêtements qu'elle venait de poser et les lança dans l'armoire.

- Parce que tu crois que tu vas t'en sortir comme ça ?

- Me sortir de quoi, au juste ?

- Pourquoi tu l'as appelé hier soir ?

- C'était une logique dans ma tête.

- Pourquoi tu t'es excusée ?

- Parce que même si tu ne veux pas l'admettre, il a fait tout ce qu'il fallait pour me prouver sa bonne foi et je me suis cassée comme une voleuse. Je me suis sentie coupable. Ça te dérange parce que c'est lui. En d'autres circonstances, tu aurais trouvé ça normal.

Et là, ce fut comme si David ne pouvait plus contenir la rage qui était en lui. Il hurla à travers la chambre :

- Il te drogue, il t'enferme, il te viole et toi, tu t'excuses !

- David, c'est plus compliqué que ça ! Si tu voulais prendre la peine de m'écouter, j'arriverais peut-être à t'expliquer.

- Qui te dit que j'ai envie de comprendre ?

Il la poussa et se mit devant l'armoire.

- Ne perds pas ton temps à préparer ton sac, c'est moi qui vais respirer un peu !

Il commença à sortir des vêtements. Elle ne fit rien contre. Elle se contenta simplement de lui dire, en se dirigeant vers le couloir :

- C'est parce que tu me tiens responsable que tu réagis comme ça !

Elle croisa Leandro. Elle s'installa dans le canapé.

- David est à cran ! dit Emmanuelle, comme pour l'excuser.

- Il a toutes les raisons. Je ne crois pas que j'arriverais à lui faire comprendre ce qui s'est passé.

- C'est peut-être un peu trop pour lui aujourd'hui, tu ne penses pas ?

- Si, mais ce n'est pas moi qui ai déclenché les hostilités.

Emmanuelle la regarda, perplexe.

- Comment tu peux avoir radicalement changé d'avis à ce point ?

Elle lui répondit, comme une évidence :

- Ce n'est pas moi qui ai changé !

Quelques minutes plus tard, la porte d'entrée claquait.

- Il va où papa ? demanda Marie.

- Respirer, ma belle !

- C'est quoi respirer ?

- Il fait trop chaud dans la maison, il va prendre l'air.

Elle mit un dessin animé sur la télé et prit Olivier sur ses genoux. Marie s'assit à côté d'elle. Le silence tomba dans la maison. Loulou regardait le dessin animé, mais ne le voyait pas.

La porte d'entrée la fit sursauter. Leandro vint s'asseoir.

- David a décidé de partir à la villa quelques jours.

- Grand bien lui fasse ! lança Loulou.

Emmanuelle se leva et dit :

- Je vais préparer le repas.

Puis, regardant Loulou :

- Tu ferais bien d'aller t'allonger, tu as l'air patraque.

Celle-ci se leva et prit la direction de la chambre. Elle se sentait nauséeuse, mais elle savait que c'était à cause des cachets. Elle s'allongea et resta ainsi, les yeux ouverts.

Quelques minutes après, elle vit arriver Leandro.

- Moi non plus, je ne comprends pas ! avoua-t-il, en s'asseyant sur le lit.

- N'essaie pas.

- A moi, tu peux le demander, mais à David ?

- Je ne vais pas lui mentir !

- De la façon dont tu parles, c'est comme si tu avais pardonné à Martial tout ce qu'il t'a fait.

- Disons que ma haine contre lui est retombée. Mais je ne peux quand même pas inventer une fausse vérité, parce que ça vous arrange de l'entendre. Même si je veux bien admettre que ma réaction reste un peu surnaturelle pour David, je n'ai pas le courage de jouer la politique de l'autruche, en attendant qu'il se sente mieux.

- Il n'a plus vécu pendant des jours, ne lui demande pas d'avaler certaines choses aujourd'hui.

Il se leva.

- Leandro, s'il te plaît !

Celui-ci se rassit.

- Comment vous avez trouvé l'entrepôt ? Je sais bien que je n'ai pas donné assez de détails.

- Tu te trompes ! Quand tu as parlé de carcasses, c'était bien suffisant, sans compter que Tito a précisé que Mandrolet était sur son territoire. On a pris la route pendant que de son côté, Mehdi cherchait quel entrepôt de carcasses devait entrer en activité.

- C'était loin d'ici ? Dans mon esprit, j'avais calculé une bonne demi-heure.

- C'est à peu près ça.

- Il ne finirait pas en cendres, celui-là ?

- Ce qui se passe dans cet entrepôt ne nous concerne pas, ni toi, ni moi. Quand monsieur Birlet a agi, il l'a fait sur son territoire.

Loulou se mit à tousser. Elle ferma les yeux. Elle entendit Leandro sortir de la chambre et fermer la porte.

Comme une logique, elle se dit qu'il était impossible de repérer si vite l'entrepôt. Il était évident que quelqu'un en connaissait l'existence. Le sommeil la gagna.

II
Une bouffée d'air

Quand elle se réveilla, il était 14H45. Immédiatement, elle se leva avec l'espoir que David soit revenu. Elle trouva Marie en compagnie d'Emmanuelle. Mais personne d'autre n'était présent dans la maison. Sa fille lui sauta dans les bras.

- Ça va, ma belle ?
- Je voudrais un chocolat.
- Je n'ai pas entendu !
- S'il te plaît !
- Va t'installer dans le canapé.

Elle reposa sa fille par terre. Celle-ci s'assit, alors qu'Emmanuelle venait dans la cuisine rejoindre Loulou.

- Le GSM a sonné ! dit-elle, en désignant la table.

Loulou se servit son café et s'installa devant l'appareil.

Elle but une gorgée et s'alluma une cigarette, ce qui provoqua une magistrale quinte de toux. Elle prit le GSM et lança le numéro en absence.

- Je prépare le chocolat pour Marie ! prévint Emmanuelle.

Martial ne décrocha pas et la messagerie se mit en route. Loulou coupa l'appel. Elle regarda Emmanuelle.

- Leandro est parti où ?
- A la villa, après que tu te sois endormie.
- Tu prends un café avec moi ?
- Je donne le chocolat à Marie et j'arrive.

Quand les deux femmes furent installées, Loulou demanda :

- Tu ne comprends pas non plus ?
- Pas tout ! avoua-t-elle. Je t'ai entendue au téléphone hier.
- Tu étais ici ?
- Oui et je n'étais pas la seule.
- Qui était là ?
- Mehdi et Leandro.
- Qu'est-ce Mehdi faisait à la maison ?
- Leandro m'a dit qu'une fois, tu avais laissé entendre à monsieur Massin que tu téléphonerais ici, si tu le pouvais.
- C'est vrai.
- Ils se sont basés là-dessus, mais s'étaient donné un délai d'une semaine. Leandro et David ne dormaient pas la nuit. Monsieur Massin et Mehdi venaient pendant la journée. Le problème, c'est que Leandro dormait tandis que David, lui, restait debout.
- Il a quand même bien fini par dormir, non ?
- Il dormait trois quatre heures dans la journée et il se relevait.

Plus Mehdi insistait pour qu'il se repose, moins il le faisait.

- Sans compter que...

Loulou fit le geste de se raser.

- Il prenait sa douche aussi vite que possible et revenait aussi sec surveiller le téléphone. Il en était à un tel point qu'il avait fini par installer une chaise devant le meuble. Ça relevait du miracle quand il acceptait de manger dans la cuisine.

- C'est pour ça qu'il est à bout de nerfs.

- A sa place, je ne pense pas qu'on serait en meilleur état. Il n'aurait pas fallu que ça dure plus, il serait devenu vraiment fou.

Emmanuelle sourit faiblement.

- Quand il a entendu ta voix sur le répondeur, il a décroché et il a complètement paniqué, quand tu n'as plus répondu. Leandro a repris le téléphone. Il était comme désorienté, il ne savait plus quoi faire. Tout le monde a écouté ce qui s'est passé après. Quand Mehdi a compris qu'ils pouvaient te localiser, il lui a alors dit de se préparer, pour partir avec Leandro. Il a semblé reprendre le contrôle. Pendant ce temps, Mehdi téléphonait à Amandine et lui demandait de venir chercher les enfants.

- Pourquoi personne ne voulait qu'ils restent ?

- Personne ne savait dans quel état tu te trouvais ! répondit son amie, tout logiquement. Hier soir, quand David est revenu avec le GSM, j'ai bien vu qu'il allait mal, il était complètement perdu. Avant de partir, monsieur Massin lui a demandé de garder son calme, en attendant que les choses s'éclaircissent. Je crois qu'il a juste réussi à donner le change jusqu'à tout à l'heure. Mais quoi qu'il ait pu se passer là-bas, il ne t'en tient pas responsable.

- Tu étais là quand Martial parlait avec lui ?

- Oui, je suis restée pour leur faire à manger. David est revenu avec le GSM, il avait mis le haut-parleur. Martial lui disait que c'était normal que tu sois dans cet état. Que c'était à cause de la drogue, mais qu'il fallait simplement que tu te détendes. Il lui a affirmé que le bain fonctionnerait et qu'après, il lui suffisait de te remettre au lit, avec un somnifère. Et ensuite, Martial a demandé à parler à monsieur Massin.

- Je suppose que Jacques n'a pas laissé le haut-parleur.

- Exact, mais au vu des réponses, j'ai compris qu'ils se sont donné rendez-vous.

- Tu sais quand il a lieu ?

Emmanuelle la regarda, mais ne répondit pas. Loulou sourit. Elle ne comprenait pas le silence de la femme. Elle prit sa tasse de café et ses yeux tombèrent sur le GSM posé sur la table. Tout naturellement, la réponse se fit d'elle-même.

- Ils étaient en rendez-vous quand j'ai téléphoné, c'est ça ?

Emmanuelle acquiesça.

- Tu sais où ce rendez-vous devait avoir lieu ?

- Non, je sais juste que c'était à 14H00.

- David est au courant ?

- Oui.

- Je vais essayer de l'appeler, il a peut-être dormi un peu.

- Ce n'est pas la peine de l'appeler, Loulou ! Il ne répondra pas plus que Martial.

- Pourquoi ça ?

Elle posait la question en se disant que certainement, son amie savait que son compagnon ne souhaitait plus entrer en contact avec elle. Ou tout simplement, qu'elle avait été informée qu'il était en ce moment même en train de dormir.

Mais un sursaut se fit dans son esprit.

- Ne me dis pas qu'il est avec Jacques ?

- Et Leandro ! ajouta Emmanuelle.

- A la réunion ?

- Oui.

- S'il pète une case...

- Apparemment, il a passé une bonne partie de la nuit debout. Ce matin, Leandro lui a demandé de faire comme si de rien n'était avec toi, jusqu'à ce que la réunion soit finie, mais David a craqué avant. Quand tu as téléphoné hier soir à Martial, il était déjà limite internement, alors je te laisse deviner ce matin...

- C'est bien la première fois que je le vois dans cet état.

- Admets que la situation est exceptionnelle.

- Je ne dis pas le contraire !

- Pourquoi c'est lui que tu as appelé à la rescousse ?

- Je sais que tu ne peux certainement pas comprendre, toi non plus, mais ça me paraissait tellement logique. Martial n'a pas fait cette piqûre pour le plaisir, il l'a faite pour me sauver la peau. Il m'a dit qu'il essaierait d'être là quand je commencerais à me sentir mal. Il l'avait fait deux fois avant et je ne peux pas l'expliquer, mais c'était lui que je voulais entendre.

- Tu l'associais à la piqûre ?

- Non, je crois qu'il était le seul qui savait comment faire. En fait, je culpabilisais beaucoup d'être partie comme une voleuse, alors qu'il avait fait preuve de beaucoup de volonté avec moi.

Emmanuelle sourit.

- Je dois t'avouer que quand on a entendu Martial et Tito parler avec toi, on a tous eu un temps d'arrêt.

- Comment ça ?

- Il n'y avait aucune agressivité dans leur voix, c'était troublant de se dire qu'ils te retenaient prisonnière et d'un autre côté, ils étaient en train de te convaincre gentiment qu'ils devaient te protéger. Ça fait un paradoxe tellement incroyable que même moi, j'ai eu du mal à y croire. J'ai ressenti beaucoup de douceur dans la voix de Martial.

Loulou réagit.

- Oui, c'est vrai, j'avais mis le GSM sous la table. Je ne savais pas que ça passait bien.

- Très bien, même ! Mais c'était quoi cette histoire de réponse ?

- Il voulait que je reparte avec lui, il attendait ma réponse.

- Est-ce qu'il a été gentil avec toi ?

- Je n'ai aucune notion de temps, mais je dirai que le premier quart, on a été en conflit avec les conséquences que ça a eues. Ensuite, le dialogue s'est amorcé et on a passé du temps à parler, à mettre certaines choses à plat. C'était étrange, j'avais l'impression de retrouver les rapports que j'avais avec lui avant.

- Je ne l'ai dit à personne, mais on sentait dans sa voix qu'il ne te manipulait pas, il était vraiment sincère et inquiet. On sentait un dialogue entre vous, pas un rapport de force.

- Je pense que c'est ce dont on avait besoin depuis longtemps, mais sans y arriver. Et c'est vrai que les conditions nous ont permis de baisser la garde.

Elle but une gorgée de café.

- J'ai réalisé que je n'étais pas la seule enfermée. Il s'est enfermé avec moi, même si lui bénéficiait de sa liberté.

Elle reprit le GSM devant elle et composa un numéro.

- Fathi ? Loulou ! Est-ce que tu penses que je peux venir me détendre un peu chez toi ?

- Évidemment ! J'arrive dans dix minutes.

- Merci, à tout de suite.

Emmanuelle la regarda.

- Tu trouves ça prudent de sortir ?

- Il fait encore chaud aujourd'hui. Et puis franchement, si David vient à rentrer, je n'ai pas envie de le subir.

- Je t'envoie discrètement un message dès qu'il rentre.

- Par contre, je serai là pour que tu puisses partir.

- Ne t'inquiète pas pour moi, Loulou ! Je reste le temps qu'il faut, je suis libre comme l'air.

- Comment ça ? Tu ne vois plus Jean-Michel ?

- Non, pour l'instant, je prends du recul par rapport à tout ça.

- C'est à cause de ce qui s'est passé vendredi dernier ?

- Oui, certainement !

Elle fit un signe de tête vers le fond de la maison.

- Mais allez, file sous la douche, on en parlera une autre fois.

- Tu es sûre ?

- Oui.

Loulou se doucha, s'habilla et prit du sirop.

Quand elle sortit, Fathi était déjà garé au bout de l'allée. Sylvain se tenait devant la portière. Loulou le regarda, en se rappelant que la veille, il l'avait soutenue et aidée. Elle arriva près de lui.

- Tu vas mieux ? demanda-t-il.

Elle lui sourit.

- Oui. Merci pour hier.

- C'était avec plaisir.

Il lui ouvrit la portière et elle monta dans le véhicule.

- Ça va ? demanda Fathi, en souriant dans le rétroviseur.

- Oui et toi ?

- Ça va ! Ça me rassure de te voir sur pied. Ce n'est pas un peu trop tôt pour une balade ?

- Non, j'ai vraiment besoin d'air.

- Tu as changé de numéro de GSM ?

- Non, j'en ai utilisé un autre, mais le mien est toujours d'actualité.

Il démarra. Elle remarqua immédiatement que Sylvain avait les yeux braqués sur son rétroviseur extérieur. Il fit un signe circulaire à Fathi et tout de suite, Loulou comprit que les hommes à Bruno Mandrolet étaient de nouveau derrière. Elle avait presque oublié ce détail empoisonnant.

- Fathi, ne prends pas le risque d'aller jusque chez toi ! dit-elle. Emmène-moi au salon, je vous offre un café. J'en profiterais pour récupérer mes affaires.

Sylvain se retourna et lui sourit.

- Pourquoi tu veux prendre tes affaires ?

- La punition est levée ? Sans rire ?

- Sans rire !

Quand ils se garèrent devant le salon, la voiture derrière eux se gara aussi.

- On te rejoint dans quelques minutes ! émit Sylvain, en lui ouvrant la portière.

Elle entra, sans poser de questions. Elle remarqua tout de suite que des mamans se trouvaient là, avec leurs enfants, qui jouaient dans le parc. Elle sourit, en se dirigeant derrière le comptoir. Elle fit la bise à Julien.

- Tu nous as fait une de ces peurs !

- Tu devrais pourtant avoir l'habitude, maintenant ! dit-elle, dans une quinte de toux.

- Comment tu te sens ?

- Bien.

- Est-ce que David va mieux ?

Elle répondit, sarcastique :

- Bien mieux, il a fait son sac !

- Sans blague ?

Loulou prépara quatre cafés, en répondant :

- Il est parti respirer un air que je ne partage pas.

- Je l'ai vu lundi, il était complètement H.S.

- Il est venu ici ?

- Non. Avec Alexandra, on a été chercher les enfants.

- Personne ne m'a rien dit.

Il la regarda droit dans les yeux.

- Vu l'ambiance, il valait mieux que les enfants soient ailleurs.

- L'ambiance ?

- Je n'ai jamais vu David dans un tel état. Il ne dormait pratiquement pas, il sursautait à chaque bruit. Il était tellement replié dans son truc, que personne n'arrivait plus à le raisonner sur rien.

- C'est vrai qu'il semblait complètement disjoncté, d'après ce que m'a expliqué Emmanuelle.

- Sans lui chercher d'excuses, j'imagine qu'aujourd'hui, il l'est encore de trop pour être parfaitement lucide.

- Si tu le dis...

Une femme entra dans le salon et s'installa à une table. Julien prit immédiatement la direction de la cliente.

Quelques secondes plus tard, Sylvain et Fathi arrivèrent. Elle leur donna leur café et elle-même partit, avec la tasse à Julien, s'installer à une table. Sylvain et Fathi prirent place.

- Qu'est-ce que vous avez fait ? demanda-t-elle, aux deux hommes.

- On a appelé Leandro. On attend Eddy et on rentre.

- Ce n'est pas pour te contredire, mais je n'ai pas envie de rentrer.

Sylvain la regarda.

- Pour aujourd'hui, on fait comme ça.

Julien vint s'installer avec eux. Loulou lâcha une quinte de toux.

- Tu en fais une drôle de tête ! lui dit-il.

- Finalement, je n'ai pas plus le droit de respirer ici qu'à l'entrepôt ! répondit-elle, comme pour elle-même.

- De toute façon, tu dois rentrer ! continua Sylvain. Monsieur Massin veut passer chez toi quand il aura fini ce qu'il a à faire.

- Et il fait quoi ?

- Il règle une affaire.

- Genre ?

Sylvain ne répondit pas. Loulou n'insista pas non plus. Elle se sentait en colère, mais ne souhaitait pas tergiverser avec l'homme.

- Tu reprends le boulot quand ? demanda Julien.

- Si ce n'était que moi, ce serait ce soir, mais...

Elle désigna Sylvain du menton et continua :

- ... je doute que ce soit du goût de tout le monde.

- Audrey est prévue pour te remplacer jusqu'à lundi. Et puis, d'après ce que j'entends, tu dois te soigner.

Eddy fit son apparition dans le salon. Sylvain se leva, suivi de Fathi. Loulou comprit qu'elle devait faire de même. Elle se leva à son tour.

- Soigne-toi bien ! émit Julien.

Elle sortit et monta dans la voiture. Sylvain ferma la portière et monta à l'avant. Loulou se retourna et constata qu'il y avait quelqu'un avec Eddy.

- Qui est avec Eddy ?

- Patrice.

- Logique ! soupira-t-elle. Je ne sais même pas pourquoi je pose systématiquement la question.

Le troisième véhicule suivit, bien évidemment, et le cortège prit la direction de la maison de Loulou.

Au fond, elle était déçue de ne pas pouvoir profiter d'un moment dehors. Elle avait peur de finir dans la maison comme dans l'entrepôt. Etouffée.

Elle se mit à tousser. Sa toux était grasse maintenant, mais constante. Un coup de barre la surprit. Elle se dit que c'était aussi son immobilité de ces derniers jours qui provoquait ça.

Quand ils arrivèrent devant la maison, elle constata que la voiture de Laurent était là. Elle descendit et rentra.

- Bien le bonjour, ma petite dame !

Son visage s'éclaira d'un grand sourire.

- Alors, on a pris l'air ?

- Oui, une goutte d'eau. Je n'ai même pas eu le temps de me rendre compte que j'étais dehors.

- Allez, viens, que je vois comment ça tourne.

Ils partirent dans la chambre. Loulou déboutonna sa robe et il écouta.

- Ce n'est pas pire qu'hier soir, c'est déjà ça, mais je serais assez tenté de te demander de rester très au calme.

Et là, Loulou se mit à pleurer. La journée s'était mal amorcée et elle continuait à donner son lot de mauvaises nouvelles.

- Laurent, j'étouffe ! Je me sens autant enfermée qu'à l'entrepôt.

- Je le sais, j'en suis bien conscient ! Mais il faut que tu te soignes ou tu ne pourras pas reprendre le travail.

- Dans combien de temps ?

- Je ne peux pas te le dire. Mais ce que je sais, c'est que ton empressement ne va pas t'aider. Tu te rends compte que tu es tombée très malade ?

Elle fit un signe affirmatif.

- Ton corps a besoin de récupérer et je ne connais aucun autre moyen que le calme et le repos.

- David a fait son sac ce matin.

- David est nerveusement au bout. Sa réaction reste normale.

- C'est sûr que je n'ai pas besoin de lui aujourd'hui. C'était le jour idéal pour claquer la porte.

Il la regarda droit dans les yeux.

- Qu'est-ce qui s'est passé ? C'est quoi ces marques ?

- Martinet.

- Il a abusé de toi ?

- On a eu des rapports sexuels.

- Tu en retiens quoi ?

- Le dialogue entre nous a été réinstauré, c'est quelque chose que je pensais impossible.

- Vous avez réussi à faire un point sur ce qui s'est passé ces dernières années ?

- Oui. J'ai compris pourquoi il avait agi comme ça avec moi.

- Qu'est-ce qu'il voulait de toi ?

- Que je revienne avec lui.

- Il est où maintenant ?

- En réunion avec Jacques.

Les yeux de Laurent s'agrandirent sur un étonnement marqué. Pour tout le monde, cette réunion relevait de la science-fiction.

- Qui a demandé la réunion ?

- Martial.

- Comment tu penses que ça se passe ?

- Aucune idée, mais David y participe. J'ai des doutes que les choses restent limpides bien longtemps.

- C'était peut-être une erreur de l'y emmener.

- Jacques doit venir ici après.

Laurent commença à ranger son matériel.

- Tu penses que tout est fini maintenant que vous parlez ?

- Je ne sais pas ! J'ose espérer que oui, mais je ne peux rien affirmer. Je pense que la réunion va éclaircir pas mal de points et donner certaines réponses.

III

Compte-rendu de réunion

Du bruit se fit entendre du salon. Laurent sourit.

- Quelque chose me dit que tu ne vas pas tarder à le savoir.

- Tu parles d'une galère !

Ils repartirent en même temps de la chambre. En arrivant dans le salon, Loulou découvrit Jacques Massin, Mehdi, Leandro et David, installés autour de la table de la salle.

Laurent prit immédiatement la direction de celle-ci, pour saluer tout le monde. Loulou, de son côté, prit la direction du canapé, sa fille l'appelant.

- Je peux venir avec toi ?

Elle la prit dans ses bras et lui répondit :

- Non, maman doit discuter un peu, ce sera pour une autre fois. D'accord ?

- Oui.

Laurent repassa devant elle, lui fit la bise et sortit. Elle s'installa autour de la table, où Emmanuelle mit un café devant elle.

- Merci.

Elle regarda les quatre hommes assis, fermement décidée à tout savoir, concernant cette fameuse réunion. Elle sentait sa colère en elle s'accroître. David avait le nez plongé dans sa tasse et n'avait pas l'air décidé à sortir de là.

- Comment ça va aujourd'hui ? demanda Mehdi.

- Mieux ! répondit-elle.

- Est-ce que tu sais où on était ?

- Oui.

- Et je pense que tu aimerais en savoir un peu plus ?

- J'estime que ça me concerne aussi.

Mehdi regarda Jacques Massin, qui prit la parole :

- Hier soir, comme tu le sais peut-être maintenant, Martial a demandé à me rencontrer...

- Après ton appel ! lança David, toujours le nez baissé, colérique.

- Si tu n'as que des réflexions à sortir, tu peux continuer à claquer la porte pour prendre l'air qui te manque tant ici ! rétorqua Loulou.

Jacques Massin intervint.

- Je pense qu'il serait bien pour tous les deux de vous calmer.

Il regarda Loulou.

- David restera quelques jours à la villa, le temps qu'il se reprenne un peu. Emmanuelle accepte de rester "à demeure" pendant ce temps-là. Tu dois te reposer, tu ne peux pas encore gérer les enfants seule.

- Non, je n'ai besoin de personne.

Elle se pencha à l'attention de David.

- Et au pire, si j'ai un gros problème...

Il la regarda, en même temps qu'elle lançait, les lèvres serrées :

- ... j'appelle Martial et je lui demande de s'installer ici quelques jours.

David se leva brutalement et sortit de la maison... en claquant la porte.

- Loulou, tu abuses ! lança Leandro.

- Évidemment, c'est forcément moi qui pousse le bouchon trop loin.

Elle se sentait excédée.

- Bon, ça a donné quoi votre réunion ? Sympa ? Vous pensez faire une bouffe bientôt ?

Jacques Massin haussa le ton.

- Si tu restes dans cet état d'esprit, on reparle de tout ça demain. Je comprends ta colère, mais si on parle, on parle calmement !

Elle souffla fort, avant de répondre, posément :

- D'accord !

- Martial désirait me voir pour deux choses. La première a été de nous expliquer le déroulement de ces quelques jours. Tu en tires quelles conclusions de ton côté ?

- Je n'ai pas trop envie qu'on se penche sur mon ressenti. Il semblerait que, depuis quelques heures, je sois devenue une extra-terrestre aux yeux de pas mal de monde. On va, si tu le veux bien, se pencher sur Martial.

- Si tu veux ! Bien qu'il sache avoir mal agi au départ, il est malgré tout soulagé que vous parveniez à dialoguer. Mais il avait pour but d'essayer de te faire revenir à lui et il pensait bien faire en agissant de la sorte. Il savait que tu devais tout d'abord retrouver confiance en lui et comprendre qu'il ne voulait plus te faire de mal. Seulement, les événements en ont décidé autrement. Deux, pour être précis. Tu vois de quoi je parle ?

- Non, pas du tout ! admit-elle.

- En premier lieu, tu as été très malade et dans tes délires, tu cherchais Marie. C'est la vérité ?

- Oui.

- Martial a compris à ce moment-là que tu souffrais bien plus qu'il ne le pensait de la mort de ton amie. Il a aussi compris que ta culpabilité était trop grande pour que tu puisses assumer de vivre avec lui, sans le regarder comme un assassin que tu as poussé à la faute.

Loulou eut un effet de surprise. Elle n'avait jamais effleuré les choses de cette manière. Elle se concentra sur Jacques Massin.

- Dans un autre de tes délires, tu as insinué qu'une propriété t'enterrait. Son but étant de ne pas te faire souffrir, il était hors de question pour lui de t'emmener, si tu considères ses habitations comme des prisons. Il s'agissait de quel lieu ?

- La propriété de Raymond.

- Au dernier moment, sans te le dire, il avait décidé de te ramener près de David. Il sait maintenant que ta famille et ton cœur vont de pair. Il ne nous a pas caché qu'il ne le faisait que pour ton bonheur, mais qu'il était profondément malheureux de te voir revenir ici.

- Comment David a pris tout ça ?

- David s'est beaucoup emporté durant la réunion, je ne te le cache pas. Mais contrairement à nos attentes, Martial a su le convaincre de sa bonne foi et lui faire comprendre qu'il ne souhaitait que ce qu'il y a de meilleur pour toi.

- Il réagit comme si c'était l'inverse qui s'était passé.

- Parce qu'il y a le second point.

- C'est-à-dire ?

- Bruno.

- Je crois que c'est lui que j'ai entendu parler, quand j'étais dans le placard.

- Tu te souviens de la conversation ?

- En gros. Ils ont parlé de l'ouverture de l'entrepôt et après, Mandrolet a engagé sur moi, en lui proposant de s'associer pour régler le problème. Enfin, c'est quelque chose dans ce genre-là.

- Exactement et une chose est claire aujourd'hui, c'est que Bruno ne lâchera rien, tant qu'il n'aura pas réglé son problème.

- C'est lui qui prétend avoir un différend avec moi. Je ne vois pas en quoi je suis gênante pour lui.

- Par deux fois, il estime que tu as mis des bâtons dans les roues de ses projets. Y compris l'entrepôt !

- Oui, je l'ai entendu dire un truc comme ça.

- Tu sais que j'ai refusé l'entretien. Martial en a parlé avant de te droguer.

- Pourquoi tu l'as refusé ?

- Parce que Bruno fonctionne comme Alexandre. Il ne convoque que pour imposer des conditions, pas pour parler. Il ne fera pas différemment avec toi.

- Pourtant, si j'ai bien compris, tant que l'entretien n'aura pas lieu, il ne me lâchera pas.

- Non et il va essayer de te piéger pour arriver à ses fins. Mais nous avons un allié supplémentaire maintenant.

- En la personne de ?

- Martial ! Il m'a proposé son aide pour te protéger. Il est en contact avec Bruno, ce sera plus facile d'avoir des informations. Il connaît la détermination du personnage.

Loulou réfléchissait.

- Et pourquoi tu ne convoques pas Mandrolet chez toi ? Il ne pourrait pas agir.

- Non, mais il ferait ce qu'Alexandre a fait avec toi, il te mettra un marché dans les mains. Ce n'est pas l'endroit qui le dérange.

Elle sentit sa colère reprendre le dessus.

- Je ne vais pas me le scotcher tout le reste de ma vie ?

- Non, mais pour l'instant, il faudra faire avec. En tout cas, le temps qu'on trouve la bonne solution. Pour le moment, c'est l'ouverture de l'entrepôt qui prend ses pensées et son temps. Ça nous laisse un répit pour voir ce qu'on peut faire... en collaboration avec Martial !

Comme pour elle-même, Loulou dit :

- Ça, ça n'a pas dû être du goût de David !

Mehdi répondit :

- Dans un sens, ça le rassure que Martial nous aide à faire en sorte que rien ne t'arrive et d'un autre côté, c'est une façon d'être près de toi. Il a peur de te perdre et que de nouveau, ton cœur ne balance vers Martial.

- A l'entrepôt, il m'a dit qu'il considérait que David et lui, c'était le même combat.

Leandro intervint :

- Il lui a répété. Mais cette fois, Martial a précisé qu'il te savait mieux près de David et que tu y étais en sécurité.

- Alors pourquoi David s'emporte comme ça, puisque soi-disant, Martial a réussi à le convaincre de sa bonne foi ? Là, j'avoue qu'il y a un truc qui m'échappe.

- Parce qu'il ne sait pas ce que toi, tu penses de tout ça et quels sentiments tu as pour Martial ! expliqua Leandro. Il pense que le fait que tu l'aies appelé hier soir prouve que c'est de lui dont tu avais besoin.

- Oui, dans la situation précise où je me trouvais, c'était de lui dont j'avais besoin. Mais ce n'est pas par amour que j'ai réagi comme ça, c'était juste une question de contexte.

Loulou but une gorgée de café, mais son cerveau trottait. Elle regarda Jacques Massin.

- Qui est l'Amerloque ?

- D'où tu tiens ça ? demanda Mehdi.

- Je me rappelle qu'ils en ont parlé à l'entrepôt. Je n'ai plus souvenance de toute leur conversation, mais ça, je m'en rappelle.

Mehdi consulta sa montre.

- On n'a pas trop le temps d'en discuter aujourd'hui, mais avec Jacques, on revient demain et on t'explique tout ça. Tu veux bien ?

- Bien sûr.

Les deux hommes se levèrent.

- Repose-toi ! dit Mehdi, en lui faisant la bise.

Jacques Massin se mit devant elle.

- Quelqu'un t'a dit que la punition était levée ?

- Sylvain ! répondit-elle, en souriant.

- Demain, je t'expliquerai pourquoi. Tu reprendras ton travail quand Laurent estimera que tu peux.

Elle fit un signe affirmatif. Jacques Massin lui déposa un baiser sur le front. Les deux hommes sortirent. Elle se rassit.

IV

La surprise de Leandro

Leandro était en face d'elle. Il la regardait.

- J'ai l'impression que tu me juges, quand tu me regardes comme ça ! dit Loulou, après quelques secondes.

- Ça ne me viendrait même pas à l'esprit. C'est juste que je suis troublé.

- A cause de moi ?

- Non, par Martial !

- A quel niveau ?

- Il m'a épaté, sans déconner ! Je m'attendais au mec bourru, hargneux, exigeant et violent que j'avais vu au cimetière. Pour moi, la réunion n'était pas placée sous les meilleurs auspices. Et je découvre un gars prêt à discuter, sans jouer les gros bras. Une motivation à te protéger, en expliquant à David qu'il avait compris où se trouvaient tes priorités. Franchement, je suis vraiment scié ! Si c'était un de mes potes, je te dirais bien qu'il a sacrément mûri.

- Pourquoi David ne le comprend pas, alors ?

- Mentalement, il n'a pas dévié de son état d'esprit.

Il eut soudain un grand sourire.

- J'ai un cadeau pour toi.

Leandro plongea sa main dans la poche intérieure de sa veste et en sortit l'enregistreur, qu'il tendit à Loulou.

- Hier soir, quand le patron m'a dit qu'on était de réunion, j'ai profité que le tiroir était ouvert pour me servir et j'ai décidé d'enregistrer la réunion, pour que tu saches tout.

Loulou sourit.

- Je pense que tu comprendras, en écoutant ça !

Il se leva et resservit des cafés.

- Comment va Isa ? interrogea-t-elle.

- On s'est engueulés !

- A cause de quoi ?

- De toi ! Elle n'a pas compris pourquoi j'étais si remonté contre toi mardi dernier. Mais je ne vais pas anticiper si le patron t'explique demain de quoi il retournait, à ce moment-là.

- Non, mais pour Isa, tu peux !

- Elle m'a reproché d'avoir été dur avec toi et quand Tito est venu te chercher vendredi, elle m'a jeté son venin à la figure.

- Tu ne l'as pas revue depuis vendredi ?

- Non, j'ai passé mon temps entre ici et le salon.

- Comment tu as fait avec tes gars ?

- J'ai changé les horaires quelques jours. Je les voyais en fin de journée.

- Et pour Isa, tu as fait quoi ?

- Je lui ai juste envoyé un message hier pour la rassurer et lui dire que tu étais de retour.

- Il faut que tu ailles la voir pour arranger ça.

- J'y suis allé hier soir pour voir les enfants. Je croyais qu'elle bossait d'après-midi et je suis tombé nez à nez avec elle.

- Alors ?

- Elle ne me pardonne pas mon attitude envers toi.

- C'est ridicule, votre truc ! Le problème qu'on a eu toi et moi ne doit pas influencer votre couple.

- C'est vrai que j'ai été trop loin.

- Il s'est passé ce qui s'est passé. Elle oublie un peu vite que j'ai ma part de responsabilités.

Il sourit.

- Au téléphone, la première chose que tu as faite, c'est de t'excuser pour les gifles. Tu t'en rappelles ?

Elle fit un signe affirmatif.

- Ça m'a dressé les poils parce que je regrettais beaucoup aussi, mais je me rendais compte que tu vivais avec ça, malgré ce qui t'arrivait.

Loulou sentit les larmes monter.

- Je n'ai pas notion de temps, mais j'avais fini par croire que tout le monde m'avait laissé tomber. Surtout toi, parce que je me disais que tu ne me pardonnais pas mon geste...

- Tu comprendras mieux demain ! dit-il, en lui prenant la main. Il ne faut pas pleurer pour ça, fillette !

Il sourit.

- Ce soir, je ne bosse pas, j'ai demandé ma soirée. Si tu veux, quand on aura fini de manger et que les enfants seront au lit, tu écouteras la cassette.

- Je préférerais que tu ailles voir Isa.

- Non, elle est encore trop à cran pour avoir un dialogue avec moi. Un peu comme toi et David, tu vois ce que ça pourrait donner ?

- Oui.

- Alors, tu me prends pour la soirée.

Les larmes de Loulou coulaient.

- Qu'est-ce qui t'arrive ?

- J'ai tellement de mal à faire un point sur ces derniers jours. Pourtant, j'essaye, mais je ne sais plus quoi penser des gens qui m'entourent. Je sais bien que l'enfermement ne m'aide pas à être réaliste. J'étais trop sûre que tout le monde m'avait abandonnée, sauf David et finalement, c'est lui qui m'a tourné le dos à peine revenue.

- Hier soir, c'était la cinquième dimension pour lui. Et...

A cet instant, le GSM sur la table sonna. Loulou regarda Leandro, qui lui sourit. Elle le prit et porta l'appareil à son oreille.

- Comment tu vas ?

Loulou hésita beaucoup à répondre. La voix de Martial était, comme la veille, douce et rassurante.

- Ça va ! finit-elle par dire.

- Tu as vu monsieur Massin ?

- Oui, il est parti il y a un moment.

- Il t'a expliqué notre entretien ?

- Oui.

- Et David ?

- Il est parti.

- Comment ça parti ?

- Il a claqué la porte ce matin ! soupira-t-elle.

- Je ne vais pas te cacher que je me doutais bien qu'il était à ce point sur les nerfs ! Tu es seule ?

- Non, Leandro est là.

Elle attendit quelques secondes et dit :

- Je sais que je te l'ai déjà dit, mais je m'excuse !

- J'allais te ramener chez toi, de toute façon !

- Je sais, Jacques me l'a dit, mais j'ai agi comme une voleuse.

- Ce n'est pas grave.

- Tu es où ?

- Je retourne là-bas. Monsieur Massin m'a donné l'autorisation de rester en contact avec toi et David n'y a pas vu d'inconvénient. Je te rappellerai demain, tu veux bien ?

- Oui.

Elle remit le GSM sur la table de cuisine. Emmanuelle passa devant eux.

- Les enfants ont pris leur bain pendant votre réunion. Je vais leur préparer à manger.

- Non, tu peux rentrer ! dit Leandro.

- Tu es sûr ?

- Et si demain, David ne revient pas, Loulou aura besoin de ton aide.

- Je viendrai à 06H30, pour m'occuper de Marie et Fathi passera la prendre, pour l'emmener à l'école.

Elle se prépara et partit.

- Qu'est-ce que tu veux manger ? demanda Leandro.

- Fais ce que tu veux. Je vais prendre un bain.

En passant, elle prit l'enregistreur. Elle rembobina la cassette, pendant que le bain coulait.

Quelques minutes après, elle prit place dans la baignoire, alluma une cigarette et appuya sur play.

- J'ai autorisé David à assister à notre entretien. Je pense qu'il a besoin d'entendre ce que tu as à dire. Les derniers jours lui ont été insupportables.

- Ça ne me pose aucun problème.

Elle reconnut les voix de Jacques Massin et Martial. Elle entendit des bruits de chaises et supposa que les hommes s'asseyaient.

- Pourquoi tu voulais me voir ?

- Principalement pour vous parler de Bruno. Je pense que Loulou est menacée par cet homme.

Elle entendit des tasses se poser sur la table. Un petit silence s'installa et la conversation reprit.

- Martial, chaque chose en son temps. Si tu le veux bien, on va commencer par régler un problème épineux maintenant. Je voudrais avant tout comprendre pourquoi Loulou est rentrée hier dans cet état.

- Pourquoi elle avait ces marques sur le corps ? Et pourquoi elle t'a appelé hier soir ?

C'était la voix de David, sèche, hargneuse. La voix de Jacques Massin reprit immédiatement.

- David, tu te calmes ! Nous ne sommes pas ici pour faire une guerre civile, mais pour comprendre une situation. Il est impératif que chacun y mette du sien. Toi le premier, pour la seule raison que je t'ai autorisé à être ici ! Essaie de te tenir un peu tranquille !

Il y eut un silence durant quelques secondes.

- Martial, si quelque chose de grave s'est passé durant ces quelques jours, je préfère que tu fasses preuve d'honnêteté. Quel était ton but en enlevant Loulou ?

- Je voulais la convaincre de revenir avec moi.

- Quels moyens as-tu utilisés pour la convaincre ?

- La battre !

C'était de nouveau la voix de David. Mais cette fois, elle était agressive. Elle sentait dans l'intonation de son compagnon une telle méchanceté, une telle rage, qu'elle n'osait à peine imaginer les sentiments qu'il avait, au moment de la réunion. Mehdi intervint pour la première fois.

- David, s'il te plaît !

- Quand elle est arrivée à l'entrepôt, je voulais la marquer comme elle m'avait marqué avec les coups de scalpel. J'avais pour but de lui demander de rentrer avec moi, mais je voulais aussi la punir pour ce qu'elle m'avait fait au cimetière.

- Ce sont pourtant deux sentiments contradictoires. La punir et lui demander de revenir avec toi sont à l'opposé.

- Oui, mais le fait qu'elle m'ait mis hors course a vraiment déclenché en moi une envie de vengeance. Je voulais lui donner quelques coups de martinet, en guise de réponse. Seulement, la nuit d'avant, j'ai revécu en boucle le cimetière et pour oublier les images, j'ai beaucoup fumé. Le lendemain, je n'avais plus la capacité de jugement. Je me suis vengé, c'est certain, mais à un degré bien au-dessus de mes ambitions de départ. Quand j'ai plus ou moins repris mes esprits, j'ai constaté le résultat. Et je n'étais pas capable de supporter sa souffrance. C'est certainement trop facile de le dire maintenant, mais j'ai fait une énorme erreur en voulant la punir.

- Je connais la raison pour laquelle elle est rentrée droguée et sache que bien que je sois contre ces méthodes, je te remercie d'avoir trouvé le moyen de ne pas la confronter à Bruno. Mais je voudrais savoir combien de fois elle a été droguée.

- Et pourquoi ?

David avait hurlé. Loulou entendit des chaises bouger.

- Ça suffit, David !

C'était la voix catégorique de Leandro. Elle entendit une nouvelle fois des bruits de chaise et supposa que tout le monde reprenait sa place.

- Ne me fais pas regretter de t'avoir emmené !

C'était la voix de Jacques Massin. La conversation reprit.

- Deux fois.

- Dans quel but ?

- Obtenir des réponses.

- Est-ce que tu les as obtenues ?

Non.

- As-tu eu des rapports sexuels avec Loulou, quand elle était sous l'effet de la drogue ?

- Oui. Mais là, je voulais qu'elle comprenne que je ne lui voulais pas de mal, que le viol était un dérapage et que les sentiments que j'ai pour elle sont sincères. Et même si aujourd'hui, je sais qu'elle n'a plus de ressentis amoureux pour moi, je pense qu'elle a compris que les miens sont sincères et profonds.

- Vu sa réaction hier soir, je crois qu'elle l'a bien compris !

Le ton de David était si sec que Loulou se sentit mal à l'aise. Elle entendit Leandro soupirer. Quand il soufflait de cette manière, il regardait la personne et lui faisait comprendre que ça suffisait bien.

- Qu'est-ce que tu me reproches, David ? Toi et moi, on mène le même combat, pour la même femme. Mes sentiments sont aussi sincères que les tiens. Mais elle est bien plus en sécurité avec toi parce que tu l'aimes et que c'est ta protection qu'elle souhaite. Et moi, maintenant, je sais qu'elle ne se sent bien qu'auprès de toi et de vos enfants. Je ne veux pas la voir malheureuse, je lui ai fait assez de mal comme ça. Le mieux, c'est qu'on fasse en sorte qu'elle soit heureuse et qu'elle n'ait plus peur.

- Comment en es-tu arrivé à cette conclusion ?

La question était posée par Jacques Massin.

- Loulou est tombée très malade. Sa fièvre est montée si haut qu'elle a déliré. Elle n'arrêtait pas de parler de Marie, de la chercher partout. J'ai compris qu'elle avait une très grande culpabilité concernant son décès. Je ne pensais pas qu'elle avait ce sentiment, depuis tout ce temps. C'est comme si elle se sentait responsable de mon geste et qu'elle s'en attribuait la responsabilité. Elle est persuadée que tout ce qui s'est passé à l'époque est de sa faute.

- C'est en effet le cas depuis le décès de Marie.

- Elle a aussi parlé d'une propriété qui l'enterrait. Je ne veux pas faire de sa vie une prison.

Quelques secondes passèrent.

- Mais malgré cela, on a réussi à parler et ça me manquait de parler avec elle, de dialoguer comme deux adultes. Pour moi, ça n'a pas de prix. Et je pense qu'elle considère que c'est une grande avancée aussi.

- Est-ce que tu as conscience maintenant de la souffrance qu'elle supporte, depuis votre séparation ?

- Oui et c'est une des deux raisons qui m'ont poussé à me raisonner et à ne pas la faire revenir avec moi.

- La seconde, c'est quoi ?

- Plutôt qui et c'est Tito ! Quelques heures...

Loulou entendit frapper à la porte de la salle de bain.

- Fillette, viens manger !

- J'arrive.

Elle laissa là l'enregistrement et sortit de la baignoire. Elle se sécha et s'habilla. Elle déposa l'appareil sur la table de la salle et prit la direction de la cuisine. Elle installa les enfants.

- Tu as commencé à écouter l'enregistrement ?

- Oui.

- Tu reconnais Martial ?

- Oui, c'est comme ça qu'il a été pendant...

- Avec quelques fausses notes, admets-le !

- Oui, je suis d'accord, mais c'était au début. Et vu que j'ai vécu sans repères tout ce temps-là, je ne peux pas donner de moments bien précis.

- C'est pour ça que tu m'as demandé le jour et l'heure au téléphone ?

- Oui, je ne savais plus où j'en étais dans le temps et l'espace.

- Tu t'es rendu compte qu'on était déjà mercredi ?

- Non, pour moi, ça faisait des milliards d'années que j'étais enfermée là. Tu m'aurais dit qu'on était en 2050, que ça ne m'aurait pas plus étonnée.

Leandro posa les assiettes sur la table et approcha Olivier, pour l'aider à manger.

- Tu en es où ? Tu as écouté quand il explique à David ?

- Dis donc, il était sacrément remonté.

- Tu n'as pas idée et encore, j'ai passé mon temps à lui demander de se taire sinon, je crois bien qu'il l'aurait ouvert plus que ça. Le patron aurait fini par lui faire quitter la table.

- Je ne comprends pas que Jacques ait accepté qu'il soit présent.

- David voulait entendre de la bouche de Martial tout ce qui s'était passé. Je ne pense pas qu'il aurait cru quoi que ce soit sortant de la nôtre. Il aurait crié à la manipulation.

- Pourquoi il est toujours braqué, alors ?

- Il a besoin de travailler un peu ce qu'il a entendu. Je crois qu'il a du mal à réaliser que Martial lui laisse la main. Et comme je te l'ai dit, il ne sait pas quoi penser de tes sentiments envers Martial.

- Il peut poser la question au lieu de faire des réflexions à la noix.

- Laisse-lui le temps, Loulou !

Elle se mit soudain à réfléchir.

- A quoi tu penses ? demanda Leandro.

- Il y a un truc qui me titille !

- Titille ! dit celui-ci, en éclatant de rire.

Elle lui tira la langue.

- Où a eu lieu la réunion ?

- Tu ne devines pas ?

- Non.

- La salle de réunion à AMA ! Le patron voulait que ça se passe chez nous. Il pensait mettre la pression à Martial, si toutefois, il avait eu de mauvaises intentions.

Avant d'entamer son assiette, il partit chercher les cachets.

- Je les prendrai plus tard ! lança Loulou. Sinon, je vais tomber raide, avant même de boire mon café.

Ils mangèrent, Marie continuant à jouer avec sa nourriture.

- Marie, arrête de jouer et mange !

Loulou n'avait pas très faim et se contenta de picorer dans son assiette. Elle laissait la fourchette se promener quand soudain, elle entendit de la bouche même de sa fille :

- Maman, arrête de jouer et mange !

Leandro éclata de rire, en même temps que la petite fille, pendant que Loulou regardait Marie, les yeux arrondis de surprise.

Après qu'ils eurent couché les enfants, Leandro et Loulou s'installèrent au salon, devant un café.

- Allez, écoute le reste ! l'encouragea Leandro.

Loulou prit l'enregistreur et appuya sur play.

- ... avant que Bruno vienne, il m'a dit que Loulou reviendrait avec moi, qu'elle avait cette étincelle de vie dans les yeux. Mais il m'a souligné que dans quelques semaines, si les choses ne se passaient pas bien, elle aurait la force morale de me mettre hors de moi et de me pousser à la faute. Et qu'à ce moment-là, on reviendrait à la case départ. Après ces quelques jours, je ne veux plus la sentir haineuse contre moi. Si elle revient, je veux qu'elle le fasse de son plein gré, sans contrainte.

- Quand allais-tu lui dire ?

- Je n'avais pas l'intention de lui dire, seulement la ramener.

- Pourtant, tu attendais malgré tout sa réponse.

- Oui, je ne pouvais pas ne pas aller au bout de mon chantage. Et au fond, j'avais peut-être envie de l'entendre me dire qu'elle revenait.

- Parle-moi de Bruno maintenant !

- Vous n'êtes pas sans savoir, monsieur Massin, que déjà à l'époque d'Alexandre, Bruno faisait des affaires avec nous. Seulement, les enchaînements ont déclenché chez Bruno une colère contre Loulou. Il estimait, à l'époque, qu'elle avait contrecarré ses plans. Sur ce point-là, je suis enclin à croire qu'Alexandre l'a aidé à nourrir sa haine envers elle. Vous savez comme moi qu'il peut se montrer très rancunier et toutes ces années, il n'a jamais perdu espoir de pouvoir la piéger. Au moment de l'histoire du cimetière, j'étais en pourparlers avec lui, justement pour l'entrepôt où j'ai emmené Loulou. Je devais signer quelques jours avant de la rencontrer, mais j'ai retardé la signature.

- Pourquoi ?

C'était la voix de Mehdi.

- Je suis retourné en Grèce, pour emmener Didier. Je savais que s'il apprenait que je devais rencontrer Loulou, il profiterait de l'occasion pour régler ses comptes avec elle, pour une ancienne histoire que vous connaissez certainement. Et la seconde raison, c'est qu'il me fallait échapper à la surveillance de Matthias. Lui laisser croire que je retournais en Grèce et revenir au dernier moment, avec des gars de là-bas. J'avais décidé d'aller signer la semaine suivante avec Bruno, on était d'accord sur une date. Mais ce qui s'est passé au cimetière m'a mis hors course, ce qui a carrément décuplé sa haine. Comme Alexandre, il a rendu Loulou responsable de la perte de temps et d'argent qu'il subissait.

- Comment a-t-il su que tu étais avec elle ce soir-là ?

- Je l'en avais informé ! Disons plutôt que je lui avais laissé entendre que je devais la rencontrer et que c'était la raison pour laquelle il nous fallait retarder la signature de quelques jours.

- Quels sont ses projets la concernant ?

C'était cette fois la voix de Jacques Massin.

- Dans un premier temps, il mettra la pression pour obtenir le rendez-vous que vous lui avez refusé, après les visites au salon d'Anthony et de Christian.

Cet entretien, il a décidé de l'avoir et il usera de tout ce qui est en son pouvoir pour l'obtenir. Loulou a demandé à Tito si c'était une de nos voitures qui la suivait. Il m'en avait fait part et je n'ai pas caché la vérité à Loulou. Quand il est venu visiter l'entrepôt, au moment où elle était dans le placard...

Mehdi le coupa.

- On a entendu la conversation !

- Comment ?

- Loulou avait mis ton GSM sous la table.

Leandro regarda Loulou.

- Là, Martial a souri, en regardant Tito. C'est comme s'il venait de comprendre pourquoi le GSM était sur la table, quand il l'a retrouvé.

La cassette continua.

- Donc, vous avez entendu qu'il ne comptait pas en rester là et qu'il me voudrait comme complice, pour régler son différend.

A ce moment-là, un GSM retentit sur la cassette. Loulou dit à Leandro.

- C'est celui de Martial qui sonne, non ?

Il fit un signe affirmatif.

- C'est moi qui appelle.

- Il a regardé qui c'était, mais n'a pas répondu.

La cassette continua sur la voix de Jacques Massin, toujours aussi calme.

- Et que penses-tu que nous puissions faire, pour éviter qu'il se passe quelque chose ?

- Je pense que je suis bien placé pour surveiller Bruno et vous prévenir, si toutefois, il venait à vouloir pousser un peu plus loin son projet.

- Et il est prêt à aller jusqu'où pour atteindre Loulou ?

- Il n'hésitera pas à employer les mêmes méthodes que les miennes. Pour l'instant, ses gars ont ordre de ne pas intervenir, simplement de l'effrayer et lui faire comprendre qu'elle doit céder pour l'entretien. C'est un chantage qu'il vous fait aussi. Mais je n'ai pas la certitude qu'il réagisse de la même manière, après l'ouverture de l'entrepôt.

- Tu ne peux pas retarder l'ouverture ?

- Non, j'ai fait ma part de boulot. Ce sont ses gars qui finissent les installations et l'ouverture se fera le jour prévu.

Il y eut un silence.

- J'ai pourtant un gros problème ! Loulou n'acceptera pas très longtemps d'être étouffée sous les gardes du corps. Tu sais comme moi qu'elle peut être imprévisible. Elle risque fort de ne plus gérer la situation, en tout cas nerveusement.

Elle entendit distinctement Martial rire.

- Oui, c'est une éventualité à ne pas négliger.

- Maintenant que tu sais que nous étions à l'écoute de ta conversation avec

Bruno, nous savons qu'il a fourni un détail sur un personnage que nous connaissons tous les deux.

Le silence s'installa quelques longues secondes.

- Vous parlez certainement de l'Amerloque.

- Tout à fait.

- Personne n'est censé connaître ce détail, à part moi.

- Nous le savons !

C'était la voix de Mehdi.

- Vous pensez le déstabiliser avec ça ?

- Nous, non !

De nouveau, un silence s'installa. Elle entendit distinctement une tasse se reposer et la voix de Martial reprit.

- D'accord, je vais essayer. Laissez-moi quelques jours, je vous tiens au courant.

- Comment comptes-tu t'y prendre pour le faire plier ?

- Je ne sais pas, j'ai quelques jours pour y réfléchir. Mais je compte bien trouver les arguments.

Leandro arrêta la cassette.

- Le patron n'avait pas d'autres solutions que celle-là.

- Ce n'est pas top de lui demander de régler le problème. Il risque gros, lui aussi, à ce jeu-là.

- Beaucoup moins que nous tous réunis. Bruno lui fait confiance et Martial trouvera les arguments pour le calmer quelque temps.

- Et si ce n'est pas le cas ?

- Il y arrivera !

Mais Loulou trouvait le procédé quelque peu indigeste.

- C'est quand même dégueulasse de lui avoir demandé ça !

- Le patron ne pouvait pas nier qu'il était au courant.

- De là à l'influencer avec ce genre d'information, personnellement, je trouve ça léger.

Loulou tendit la main pour récupérer l'enregistreur, mais Leandro le recula.

- Plus tard !

- Pourquoi ça ?

- Quand ce sera le moment, je te le donnerai et tu écouteras le reste.

Loulou n'insista pas, pensant que si Leandro agissait de cette manière, c'est qu'il avait une excellente raison. Elle prit ses cachets avec son café et partit dans la cuisine fumer une cigarette. Leandro la suivit.

- Comment ça va finir tout ça ? demanda-t-elle, doucement.

- Je serais toi, je ne me ferais pas trop de souci. C'est aussi bien qu'aujourd'hui, Martial soit revenu à de meilleurs sentiments, en ce qui te concerne.

- Et David ?

- David va réfléchir, comprendre et revenir ! Laisse-lui quelques jours pour remonter la pente et la vie va reprendre. Le plus dur pour lui sera d'accepter.

Elle le regarda droit dans les yeux.

- Et imagine qu'il n'arrive pas à passer le cap ? Que le fossé creusé ne se rebouche pas ?

Il ne répondit pas tout de suite.

- Il a peur, juste peur ! Dans quelques jours, il aura compris !

- J'espère que tu ne te trompes pas et qu'il réalisera que ses enfants ne sont pas aptes à comprendre la situation. J'ai disparu pendant quelques jours et maintenant que je suis de retour, c'est lui qui s'évapore. C'est déjà un miracle que Marie ne l'ait pas réclamé ce soir. Demain est un autre jour, on verra ce qu'il apporte de bon et de mauvais...

Quand Loulou se coucha, elle garda longtemps les yeux ouverts sur l'oreiller vide à côté d'elle. Elle comprenait la colère de son compagnon, qu'elle trouvait légitime, mais elle aurait aimé, ce soir, se blottir contre lui et retrouver la sérénité dans ses bras.

V
"Martialmonamour"

Le lendemain, elle se leva à o8H2o. Elle se dirigea immédiatement vers Olivier qui trottait joyeusement. Elle le prit dans ses bras et l'emmena. Emmanuelle était dans la cuisine.

- Comment tu te sens ?
- Bien.
Les deux femmes s'installèrent à la table, devant un café.
- Leandro dort ! prévint Emmanuelle. Je ne sais pas si je dois le réveiller.
- Non, surtout pas ! répondit Loulou. Laisse-le dormir.
Sans même s'en rendre compte, Loulou avait le regard concentré dans son café.
- Tu as l'air pensive ce matin ! émit Emmanuelle.
- Oui, j'ai mal dormi cette nuit. Ça m'a laissé le temps de réfléchir.
- On dirait que tu as pris des décisions, je me trompe ?
- Non, c'est exactement le cas.
- De sages décisions ?
- De celles qui vont fâcher ! soupira-t-elle.
- Tu es à peine rentrée et tu vas déjà te les remettre à dos ?
- Il y a un peu de ça !
Olivier était en train de jouer avec la cuillère. Elle le regarda, en souriant, et dit, tout bas :
- Si tu savais comme je t'aime, mon beau !
Son fils, comme s'il comprenait que ces mots lui étaient adressés, la regarda avec un large sourire, en émettant un cri strident. Loulou éclata de rire.
Emmanuelle se leva et revint quelques secondes plus tard. Elle lui tendit ses cachets et posa le sirop sur la table.
- Merci.
- C'est le dernier jour. Mais il semblerait que ta toux soit calmée.
- Oui et je n'ai pas envie de prendre les cachets aujourd'hui.
- En quel honneur ?
- Ils me ramollissent au possible.
Emmanuelle les posa à portée de main d'Olivier.
- Si Olivier... lança-t-elle, comme une menace.
Et justement, le petit garçon avançait sa main. Sa maman prit les cachets, qu'elle déposa sur sa langue et avala le reste de son café, sous l'air plus que satisfait de son amie.
- Maintenant, c'est au tour du sirop ! ironisa Emmanuelle.
- Oui, maman ! répondit Loulou, très sérieusement.

Elle prit le sirop et entreprit de savourer son second café.

Quelques minutes plus tard, la sonnette retentit. Loulou jeta un coup d'œil à l'horloge, il était 08H45.

Emmanuelle regarda qui était là et déclencha le portail.

- C'est Pascal !

Loulou se leva et remit Olivier dans son trotteur. Pascal entra et vint immédiatement la serrer dans ses bras.

- Comment ça va, ma grande ?

- Ça va et toi ?

Il entendit un petit cri derrière lui et se retourna pour découvrir Olivier, tendant les bras. Il le prit et s'avança vers la cuisine, où Emmanuelle avait servi les cafés. Pascal et Loulou s'installèrent, Olivier trônant fièrement sur les jambes de son parrain.

- Comment va Damien ? demanda immédiatement Loulou.

- Très bien, il nous comble ! C'est un vrai bonheur...

Il attendit quelques secondes et continua :

- David est passé hier à la maison. Il est venu en sortant d'ici.

- Il était en super forme, alors ! ironisa Loulou.

- Justement non, il n'est venu à la maison que pour craquer.

Ils tournèrent la tête. Leandro arrivait vers eux. Il serra la main de Pascal. Emmanuelle étant repartie travailler, il se servit un café et prit place autour de la table. Pascal reprit :

- Il ne sait plus quoi penser de tout ça ! Il voulait revenir hier soir, pour parler, mais j'ai estimé qu'il n'était pas en état, alors je l'ai gardé à dormir et je lui ai dit qu'on verrait aujourd'hui ce que ça donne...

- Et ça donne quoi ? demanda Leandro.

- Ça donne qu'il n'est plus monté sur ressorts.

- C'est un vrai miracle ! dit tout bas Loulou.

Pascal continua :

- Mais il ne sait plus non plus comment revenir ! Il a réalisé tout ce qui s'est passé hier et son comportement.

- Il a dormi toute sa nuit ?

- On lui a donné un somnifère pour l'obliger à décompresser.

- Ça a donné de bons résultats, il faudrait lui en donner plus souvent ! suggéra Loulou.

- Il a eu raison de me préciser que ta colère ne serait certainement pas redescendue ce matin ! rétorqua son ami, en la fixant sévèrement.

Comme à chaque fois que Pascal lui faisait une remontrance, elle se sentit mal à l'aise. Elle n'avait jamais tenté de lui tenir tête, elle savait qu'il ne se laisserait jamais impressionner. Mais elle ne supportait pas de le savoir fâché contre elle, qu'importent les raisons. Elle se ravisa immédiatement.

- Excuse-moi !

- Mais qu'est-ce qu'il retient d'hier ? continua Leandro.

- Il a enfin compris que Loulou n'était heureuse qu'avec lui et les enfants et que Martial avait changé son fusil d'épaule.

- Qu'est-ce qui l'empêche de revenir ?

- Tout ce qu'il a dit à Loulou depuis hier matin.

Il se tourna vers elle.

- Je pense que tu devrais faire le pas.

Elle sourit.

- Il a claqué la porte sans que je ne demande rien, il reviendra de la même manière. Et puis, il n'a pas besoin de se fatiguer, Jacques doit passer ici aujourd'hui, c'est l'occasion ou jamais pour lui de revenir, sans avoir à se justifier. Il a l'air d'oublier que c'est sa maison ici.

Leandro se leva.

- Je devais téléphoner à Mehdi ce matin pour savoir à quelle heure ils comptaient passer.

Il partit en direction des chambres. Loulou regarda Pascal.

- En fait, je dois t'avouer que je ne sais pas non plus comment agir avec David. Je redoute de voir un jugement dans ses yeux, même si je pense qu'il a compris de la bouche de Martial où étaient mes priorités.

- Ta solution est la meilleure pour ne pas avoir à vous affronter, à peine la porte passée.

Il se leva, remit Olivier dans son trotteur et se rassit.

- Il y a du nouveau sur ton compte "Lionne666". Tu y as un contact supplémentaire.

- En la personne de ?

- La seule personne qui, à mon avis, est incapable de supporter que Martial parle à d'autres femmes qu'elle.

Loulou ouvrit de grands yeux.

- Tu n'es pas en train de me parler de dame pipi, là ?

David n'avait pas caché à sa compagne avoir raconté à ses deux amis les anecdotes de leur séjour.

- Si, justement ! Dimanche soir, Guido s'est branché et il s'est trouvé devant une demande en attente.

- C'est quoi son pseudo ?

Pascal répondit, en riant :

- "Martialmonamour"

Loulou éclata de rire.

- Tout à fait le genre, elle a trop peur de le perdre. Je trouve même étonnant que personne ne m'ait encore informée qu'elle avait uriné tout autour du Tourbillon, pour marquer son territoire.

- En attendant, elle est branchée tous les soirs. Hier soir, elle a dit à Guido que Martial était de retour. Enfin, tu liras ça.

- Il a eu Talos ?

- Non, personne depuis vendredi à part...

Ils virent Leandro revenir et se rasseoir.

- Le patron vient cet après-midi.

Loulou se leva et partit chercher le GSM dans la chambre.

- Qu'est-ce que tu fais ? demanda Leandro.

- Rien, j'ai un coup de fil à passer.

Elle appuya sur les touches et attendit, le GSM à l'oreille.

- Je suis content de t'entendre ! Comment tu vas ?

- Bien et toi ?

- Je vais toujours bien quand j'entends ta voix.

- Écoute, je voulais te dire un truc !

Elle croisa le regard surpris des deux hommes, en face d'elle.

- Je voudrais que tu ne tiennes pas compte des accords passés avec Jacques hier. J'ai beaucoup réfléchi et je vais accepter l'entretien avec Mandrolet.

Elle n'entendit plus la voix de Martial, mais Leandro hurler :

- Ce n'est pas à toi de prendre la décision !

Loulou s'éloigna de la table.

- Je n'ai pas entendu ce que tu me disais ! dit-elle à Martial.

- Leandro a raison, tu ne prends pas ce genre de décision. Laisse-nous faire !

Loulou fut prise d'un accès de colère. Elle lança, en se tournant vers Leandro et en le regardant droit dans les yeux :

- J'ai pris ma décision et personne ne me fera revenir dessus. Est-ce que c'est bien clair ?

Elle entendit à l'autre bout du fil :

- Passe-moi Leandro !

- Non, je ne te le passe pas. Je te téléphonais juste pour te prévenir, c'est tout !

- Loulou, ne sois pas entêtée, passe-moi Leandro !

Elle soupira, revint vers la table, tendit le GSM à son complice et prit la direction du bureau. Elle s'installa derrière et alluma l'ordinateur.

Elle vit arriver Pascal quelques secondes après.

- Pourquoi tu as fait ça ?

- Parce que ça commence à bien faire, cette histoire ! Et puis merde, Jacques n'a pas le droit de se servir de Martial !

- Et toi, tu recommences à contrecarrer les ordres !

Elle le fixa et tenta de lui expliquer sa façon de penser.

- On dirait que tu trouves ça normal. Mandrolet veut une réunion ? Je lui offre et voilà, je ne vois pas en quoi ça pose problème. Il suffit de choisir l'endroit et éviter que ça se déroule sur son territoire. Je pense que Jacques arrivera à le convaincre. Il faut juste ne pas lui donner les moyens de mettre la pression.

- Tu crois que les choses sont si faciles ?

- Ce n'est pas ce que je dis ! Je dis simplement que je ne veux pas qu'il se serve de Martial.

Elle le regarda fixement, pour continuer :

- Et ne me regarde pas comme ça, ça aurait été David que je réagirais de la même manière !

- Tu ne dois à aucun prix rencontrer Bruno Mandrolet, ni aujourd'hui, ni jamais !

- Toi aussi, tu me sembles bien renseigné.

Elle soupira.

- Ça me saoule, toutes ces cachotteries !

Leandro entra dans le bureau et rendit le GSM à Loulou. Elle voyait bien qu'il était très en colère. Elle remit l'appareil à son oreille.

- Oui ?

- Loulou, tu vas écouter Leandro, s'il te plaît ! Fais-moi plaisir et écoute ce qu'il va te dire. Cet après-midi, monsieur Massin va t'expliquer certaines choses. Ces choses doivent impérativement te faire changer d'avis sur la décision que tu as prise.

Elle ne répondit pas.

- Tu m'écoutes ?

Loulou avait toujours les yeux fixés sur le visage de Leandro, qui la regardait sévèrement.

- Oui, je t'écoute ! Et plus je vous écoute, en fait, et plus j'ai l'impression qu'on me cache quelque chose que je devrais savoir, pour mesurer la situation.

Elle appuya les derniers mots, comme une évidence :

- Ce qui ne serait pas la première fois !

Elle entendit Martial soupirer :

- Écoute Leandro et je te rappelle ce soir.

Elle coupa la communication et posa le GSM sur le bureau.

- Allez, crache ! râla-t-elle.

- Martial a prévu de voir Bruno dans dix jours. D'ici là, personne ne bouge.

- Vous avez mis trois plombes, juste pour vous dire ça ? Tu te fous de moi ?

- Martial appellera le patron pour lui dire ce qu'il en est, après leur entretien.

- Quoi d'autre ?

- Rien que tu ne doives savoir de ma bouche. Tu attends le patron cet après-midi pour le reste.

Il tourna le dos et sortit de la pièce. Elle se retourna vers Pascal.

- J'en ai vraiment marre qu'on me cache des trucs.

- Si Jacques te les cache, c'est peut-être bien qu'il y a une raison.

Sans même lui répondre, elle se plongea dans la lecture de l'historique. Un franc sourire se dessina au fur et à mesure qu'elle avançait.

Virginie, dans un premier temps, expliquait que Martial avait maintenant quelqu'un dans sa vie et qu'il n'était, de ce fait, plus disponible.

Dans un deuxième temps, elle s'étalait sur sa fonction au Tourbillon, en tant que femme de patron et du respect qu'on lui portait.

- Dis donc, si elle ne bossait pas au Tourbillon, la boîte ne tournerait pas ! ricana-t-elle.

- Guido n'a pas voulu en savoir plus. C'était juste pour amorcer le contact.

- C'était bien joué. Il aurait poussé un peu, il aurait certainement eu son numéro de GSM.

Elle regarda l'heure des échanges.

- Elle se branche toujours à la même heure ?

- Sur les quatre jours, c'était toujours à partir de 18H00. A quelle heure ouvre le Tourbillon ?

- 22H00.

- Mais tu as vu qu'hier soir, elle a coupé court.

- Martial rentrait, c'est normal ! Mais ça veut dire qu'elle a accès à son compte, si elle a découvert l'existence de "Lionne666".

- Tu te branches ce soir ? Ou tu veux que Guido le fasse ?

- Je me brancherai !

Elle fit une grimace.

- Que du bonheur de discuter avec elle !

Elle éteignit l'ordinateur et reprit le chemin de la cuisine, suivie par Pascal. Leandro était là, silencieux, devant un café. Elle s'assit en face de lui, Pascal prenant place à ses côtés.

- Tu fais la gueule ? demanda-t-elle.

Il la regarda.

- Tu es fatigante, tu le sais ça ?

- Ça devient fatigant aussi de devoir tout deviner.

- Tu ne veux pas comprendre qu'il y a des choses que tu n'as pas à savoir, des choses dont tu ne dois pas t'occuper ?

- Tu n'es pas tout à fait juste dans ce que tu dis. Je ne dois rien savoir, ne m'occuper de rien, mais je te rappelle qu'en ce qui concerne Mandrolet, c'est lui qui vient à moi et pas le contraire.

Elle eut comme un sursaut.

- Dis donc, je ne savais pas que tu avais pris de l'héroïne ! C'était quand, ça ?

Il sourit.

- Quand je vivais dans la rue. Je crois bien qu'à cette époque, j'ai plongé là-dedans comme dans le désespoir.

- Tu vivais mal l'après-piqûre ?

- Aucun mot de t'as échappé, à ce que je vois !

Elle fit un signe négatif. Il continua :

- Je pensais justement que la drogue m'aiderait à passer les angoisses que j'avais. C'est vrai que pendant quelques heures, j'étais carrément sur une autre planète, mais après, je dérapais complètement vers la folie. Mais j'avais toujours un pote de galère pour m'aider à passer le cap.

- Tu en as consommé combien de temps ? demanda Pascal.

- Pas très longtemps, mais assez pour penser à toutes les manières de se suicider.

- Tu n'as jamais essayé autre chose ?

- Non, ça m'a bien suffi. Et puis, peu de temps après, j'ai rencontré le patron, la question ne s'est même plus posée. De temps en temps, avec Paul, on fume, mais c'est tout. Je ne pense pas être encore capable de m'injecter quelque chose dans les veines.

Loulou se leva, prit le paquet de cigarettes et s'installa dehors, sur la chaise longue. Elle se sentait de nouveau fatiguée.

Elle vit les deux hommes arriver et Pascal lui tendre sa tasse de café. Ils prirent place à la table. Sans même le regarder, elle demanda à Leandro :

- Tu as déjà eu affaire aux hommes à Mandrolet. Qu'est-ce qui s'est passé ?

- C'est Martial qui t'a dit ça ?

- Il ne m'a donné aucun détail.

- Alexandre Birlet était en affaire avec et un soir, ils sont simplement venus place Platane. C'était quelques jours après que Martial soit passé au loft. On avait été prévenus et on était descendus là-bas.

- Pourquoi ils sont venus jusque-là ? interrogea Pascal.

- Ce serait Alexandre Birlet qui les aurait envoyés. Ça s'est terminé en bataille rangée. Finalement, on n'a jamais su pourquoi.

- Mais qu'est-ce que tu as fait de si spécial pour marquer les esprits comme ça ? lança Loulou.

- Qui te fait croire que j'ai fait quelque chose de si spécial ?

Elle tourna sa tête et répondit :

- C'est ce que j'ai compris et je ne pense pas m'être trompée.

- Un des gars a profité que j'avais le dos tourné pour me foncer dessus. Je lui ai juste rendu la monnaie de sa pièce.

- Tu l'as massacré ? demanda Pascal.

- Il a été au régime paille pendant quelques mois.

Loulou comprit mieux pourquoi Martial lui avait laissé entendre qu'il fallait toujours attaquer Leandro de face.

Elle s'alluma une cigarette et fit passer le paquet aux deux hommes. Elle s'installa confortablement sur la chaise longue.

- Pourquoi Martial t'a raconté ça ? entendit-elle de la bouche de Pascal.

- On parlait de Leandro.

Elle ferma les yeux. Elle sentait le coup de barre la gagner rapidement. Elle se dit qu'elle aurait dû rester sur son idée première et ne pas prendre les cachets.

- Il est quelle heure ? demanda-t-elle.

- 10H15, fillette !

Elle se laissa doucement sombrer dans le sommeil, pendant que les deux hommes parlaient. Elle sentit sa cigarette tomber par terre.

VI

Stephan Blanchett

Quand elle ouvrit les yeux, elle vit immédiatement une ombre sur le côté de son œil. Elle tourna la tête et constata que David était là, assis. Il la regardait. Elle vit une cigarette dans sa main. Devant lui était posée une tasse de café. Il la prit et lui tendit. Elle but une gorgée, en espérant que celui-ci la sorte de sa léthargie.

- Il est quelle heure ?

- 12H40.

Après quelques secondes, il demanda timidement :

- Tu as bien dormi ?

Elle fit un signe affirmatif, en portant la tasse de café à sa bouche. Elle tendit la main et il lui donna sa cigarette. Une quinte de toux grasse se déclencha à la première bouffée.

Le silence était pesant, presque perturbateur, dans cet espace vert, mais Loulou ne comptait pas le rompre. Sa colère contre David était toujours vivace et elle ne parvenait pas à lui pardonner son attitude.

- J'ai agi comme un con ! lança-t-il soudain.

- Je ne pouvais pas dire mieux !

- Tu m'as manqué cette nuit.

- Certainement pas autant qu'à moi.

Elle se redressa et le regarda.

- Franchement, je crois qu'il y a des choses qui t'ont échappé, ces deux derniers jours. Tu ne sais pas combien j'ai besoin de toi, David ! Tu ne sais pas combien tu m'as manquée tous ces jours. Ne pas te voir, te sentir, toi et les enfants, ça a été un véritable calvaire. Quand je pensais que tu étais le seul qui m'attendait encore, je me rends compte que tu as été le premier à me rejeter. Je comprends que tu aies réagi avec de la colère, voire de la haine, mais tu m'as abandonnée au moment où j'avais besoin de toi, de ton réconfort et de tes paroles. Mais pas de celles que tu as vomies sur moi hier.

- Je suis désolé si je t'ai blessée. Ce n'est pas une excuse, mais je n'étais plus moi. Je n'avais plus le contrôle.

- Et maintenant, tu penses que tu l'as retrouvé ?

- Oui, en tout cas assez pour assumer mon rôle et être là pour toi. Enfin, si tu as envie que je reste, bien sûr !

- C'est une phrase que tu devrais avoir honte de prononcer.

Il se leva et s'installa derrière Loulou. Elle posa sa tête contre le torse de son compagnon et il la serra dans ses bras.

- Je m'excuse, ma puce !

Loulou ne répondit pas. Non pas qu'elle n'en voyait pas l'intérêt, mais elle avait surtout une question primordiale à lui poser. Est-ce qu'il se sentait capable de vivre avec Martial comme allié et non comme ennemi ? Elle préféra taire le sujet pour le moment, se disant qu'ils auraient l'occasion d'en parler en tête-à-tête.

Elle resta donc là, silencieuse, dans les bras de la personne qu'elle aimait par-dessus tout. Elle se rendit compte que toute sa colère contre lui avait disparu, à l'instant où il avait refermé les bras sur son corps. Elle ferma les yeux et profita de ce pur moment de bonheur.

- Monsieur Massin est arrivé ! entendit-elle, de la bouche d'Emmanuelle.

Elle ouvrit les yeux.

- Ils sont dans la salle, ils n'attendent que vous ! continua-t-elle.

Loulou et David se levèrent et entrèrent dans la maison.

Jacques Massin, Mehdi et Leandro étaient installés dans la salle, silencieux. Ils s'assirent à leur tour. Emmanuelle déposa un plateau, servit les cafés, puis elle s'effaça. Loulou croisa le regard de Leandro, elle y comprit qu'il avait parlé de ce qui s'était passé quelques heures plus tôt.

- J'ai entendu quelque chose qui m'a beaucoup déplu ! commença justement Jacques Massin, en se tournant vers Loulou. J'espère que Martial et Leandro ont réussi à te faire changer d'avis.

- Non, désolée, je reste sur mes positions. Tout comme je continue à dire que c'est limite de se servir de Martial de cette manière.

Il soupira.

- De toute façon, le problème est réglé. Martial rencontre Bruno dans dix jours.

- Et après ?

- Et après, on prendra les décisions qui s'imposent... en collaboration avec Martial !

La réponse, évidemment, n'arriva pas à convaincre Loulou. Un semblant de colère monta en elle, mais elle tenta de se maîtriser.

- Pourquoi tu m'as punie ?

- Quelques jours après qu'Anthony soit passé au salon, j'ai reçu un appel de Bruno, qui me demandait, une nouvelle fois, un entretien avec toi. J'ai refusé cette rencontre, en lui stipulant qu'il n'obtiendrait rien de concret. Je savais qu'il mettrait tout en œuvre pour me faire flancher et effectivement, il n'a rien fait de moins que de te faire surveiller, suivre et t'intimider par le biais de Christian. Le but ultime était que je cède à son chantage. Il a très vite compris que ça ne fonctionnait toujours pas. Ce que Bruno ne savait pas, c'est que ses hommes étaient surveillés par Joël et Jacky.

Il sourit à Loulou.

- Finalement, on avait retenu ton idée, les concernant !

Il but une gorgée de café et continua :

- Jusqu'au jour où on a constaté que Pierre avait répondu à une invitation de Bruno. On l'a compris quand des hommes à Bruno sont passés le prendre place Platane, après le départ de Christian du salon.

Loulou leva les sourcils et regarda Leandro.

- La toupie ?

Leandro fit un signe affirmatif.

- C'était un détail dont on n'était pas censés avoir la teneur et par conséquent, on a dû jouer l'ignorance jusqu'à ce fameux lundi où, par chance pour nous, il t'a interpellée dans le couloir. C'était notre occasion, notre seule excuse pour l'obliger à nous dire quels étaient ses rapports avec Bruno. Mais surtout savoir ce que Bruno attendait exactement de nous, par l'intermédiaire de Pierre et dans quel but il le faisait agir. Seulement, contrairement à ce qu'on pensait, il n'a pas été expansif du tout et finalement, ce soir-là, tu as agi très dangereusement, sans même t'en rendre compte.

Il se tut et regarda Loulou.

- En appelant les secours, tu as empêché les choses de se faire.

- Quoi, au juste ?

- Ce soir-là, Pierre aurait dû être trouvé, non pas par les pompiers, mais par les hommes à Bruno... qui auraient fini le travail !

- Et comment les mecs à Mandrolet auraient su qu'il était sur le parking ?

- Pierre retrouvait un gars à Bruno dans un café, tous les soirs. Un homme devait justement aller là-bas expliquer, à qui voulait bien l'entendre, ce qu'il se passait sur le parking et qui était sur place.

- Donc, le gars en question comprenait que Pierre était avec vous.

- Exactement, mais les pompiers l'ont emmené à l'hôpital. Il a eu le temps de se justifier rapidement. A ce jour, on ne sait pas où il se trouve. Mais tout porte à croire qu'il a rejoint le clan Mandrolet, personne ne l'a revu.

- De la façon dont tu m'expliques les choses, je ne vois rien d'autre qui pourrait justifier le fait qu'il ne soit plus là.

- Tu te trompes ! Il existe deux possibilités. La première, c'est que Bruno l'ait fait éliminer, mais je pense que Martial le saurait. Bruno ne sait pas cacher un acte comme celui-là. Enfin, tu l'as entendu à l'entrepôt, il expose ses victimes comme des trophées.

- Oui, mais il semblerait qu'il cible bien les personnes qu'il fait rentrer dans la confidence, puisqu'il a dit à Martial qu'il était le seul à avoir l'information.

- C'est juste !

- Quelle est la deuxième possibilité ?

- La seconde, que Pierre a changé de camp.

- C'est ce genre de réponse que tu attends de la part de Martial dans dix jours ?

- En partie, oui !

- Et ?

- Et surtout connaître les projets de Bruno, en ce qui te concerne.

Mehdi prit le relais.

- C'est pour ça que ton idée est très mauvaise et qu'on refuse de se pencher dessus.

Elle regarda Mehdi.

- Autant que tu saches que je ne céderai pas sur ce point.

- Il le faudra, pourtant ! Martial va essayer de le convaincre que tu n'es pas un danger pour lui. Il doit réussir !

- Et si ce n'est pas le cas ?

- Il nous faudra prendre des dispositions pour ta sécurité.

Loulou se mit à rire.

- Allez, dis-moi que tu plaisantes ! Ce mec n'est certainement pas plus fou que ne l'était Alexandre Birlet. Je ne vais pas arrêter de vivre parce que Monseigneur Mandrolet a une dent contre moi.

- Et si vraiment Martial ne réussit pas à lui faire entendre raison, c'est toute ta famille que nous devrons mettre sous protection ! précisa Jacques Massin.

- Comment ça ?

- Avec Martial, on avait au moins l'assurance que jamais, il ne toucherait un membre de ta famille. Mais Bruno perd vraiment patience et ses déterminations ne le font pas réagir de la même façon. Si les choses ne bougent pas, il ne serait pas surprenant qu'il s'en prenne à quelqu'un qui t'es proche et nous ne pouvons pas courir le risque.

- Si jamais il touche quelqu'un ici, je lui mets personnellement une balle entre les deux yeux ! affirma-t-elle.

- Pour le moment, on doit avoir l'assurance que tu ne décideras pas de n'en faire qu'à ta tête, dans les dix jours à venir ! lança Mehdi.

Elle soupira.

- De toute façon, quelques jours, ce n'est pas le bout du monde. En espérant que Martial parvienne à ses fins, sans que Mandrolet ne se doute de quoi que ce soit.

Elle se tourna vers Jacques Massin.

- Bon, c'est qui l'Amerloque ?

- L'Amerloque avait pour nom Stephan Blanchett. Sa mère était américaine et il était parfaitement bilingue, ce qui lui a valu l'appellation d'Amerloque. Il a commencé à traiter avec Alexandre il y a de longues années de ça. Puis il est parti aux Etats-Unis où il a monté un véritable empire. Quand il a eu amassé une immense fortune et semé nombre de cadavres, il est revenu voir Alexandre, qui commençait tout juste sa collaboration avec Martial. Il a voulu participer à leur business, mais ça n'a pas été du goût de Bruno, qui n'a pas aimé le personnage dès la première minute. Stephan l'avait senti et a essayé de rentrer dans une de leur affaire. La fameuse qu'ils n'ont jamais pu conclure. Bruno avait juré de se venger, mais Stephan était très puissant, même loin de son fief. Son domaine de prédilection était l'immobilier, un point commun qu'il partageait aisément avec Matthias. Ils avaient même prévu de faire une espèce d'alliance entre les deux pays. Bruno enrageait de se voir voler la vedette. Mais il est resté tranquillement dans son coin et il est quand même parvenu à ses fins.

- Martial lui a dit qu'il ne fallait pas que certains de leurs amis l'apprennent. Ça veut dire quoi, exactement ?

- Stephan avait ramené certaines de ses affaires en France et les intérêts étaient énormes pour quelques familles. Si l'information devait se propager, c'est la tête à Bruno qui serait mise à prix.

- Au moins, j'aurai la paix !

- Non, ça ferait exactement le même résultat que si quelqu'un venait à toucher à Martial. C'est une guerre qui en découlerait. Il faut espérer que Bruno ne s'en vante pas, mais il sait se montrer prudent et connaît assez Martial pour savoir qu'il ne dira rien.

- Bon, si je comprends bien, on sera fixé dans dix jours ?

Leandro répondit :

- Et d'ici là, personne ne bouge... et particulièrement toi !

Elle lui fit un sourire forcé. Elle se leva.

- Vous n'avez plus besoin de moi ?

Mehdi se leva à son tour.

- Non, on va te laisser te reposer. On garde Olivier et Marie à la villa. Au moins pour ce soir. Leandro va ramener Emmanuelle chez elle. Vous avez, David et toi, des choses à vous dire.

Loulou se tourna vers David, qui lui dit :

- C'est moi qui l'ai demandé.

VII
Menaces

Quand tout le monde fut parti, après que Loulou ait serré très fort Olivier dans ses bras, elle s'allongea.

- Tu es fatiguée ? demanda David, en s'asseyant sur le lit.

Elle le regarda dans les yeux.

- Les médicaments m'assomment.

- Tu as envie de quelque chose ?

- Oui, j'ai envie que tu me serres dans tes bras. J'ai envie de sentir ton corps contre le mien. Et je n'ai pas envie de parler, tu sais tout ce qu'il y a à savoir, on ne ferait que tourner en rond.

Il avança sa main et passa son doigt sur la cicatrice.

- Je ne me sens plus capable de devoir encore supporter qu'il t'arrive quelque chose. Je tolère mal l'amour que te porte Martial, mais maintenant, je sais que tu ne disparaîtras plus.

Il passa au-dessus du corps de Loulou et se mit sous la couette. Elle se retourna et elle se blottit contre lui. Il referma ses bras.

Le silence tomba dans la pièce. Loulou sentit un bien-être immédiat. Elle respirait son compagnon, elle le ressentait jusqu'au plus profond d'elle. Celui-ci lui caressa le dos. Elle ferma les yeux sur cette douce sensation, sur ce geste pourtant si banal, mais qu'elle ressentait comme une volupté. Elle sentit le souffle de David dans son oreille.

- J'ai tellement envie de te faire l'amour !

Elle se recula et le regarda.

- Et qu'est-ce qui te pose problème, au juste ?

- Je ne sais pas ! avoua-t-il.

- Moi, je peux te le dire ! Tu redoutes de devoir passer derrière Martial.

- Je me suis demandé si tu avais été touchée par sa tendresse.

- La chose qui m'a touchée, c'est son changement d'attitude. J'ai retrouvé la paix, je n'ai plus peur de lui. Il a été de bonne volonté, pour me prouver qu'il ne me voulait plus de mal. C'est ce que je retiens de ces quelques jours avec lui. Et toi, tu restes braqué sur le sexe.

- Pour l'instant, c'est encore l'image qui continue de m'obséder.

- Et tu te demandes ce dont moi j'ai besoin ?

- Dis-moi !

- De ton amour, que tu me montres que je ne t'ai pas perdu.

Il répondit tendrement :

- Mais jamais tu ne me perdras, ma puce !

- Ce n'est pas comme ça que je l'ai ressenti hier, pourtant !

- Je te l'ai dit, je n'étais plus moi. J'étais trop sur les nerfs et de te voir l'appeler, j'ai vraiment perdu un boulon. Je ne savais plus ce que je devais penser. Tout était devenu trop bizarre, trop surréaliste, pour que j'arrive à faire semblant.

- Et maintenant, tu en es arrivé à quelle conclusion ?

A défaut de discours, il se pencha vers sa bouche, en répondant doucement :

- Je te dirai ça plus tard !

Ils firent l'amour comme deux adolescents qui, pour la première fois, se retrouvent confrontés au monde du sexe. Douceur, tendresse et don de soi se mélangèrent. Loulou profita du corps de son compagnon et réalisa qu'aucun autre corps que celui-là ne pouvait la satisfaire.

Faire l'amour avec David effaça de manière définitive toute la culpabilité qu'elle avait ressentie avec Martial.

Quand Loulou ouvrit les yeux, elle regarda immédiatement l'heure. Il était 17H15. Elle se leva, enfila son tee-shirt et se servit un café.

Elle se sentait si bien, si détendue. Elle avait récupéré le David qu'elle aimait et il avait su lui apporter tout l'amour dont elle avait besoin, pour retrouver les repères qui manquaient à son équilibre.

Elle but tranquillement son café, fuma une cigarette et se dit qu'elle irait bien parler un peu à Virginie ce soir. Elle avait envie de cet affrontement virtuel. Elle écrasa sa cigarette et prit la direction du bureau.

Elle alluma l'ordinateur, en même temps qu'elle constatait qu'il y avait un appel en absence de Martial sur le GSM, qui était resté sur le bureau. Elle l'appela, alors qu'elle se branchait sur "Lionne666". Il décrocha rapidement.

- Comment tu vas ?

- Ça va.

Elle se tut quelques secondes et continua :

- Je vais passer ton numéro sur mon autre GSM.

- J'avais remarqué que ce n'était pas le même numéro.

- Non, c'est le numéro qui m'a servi à t'envoyer des messages, à une époque ! Plus exactement cinq !

Elle l'entendit rire.

- Tu sais qu'au fond, j'ai toujours su que c'était toi. Comment tu avais eu le mien ?

- A ton avis ?

- Thomas ?

- Oui, il me l'avait donné avant de repartir du bureau. Efface celui-là, je ne compte pas l'utiliser.

- D'accord ! répondit Martial.

Elle regarda l'écran et constata que "Martialmonamour" était en ligne.

- Est-ce que tu es revenue à la raison ? demanda-t-il.

Elle leva les yeux et constata que David était sur le pas de la porte. Il lui souriait.

- Je ne crois pas qu'on me laisse le choix. Mais autant que tu saches, toi aussi, que je ne suis pas d'accord.

- Je vais réussir à le convaincre et après, tu auras la paix.

- Et si ça ne marche pas ? Si Mandrolet entrevoyait un piège ?

- Il ne verra rien du tout ! Le but principal de sa visite ne se porte pas sur toi. J'ai une autre raison de le rencontrer.

Loulou entendit derrière une voix féminine. Elle ne laissait aucun doute sur l'identité de sa propriétaire.

- Tiens, dame pipi !

Elle entendit Martial éclater de rire.

- Je te rappelle demain ! dit-il, à voix basse.

Loulou coupa la communication. Elle leva les yeux, David avait disparu.

Il revint quelques minutes plus tard, avec deux cafés. Il les déposa et s'assit à côté d'elle.

- Qu'est-ce que tu fais ? demanda David. Tu vas parler avec Virginie ?

- Disons plutôt que je vais attendre qu'elle me parle.

Il se pencha et l'embrassa.

- Je suis bien ! dit-il, en souriant.

Un son retentit. Loulou ouvrit la fenêtre.

. salut

Loulou posa les mains sur son clavier.

. salut, tu vas bien ?

. ouiiiiiiiiiiiiiiiiiiiiiiiiii

- La voilà excitée, la pauvre fille ! émit Loulou, en riant.

Elle constata que Virginie était de nouveau en train d'écrire. Elle la laissa terminer, pendant qu'elle se remémorait l'historique qu'elle avait lu. Elle se rappelait surtout que Virginie fulminait après Martial et qu'elle avait la certitude qu'il était en compagnie de Loulou. Ce qui redoublait sa colère contre lui.

. mon homme est la, je suis heureusssseeeeeeee

- Qu'est-ce qu'elle tient !

David éclata de rire.

- Ça va parfaitement bien avec le personnage.

. tu bosses ce soir ?

. oui, on va biento partir

. finalement, tu sais où il était ?

. non mais je suis sur qu'il était avec l'autre

. il ne t'a rien dit ?

. non, il dit que c'est son travaille qui l'a retenu

. tu ne le crois pas ?

. je sais que c'est l'autre, mais je lui réserve une surprise à la salope

Loulou regarda David.

- C'est quoi ça ?

- Demande-lui des précisions.

. une surprise ?

. ce soir, j'engage des gars (garde ca pour toi hein)

. des gars pour quoi faire ?

. pour lui donner une lesson

- Toi, c'est des leçons d'orthographe qu'il te faudrait ! lança Loulou.

David se leva et sortit du bureau.

- Tu vas où ?

- Fais-la parler, ma puce ! Demande-lui des détails.

Loulou se concentra sur l'écran.

. pourquoi tu veux faire ça ?

. pour lui faire comprendre qu'il est a moi

. tu es si sûre qu'elle essaye de te le prendre ?

. oui, je suis sure

. tu vas faire ça à quel moment ?

. j'engage les gars, ils font le boulot et c'est tout

David revint dans le bureau.

- Qu'est-ce que tu as fait ?

- J'ai appelé Leandro. Il arrive.

Loulou reposa ses yeux sur l'écran.

. je te laisse, mon homme m'apelle

Virginie se mit hors ligne. Loulou se leva.

- Bon, je vais prendre un bain ! Si Leandro arrive, tu n'as qu'à lui montrer ça, je laisse comme ça.

Elle prit la direction de la salle de bain.

Au fond, elle se disait que tout ça n'arrêterait jamais. Maintenant que les choses reprenaient un cours normal avec Martial, c'était avec Virginie qu'il fallait se battre. Mais ce qui l'inquiétait plus que tout, c'était que Virginie mette Didier comme chef d'orchestre. Elle n'en avait pas fait allusion et Loulou espérait que l'idée ne l'effleure pas non plus. Elle regretta de ne pas avoir approfondi.

Elle mit le bain à couler et partit à la cuisine fumer une cigarette. David lui apporta un café. Son angoisse devait être perceptible, car il lui dit immédiatement :

- Ça t'inquiète ?

Elle sourit.

- Pas plus que ça !

- Tu es sûre ?

- Je ne vois pas bien comment ils pourraient s'y prendre avec Sylvain. Et prévenu, Leandro va encore blinder, je n'ai aucun souci à me faire de ce côté-là.

- Qu'est-ce qui t'embête, alors ?

- Maintenant que je n'ai logiquement plus de soucis à me faire avec Martial, c'est cette demi-portion qui va me pourrir la vie.

- Tu ne veux pas le prévenir, je suppose ?

- Certainement pas ! Et personne ne doit le faire. C'est le meilleur moyen pour elle de finir à l'hôpital et je ne veux pas de ça ! Elle a déjà fini aux urgences, il y a quelques jours.

Elle raconta à David l'épisode de la venue à Didier à l'entrepôt et la punition que Martial avait exigée de l'homme, à son retour sur place.

- Il faut croire qu'elle kiffe de se faire cogner ! conclut-elle.

Elle écrasa sa cigarette, termina son café, embrassa David et se glissa dans son bain, après avoir pris son GSM.

- Isa ? Loulou !

Elle entendit des pleurs à l'autre bout du fil et une voix murmurer :

- Loulou ! Qu'est-ce que je suis contente de t'entendre !

- Calme-toi ! Tu veux que je te rappelle un peu plus tard ?

Elle entendit renifler et la voix s'affranchir, pour répondre :

- Non, surtout pas ! Comment tu vas ?

- Bien. Je voulais savoir où tu en étais avec Leandro ?

- Nulle part, pour être franche avec toi ! Je n'arrive pas à lui pardonner son attitude. Même quand il m'a annoncé que tu étais de retour, je n'ai pas réussi à lui pardonner.

- Tu ne peux pas rester là-dessus avec lui. Je sais qu'il est passé voir les enfants l'autre soir.

- Oui, je n'aurais pas dû être là. Il m'a même expliqué que tu t'étais excusée pour les gifles alors que lui estimait que c'était à lui de le faire.

- Leandro t'a expliqué pour David ?

- Non, qu'est-ce qui s'est passé ?

- Il a claqué la porte hier matin.

- Pourquoi ?

- Il ne digérait pas ce que j'avais fait à mon retour.

- Amandine m'a dit que tu avais appelé Martial. C'est ça ?

- Oui.

- Et vous en êtes où ?

- Justement, il est rentré en début d'après-midi.

- Vous vous êtes expliqués ?

- Oui et si j'ai réussi à pardonner à David les paroles qu'il a eues envers moi, je suis certaine que tu peux pardonner à Leandro. Surtout que sans vouloir jouer les moralistes, il n'est pas seul responsable de ce qui s'est passé. J'ai une grande part là-dedans.

- Qu'est-ce que tu voudrais que je fasse ?

- Il doit venir ici, si toutefois, il n'est pas déjà arrivé ! Tu veux bien que je lui dise de passer chez toi, avant qu'il aille au boulot ? Essaye d'avoir une discussion avec lui, c'est important pour moi.

Il fallut quelques secondes pour qu'elle entende Isabelle lui demander, à voix basse :

- Tu te sens coupable ?

- Oui.

Un silence s'installa. Loulou ne le brisa pas, elle savait que son amie réfléchissait.

- Dis-lui de passer !

- C'est super ! Ça me fait plaisir. Tu me raconteras ?

- Tout ! répondit Isabelle, en riant.

Elle raccrocha, le sourire aux lèvres. Elle déposa son GSM par terre et s'allongea dans le bain. Elle ferma les yeux et se détendit.

Un moment plus tard, elle entendit frapper à la porte. David entra.

- Leandro vient d'arriver, ma puce !

Elle sortit, se sécha et passa dans la chambre, pour s'habiller. Elle rejoignit les deux hommes, qui étaient installés dans le canapé. Elle s'assit et but une gorgée de café de la tasse à David. Leandro ne perdit pas de temps.

- J'enlève Sylvain à partir de la semaine prochaine, on leur laisse le champ libre.

- Comment ça ? demanda Loulou, étonnée.

- On va les laisser agir. Le mieux, ce n'est pas de les dissuader, mais de les choper. On ne doit pas faire savoir qu'on est au courant.

- C'est quoi, ton but ?

- Qu'ils disent clairement par qui ils ont été engagés.

- Et après ?

- Après, on verra ce que le patron décidera.

- Tu sais qu'il voudra prévenir Martial et ça, c'est hors de question !

- Tu as une autre solution ?

Elle répondit, en se levant :

- S'il avait été plus tôt, je t'aurais bien dit d'envoyer les deux J là-bas pour qu'ils repèrent les mecs, mais c'est trop court.

Elle partit dans la cuisine s'allumer une cigarette. Leandro vint la rejoindre.

- Laisse-moi faire comme je décide. D'accord ?

- Je te laisse faire. Tu en parles quand à Jacques ?

- Je vais y aller tout de suite.

- Ça peut bien attendre un peu, que tu passes voir Isa avant ! Virginie n'engage les gars que ce soir, de toute façon !

Leandro la regarda, en souriant.

- Qu'est-ce que tu as encore fait, toi ?

- Isa t'attend, c'est tout ! répondit Loulou, en souriant à son tour. Avec David, on va aller à la villa. Je me charge d'expliquer à Jacques.

Leandro s'avança et fit la bise à Loulou.

- Merci, fillette !

Il serra la main de David et partit, le sourire aux lèvres. David se mit devant elle.

- Si j'ai bien compris, on file à la villa ?

- Oui. J'ai envie d'embrasser les enfants.

Elle lui caressa la joue.

- Tu m'emmènerais boire un café au salon, ce soir ?

- Bien sûr ! Mais d'abord, je file prendre une douche.

Il l'embrassa et s'éloigna.

Arrivés à la villa, Jacques Massin s'apprêtait à partir rejoindre Mireille. Loulou lui jeta juste deux mots concernant Virginie, en lui précisant que Leandro passerait lui donner des détails. Il lui dit qu'il l'appellerait dans la soirée, pour voir de quoi il retournait exactement. Il proposa à David et Loulou de passer le week-end à la villa, avec leurs enfants.

VIII
Angelo

A 22H00, David emmena Loulou au salon où, pour une fois, ils se comportèrent comme des clients.

Pourtant, quand Dentdent arriva, Loulou se leva et demanda à Audrey de préparer un café. Elle l'apporta à l'homme, en même temps qu'elle lui glissait un papier dans la main. Elle mit son index devant sa bouche et émit un "chuttttttt". Il fit un signe de tête, lui indiquant qu'il avait bien compris le message.

Elle retourna s'asseoir avec David. Elle observa Dentdent ouvrir discrètement le papier, sur lequel il était écrit.

Retrouve-moi sur le grand parking de la zone quand tu auras fini avec Leandro.

Elle le vit ranger le papier dans sa poche, alors que Leandro passait devant eux pour le rejoindre.

Une demi-heure après, Loulou demanda à David de rentrer, sous prétexte qu'elle était fatiguée. Elle fit la bise à Leandro.

Avant de sortir, elle composa le numéro de Sylvain.

- David et moi, on va se cacher sur le parking de la zone, tu nous laisses une petite heure ?

Elle avait entendu Sylvain rire.

- On vous attend devant le salon ! finit-il par dire.

Mais à peine dans la voiture, elle demanda à son compagnon :

- Fais un détour, je dois voir quelqu'un.

Il la regarda, sévèrement.

- Qu'est-ce que tu vas encore faire ?

En quelques mots, elle lui expliqua ce que lui avait dit André, deux mois plus tôt.

- L'occasion se présente que je puisse parler avec lui, sans que personne ne le sache.

- A quoi ça sert si Martial n'a plus besoin de lui, tu peux me le dire ?

- Personne ne le sait, David ! Pour tout le monde, Martial et moi, on est toujours en guerre. Je veux juste qu'il sache que son prénom a été prononcé. Et lui doit croire que maintenant, c'est dangereux de balancer des infos à n'importe qui, y compris Martial.

- Et Sylvain ?

- Il croit qu'on va faire l'amour dans un endroit insolite ! lança-t-elle, en riant.

- Tu vas faire descendre notre côte de couple modèle.

- Soyons fous !

Il y avait plusieurs voitures garées sur le parking. La partie qu'ils occupaient était non éclairée, mais ils voyaient nettement l'entrée.

Angelo fit son apparition une vingtaine de minutes plus tard. David fit quelques appels de phare et l'homme vint s'asseoir à l'arrière de la voiture. Loulou ne perdit pas de temps et lui dit immédiatement, sûre d'elle :

- Je sais que c'est toi qui renseignes Tito sur mes déplacements là-bas. En tout cas, tu l'as fait en fin d'année, non ?

Celui-ci sembla tout à coup abattu.

- Je l'ai fait plusieurs fois.

- Quand est-ce que tu as rencontré Martial ? demanda David.

- Il y a quelques années. Tito est revenu, après que Carlos...

Il s'arrêta net dans sa phrase et reprit, après quelques secondes :

- Il m'a demandé de prendre le relais.

David paraissait perplexe. Loulou lui expliqua.

- Ils ont tous mon numéro de GSM en cas de problème. Seulement, tout comme pour Carlos à l'époque, Leandro doit les prévenir quand je ne suis pas joignable. C'est comme ça qu'ils étaient au courant de mes départs.

Elle regarda Angelo.

- Ton nom a été prononcé devant moi. Tu sais comme moi que ça ne doit jamais revenir jusqu'à Leandro ou monsieur Massin.

Son visage se métamorphosa.

- Qu'est-ce que je dois faire ?

- Si on te pose des questions, tu dis que quelqu'un dans le clan Massin a des doutes. En attendant, fais comme si de rien n'était. Personne, à part moi, n'a l'information.

- Tu ne diras rien ?

- Non, tu n'as pas à avoir peur. Par contre, j'ai une question à te poser. Ta maison, comment tu l'as eue ? Avec cet argent-là ?

- Non, je l'ai achetée après un héritage.

Il descendit du véhicule.

- Quelle importance, pour la maison ? demanda David, étonné.

- S'il n'informe plus, on lui coupe les vivres.

David et Loulou restèrent à la villa jusqu'au dimanche après-midi.

Ils profitèrent de leurs enfants et placèrent leur séjour sous le signe de la bonne humeur la journée et des retrouvailles câlines la nuit.

Martial appela Loulou pour prendre de ses nouvelles, sans que cela ne mette David hors de lui.

Pourtant, le second soir, ils eurent une discussion. Ils venaient de faire l'amour et étaient tendrement enlacés dans le lit quand soudain, David avait lancé :

- Tu te souviens le jour où on a parlé du suicide ?

- C'est marrant, j'y ai repensé à l'entrepôt.

- Tu te rappelles que je t'avais dit que je trouvais que c'était un geste égoïste ?

- Difficile de ne pas s'en souvenir ! ironisa-t-elle.

- J'ai compris la semaine dernière ce fameux mode de pensée, dont tu m'avais parlé. Moi aussi, je me suis retrouvé à ne plus voir que ça pour me soulager, sans même regarder par-dessus mon épaule. J'ai fini par me persuader que les enfants seraient bien plus heureux sans moi, que je n'avais pas le droit de les faire souffrir.

Elle le regarda.

- Explique-moi comment tu en es arrivé là ?

- A mon retour, je suis directement allé à AMA. Natha ne m'a rien dit, il m'a juste demandé de rentrer à la maison. J'ai tout de suite pensé qu'il se passait quelque chose, pour que tu ne sois pas là-bas. Quand je suis arrivé, il y avait Jacques, Mehdi et Leandro.

Loulou le coupa.

- Comment allait Emmanuelle ?

- Elle n'était pas remise du tout. Au contraire, elle m'a raconté ce qui s'était passé le matin. Elle s'en voulait, parce qu'elle avait compris que son Hervé l'avait manipulée.

- C'est vrai qu'elle aura du mal à se pardonner ça.

- Jacques a envoyé Patrice et Eddy là-bas, sonder un peu partout, s'il n'y avait pas trace de toi. Mais il était persuadé que tu n'étais pas là-bas. Ne me demande pas pourquoi, c'est quelque chose qui était ancré en lui.

- Comme quoi, une fois de plus, son instinct ne l'a pas trompé.

- Il a dit qu'on devait se relayer, que tu allais téléphoner à la maison. Leandro et moi, on restait debout la nuit et ils venaient la journée, en plus d'Emmanuelle. Mais je finissais par entendre la sonnerie du téléphone dans ma tête, je devenais complètement dingue.

A ce moment, il passa son doigt sur la cicatrice.

- La dernière fois que tu avais disparu, tu étais avec Léo, mais on a su tout de suite que tu avais fui. Déjà, à cette époque, je suis passé près de la folie. Mais là, les jours passaient et c'était trop pour moi. Je pense que j'ai commencé à penser au suicide le lundi. Ça m'est vraiment apparu comme la seule solution à mon problème. J'ai repensé à notre conversation, à ce moment-là, pour la première fois.

- J'aurais aimé que tu ne connaisses jamais ça.

- Leandro avait appelé tout le monde pour interdire qu'on téléphone. Quand ça a sonné, il ne pouvait s'agir que de toi. Et je ne sais pas pourquoi, j'ai eu peur de décrocher, c'est pour ça que j'ai laissé le répondeur se déclencher.

- Et moi, j'étais persuadée qu'il n'y avait plus personne à la maison.

Il sembla se concentrer, avant de continuer :

- Tu attends tellement quelque chose que quand ça arrive, tu ne sais plus comment agir.

- C'est ce que ça t'a fait avec le téléphone ?

- Oui. C'était une évidence que c'était toi, mais... je ne sais pas comment expliquer ça !

- Ce n'est pas comme si tu n'avais pas décroché !

IX
L'équation qui fait la différence

Laurent était repassé dans la journée de lundi.

- Bien le bonjour, ma petite dame ! Comment tu te sens ?

- Mieux. Je ne tousse presque plus et comme tu le vois, les marques se sont beaucoup atténuées.

- Laisse-moi t'examiner !

Loulou s'était voulue convaincante, elle voulait reprendre le travail. Mais elle se sentait, dans un même temps, très lasse et son corps fatiguait très vite, depuis qu'elle était rentrée.

Après quelques minutes, Laurent lui dit :

- Tes poumons ne sont pas encore complètement dégagés.

- Et ?

- Je préfère que tu restes encore au calme cette semaine. Je sais que ça te déçoit.

- Oui, beaucoup ! admit-elle, dans un semblant de sourire.

- Je ne veux prendre aucun risque, Loulou ! Je ne te donne pas d'antibiotiques, le sirop finira de dégager tout ça.

Loulou avait donc passé sa semaine à la maison. Elle donna congé à Emmanuelle et garda par la même occasion Marie. Et finalement, elle se trouva très rapidement satisfaite de profiter de sa famille.

Martial continua de l'appeler chaque jour, mais elle ne toucha pas à l'ordinateur, ne se sentant pas l'envie de parler avec Virginie.

Le lundi suivant, après que David et Marie soient partis, Loulou s'installa avec Emmanuelle devant un café.

- Allez, maintenant qu'on profite d'un peu de calme, explique-moi pour Jean-Michel ! déclara Loulou.

- En fait, il y a eu du nouveau depuis la dernière fois qu'on en a parlé, étant donné qu'il est passé me voir samedi. Je lui avais demandé de me laisser réfléchir, je ne savais plus du tout ce que je devais penser de tout ça. Il a tenté d'avoir une explication.

- Jean-Michel n'est en rien responsable de ce qui est arrivé.

- Non, c'est à moi que j'en veux, Loulou ! Hervé m'a tourné la tête, j'ai cédé et regarde le résultat, il m'a manipulée. J'ai vraiment été aveugle et je culpabilise d'avoir fait du mal à Jean-Michel.

- Et lui, il en dit quoi ?

- Il me dit qu'au vu de sa situation, il était mal placé pour me juger. Il prétend qu'il m'aime et qu'il est prêt à attendre ma décision.

- Tu sais bien que tu peux lui faire confiance, il a su faire preuve de bonne foi envers toi.

- Mais ce qui s'est passé l'autre vendredi m'a chamboulée.

Loulou baissa la tête.

- Je suis sincèrement navrée !

- Rien n'est de ta faute.

Elle se mit à rire.

- Mais je dois quand même admettre que c'était finement joué de la part d'Hervé et qu'il m'a fait prendre un sacré pied.

Loulou releva la tête, en riant. Son amie fit un grand sourire pour rajouter, à voix basse, comme une confidence :

- Jean-Michel, à côté, c'est un petit joueur !

Les deux femmes partirent dans un éclat de rire qui fit sursauter Olivier, qui était dans son trotteur. Sans même en comprendre la raison précise, elles furent prises d'un fou rire.

Après quelques minutes, Emmanuelle se leva en se tenant le ventre et partit dans le jardin. Loulou resta assise là, essayant de reprendre le contrôle d'elle-même, sous le regard plus qu'amusé d'Olivier qui, lui aussi, riait, en regardant sa maman.

Quand les deux femmes eurent repris leur sérieux, Emmanuelle se remit au travail et Loulou prit une douche.

En sortant, elle découvrit Leandro, tranquillement assis devant un café, dans la cuisine. Elle le rejoignit en jetant un coup d'œil sur l'horloge, il était 09H30.

- Ça va, fillette ?

- Qu'est-ce que tu fais ici ?

- Il fallait que je te parle ! déclara-t-il, à voix basse.

- Dis-moi d'abord comment ça s'est passé avec Isa ?

Son visage s'éclaira et il fit un clin d'œil.

- On a réussi à trouver un terrain d'entente.

- Vu ta réaction, je pense que je n'ai plus de souci à me faire pour son moral ?

- Non.

Il reprit un visage sérieux, tout en sortant un petit paquet de sa poche. Il le déposa devant Loulou.

- Isa m'a demandé de te donner ça.

Loulou prit le paquet, l'ouvrit et découvrit un test de grossesse. Son premier réflexe fut de sourire, mais soudainement, dans son esprit, une lumière s'éclaira, en même temps qu'une évidence. C'est vrai qu'elle n'avait absolument pas pensé à cet aspect des choses.

Elle reposa son regard sur Leandro. Il continua :

- Ça ne m'avait même pas effleuré non plus. Mais c'est la première chose à laquelle Isa a pensé. Elle voulait que je vienne te donner ça la semaine dernière, mais je n'ai pas osé. Finalement, en y réfléchissant, je ne trouvais pas l'idée si loufoque. Hier soir, je lui ai dit que j'allais te l'apporter aujourd'hui. Elle m'a dit que tu fonctionnais comme elle, je n'ai pas compris.

- Ta femme et moi ne regardons jamais nos dates de cycles. Ça veut dire que d'un mois à l'autre, on ne sait pas quand on est susceptible de tomber enceinte.

- Ça veut dire qu'il y a certains risques aujourd'hui ?

Loulou ne répondit pas. Elle continuait à passer son regard de la boîte au visage de Leandro, en se persuadant, au fond d'elle-même, que ce genre de choses ne pouvait pas arriver. Elle avait arrêté la pilule plusieurs semaines auparavant et n'avait eu aucun signe avant-coureur.

Elle avait la présence d'esprit de se dire que ce serait vraiment une catastrophe. Elle reposa la boîte sur la table et soupira.

- Ce n'est pas le super plan pour commencer la semaine.

- Pourtant, c'est vrai que ce n'est pas un point de détail.

Leandro la regarda dans les yeux.

- Va le faire maintenant, fillette !

Elle se mit à rire, en répondant :

- Demande-moi ce que tu veux, mais certainement pas ça. En tout cas, pas aujourd'hui.

- Loulou, il faut le faire... maintenant !

Elle repoussa le test.

- Je ne me sens pas le courage d'affronter ça.

- Tu n'es pas sans savoir que c'est du 50/50. Et si ça se trouve, il est négatif alors, autant le savoir.

- Justement, si c'est négatif, ça attendra bien demain.

Leandro soupira.

- Tu sais que ça changerait beaucoup de choses si tu étais enceinte et il faut qu'on le sache. Je n'ai pas envie de te supplier. J'estime qu'entre nous, on a passé ce cap-là depuis longtemps.

Elle n'avait aucun argument à répondre à la logique de Leandro. Elle se leva donc, prit le test et se dirigea vers la salle de bain.

Elle eut soudain peur que la vérité soit à l'encontre de son désir. Leandro avait raison, être enceinte changerait trop de choses. Elle urina et posa le test sur la tablette à côté d'elle.

Puis elle le mit au-dessus du lavabo, sans le regarder. Elle venait de décider qu'elle en vérifierait le résultat, après s'être détendue sous l'eau.

Elle s'apprêtait à se déshabiller, quand elle entendit frapper. Elle ouvrit, pour découvrir son complice.

- Qu'est-ce que tu fais ?

- Je vais reprendre une douche.

Il regarda dans la pièce et son regard tomba sur le test, posé au-dessus du lavabo. Il comprit que Loulou ne souhaitait pas le regarder pour l'instant.

- Je le prends ?

- Comme tu veux ! soupira-t-elle.

Elle attendit qu'il soit sorti pour se déshabiller et plonger sous l'eau chaude. Elle tenta en vain d'oublier l'existence du test, qui était maintenant dans les mains de Leandro. Elle se disait qu'il était le premier à savoir à quoi il fallait s'en tenir et qu'il tenait peut-être dans ses mains son avenir.

Elle hésita beaucoup à sortir, mais parvint à se convaincre que Leandro avait raison. Il fallait savoir. Elle s'habilla aussi lentement que possible, retardant ainsi les minutes la menant au résultat.

Quand elle sortit, Leandro fumait une cigarette. Il la regarda et lui sourit. Elle n'aurait pas su dire ce que contenait son sourire. Si c'était de la désolation, du réconfort ou du soulagement.

Sans un mot, elle s'assit en face de lui et il lui tendit sa cigarette, qu'elle porta à sa bouche. Il se leva et lui amena une tasse de café. Les deux interlocuteurs étaient silencieux.

Leandro reprit place face à Loulou. Il s'alluma une nouvelle cigarette. Il tendit son autre bras sur la chaise à côté de lui et remonta le test, qu'il déposa sur la table. Il le tourna de manière à ce que Loulou voie immédiatement le résultat.

Les deux fenêtres étaient barrées d'un trait. Elle fixa ces deux fenêtres, essayant de comprendre la complexité de la situation. Ces deux traits ne signifiaient qu'une seule chose. Elle portait un enfant de deux pères potentiels.

Contrairement à ce qu'elle aurait pu penser, elle ne ressentait rien de spécial, elle se voyait dans l'obligation d'accepter l'information. Elle ne s'obligeait en aucun cas à la gérer, simplement la voir et l'accepter. Mais immédiatement, une tension supplémentaire s'insinua en elle.

Leandro mit le test dans sa poche.

- Qu'est-ce que tu comptes faire de ça ? demanda Loulou. Laisse-le ici, il va falloir que je l'annonce à David et à choisir, je préfère qu'il découvre le test.

- Je voulais prévenir le patron.

- Non, le prochain maintenant qui doit connaître la vérité, c'est David !

Leandro tendit le test à Loulou, qui le mit dans un des tiroirs de la salle de bain. Elle revint à la cuisine.

- Et Martial ?

Loulou gonfla ses joues et expulsa l'air bruyamment.

- Une chose à la fois. On va déjà voir la réaction de David, avant de passer à une autre étape.

- Tu es certaine que les deux peuvent être les géniteurs ?

- Sur une seule semaine, j'ai eu des rapports avec les deux. Si je me réfère à mon dernier cycle, je suis bien embêtée sur la période de fécondité. Peut-être que la gynécologue m'éclairera un peu. Enfin, ça, c'est la prochaine étape parce que pour le moment, mon gros problème, c'est David !

- Tu penses qu'il va mal le prendre ?

- A sa place, tu réagirais comment ?

- Aucune idée, fillette !

Il se leva et lui fit la bise.

- A ce soir.

- Leandro ?

- Quoi ?

- Ne dis rien à personne !

Loulou, angoissée à l'idée de la réaction de David, passa le reste de la matinée à s'occuper d'Olivier. Elle se sentait détendue avec son fils, mais au fond, elle commençait à entrevoir l'étendue du dilemme.

Si David voyait le test, il était incontestable qu'il comprendrait sur l'instant qu'il n'était pas le seul père potentiel. Elle avait conscience que cela réveillerait forcément chez lui la rancœur qu'il avait eue contre Martial. Il tolérait l'homme, mais de loin, de très loin. La tension monta encore d'un cran.

Après le déjeuner, elle mit Olivier à la sieste. Elle revint dans la salle, s'installa à côté du meuble et descendit le téléphone. Elle composa un numéro.

- Geneviève ? Loulou !

- C'est un plaisir de t'entendre ! Comment vas-tu ?

Elle ne répondit pas.

- Raconte-moi, Loulou !

Elle raconta à sa seconde maman tout ce qui s'était passé dans l'entrepôt. Elle n'omit aucun détail, elle avait besoin que Geneviève sache tout, c'était primordial à ses yeux. Cette femme avait un charisme que Loulou admirait, depuis toutes ces années. Elle savait que jamais la maman de Martial ne la jugerait, ni elle, ni son fils, mais son point de vue était toujours constructif et plein de bon sens.

- As-tu prévenu David et Martial pour la grossesse ? demanda-t-elle, quand Loulou eut fini.

- Non, aucun des deux ! Je pense le dire à David ce soir, mais à l'instant, je n'en ai pas le courage. Je verrai ça le moment venu. Au pire, je repousse de quelques jours.

- Tu sais ce que cette nouvelle va provoquer chez Martial ?

- Oui. Je sais qu'il voulait des enfants avec moi.

- C'est encore plus fort que tous les fantasmes qu'il nourrit, j'en suis persuadée. Comment tu ressens tout ce qui s'est passé à l'entrepôt ?

- On a réinstauré un dialogue. Tu sais que je me rappelle encore quand tu me disais que c'était certainement ce qu'il nous fallait.

- Je le pense toujours et d'un côté, je suis très heureuse que cela soit fait ! Même si je trouve la méthode pitoyable, venant de mon propre fils. Mais à sa décharge, il fallait qu'il emploie les grands moyens pour te faire fléchir et que tu sois de nouveau à son écoute. Mais je réitère, ses méthodes sont condamnables.

Les deux femmes parlèrent encore un moment et se quittèrent.

Loulou se coucha. Elle eut du mal à trouver le sommeil.

X
Solution extrême ?

David la réveilla à 17H30.

- Tu as bien dormi, ma puce ? demanda-t-il immédiatement.

- Oui.

- Tu es certaine de vouloir reprendre le travail ce soir ?

- Oui. Je suis guérie et le salon me manque.

- Je vais donner le bain aux enfants ! dit-il, en l'embrassant tendrement.

Quand elle se leva, elle décida de ne pas gâcher la soirée de son compagnon et laissa le test à sa place. Elle s'en voulait de cacher une telle vérité, mais elle n'avait pas le courage d'affronter son éventuelle colère.

Par contre, à 18H30, elle se brancha sur son compte "Lionne666" et vit immédiatement que Virginie était branchée. Elle commença le dialogue.

. quoi de neuf ? tu as engagé les gars ?

. oui, ils doivent déjà etre sur place depuis quelqué jour

. ils sont combien ?

. 3

. ils agiront quand ?

. ils ne me l'on pas dis et je m'en fous

Loulou décida de ne pas trop insister sur le sujet et continua sur un sujet banal.

Après quelques minutes, Virginie parla de son travail et son égocentrisme la poussa à vanter des mérites qu'elle n'avait pas. En tout cas, aux yeux de Loulou.

A 21H30, elle monta dans la voiture. Sylvain n'était pas dans le véhicule.

Et là, deux choses lui revinrent en mémoire. La première était que Martial avait, la veille, vu Bruno Mandrolet. La seconde, que Jacques Massin avait retenu l'idée de Leandro d'enlever toute la protection rapprochée.

- C'est quoi le plan ? demanda-t-elle à Fathi, sachant que l'homme savait de quoi il retournait.

- Sylvain est invisible, mais présent ! Tu n'as pas à t'en faire, on a la situation en main.

- J'en suis sûre ! affirma Loulou.

- Tu as des nouvelles de Martial ? continua Fathi.

- Pas depuis samedi, mais hier, je sais qu'il était en rendez-vous.

- Et David, il se sent comment ?

- Il a accepté l'idée que Martial soit calmé et enclin à parler. C'est comme ça que je le ressens.

- Et toi, comment tu te sens par rapport à Martial ?

- Soulagée. J'ai un poids qui s'est évaporé depuis que je suis rentrée.

Loulou parlait simplement du fait que le dialogue entre eux deux était réamorcé, mais elle savait que depuis le matin, un nouveau poids venait de se poser en elle. Le sommeil qu'elle s'était accordé l'après-midi ne l'avait pas convaincue de mettre David au courant et encore moins Jacques Massin, ou n'importe qui d'autre.

- Qui vient voir Leandro le lundi soir ? demanda-t-elle.

- Personne pour le moment. Sauf si ça a changé depuis la semaine dernière, mais Leandro ne m'a rien dit, donc je suppose que rien n'a changé.

Arrivée au salon, elle partit immédiatement voir Julien derrière le comptoir. Il arborait un grand sourire.

- C'est un bonheur de te voir ici ! Tu te sens prête ?

- Ça ne fait quand même pas des années que j'ai quitté le comptoir !

Leandro entra et fit entendre sa phrase magique :

- Salut, les loustics !

Cette phrase eut pour premier réflexe d'amener un sourire immédiat sur le visage des deux amis. Tous retrouvaient leurs marques.

- Bon allez, je file ! dit Julien, en se dirigeant vers la porte du couloir.

Leandro vint rejoindre Loulou et lui demanda tout de suite :

- Ça va, fillette ?

- Ça va.

- Comment ça s'est passé avec David ?

- Je n'ai rien dit.

Il soupira.

- Tu ne peux pas attendre pour l'annoncer.

Elle fit un signe négatif et changea immédiatement le cours de la conversation.

- Comment ça s'est passé hier, pour Martial ?

- Le patron arrive tout à l'heure pour t'expliquer tout ça. Il t'a appelé ?

- Non et je ne m'attendais pas à avoir de ses nouvelles non plus.

- Il est revenu avec Mandrolet, il y avait un problème à l'entrepôt.

- Comment tu sais ça ?

- Tito a téléphoné à Mehdi hier soir. Mais le patron vient pour t'expliquer, on ne va pas s'étendre là-dessus. Pourquoi tu n'as rien dit à David ?

- J'ai peur de tout gâcher ! Il accepte que Martial me téléphone, mais je ne le sens pas de devoir assumer autre chose pour le moment. Le mettre devant la réalité qu'il n'est peut-être pas le père de cet enfant pourrait déclencher un truc néfaste. Je n'ai pas le courage d'affronter ça et les conséquences que ça peut avoir à court terme. Ce n'est pas la peur qu'il claque encore la porte qui m'effraie, mais plutôt qu'il ne veuille en découdre avec Martial.

- Il faudra bien en parler, à un moment !

Elle le regarda fixement.

- Il y a aussi la solution de l'avortement, sans que personne, sauf toi, ne soit au courant.

Il répondit sèchement :

- Ou la solution de l'annoncer et assumer ton enfant !

Elle se mit à rire.

- On dirait que tu as la mémoire courte.

- Non et ce que tu as fait ce jour-là, je le ferai exactement de la même façon. Tu n'as pas le droit d'interdire à cet enfant de vivre. Tu as trop d'amour en toi pour t'autoriser une solution aussi radicale que celle-là. Si ce que tu m'as dit cette nuit-là est vrai, tu mettras cet enfant au monde, que David l'accepte ou pas.

- Oui, mais à l'époque, il n'était question que de David. Il n'y avait aucun autre père potentiel. Et il n'est pas pensable un instant de faire croire à David que l'enfant est de lui.

- Le seul moyen, c'est de lui en parler. Mais si tu ne te sens pas le courage de le faire, je veux bien m'en charger.

- Non. La seule personne qui doit régler ce problème aujourd'hui, c'est moi ! En attendant, je te demande de bien vouloir garder tout ça pour toi. Y compris pour Isa.

- Elle m'a déjà demandé, je lui ai répondu que tu n'avais pas encore fait le test. Ne sois pas étonnée d'avoir un coup de fil demain.

Des clients passèrent du restaurant au salon. Leandro prit la direction de la discothèque, pendant que Loulou se mettait au travail.

Elle dut bien admettre que depuis qu'elle se savait enceinte, doucement s'insinuait en elle l'idée de ne pas avoir cet enfant. Avait-elle envie de vivre sa grossesse, en se demandant chaque jour qui pouvait être l'éventuel père ? Avait-elle envie, jour après jour, d'affronter le regard de David et toutes les questions qu'il se poserait ? Avait-elle envie de dire à Martial que peut-être, il allait enfin réaliser son rêve et avoir un enfant avec elle ?

Deux heures plus tard, elle vit entrer Jacques Massin et Mehdi. Ils se dirigèrent vers le restaurant. Leandro remonta de la discothèque et vint aider Loulou à préparer les cafés.

Ils s'installèrent au restaurant, en compagnie des deux hommes. Mehdi n'attendit pas pour commencer :

- Pour le moment, rien à signaler sur la présence éventuelle des hommes que Virginie a engagés. Tu l'as eue par Internet ?

- Ce soir, elle m'a dit ne pas se soucier de quand ils agiraient.

- De toute façon, les dispositions sont prises, tu n'as aucun souci à te faire de ce côté-là.

- Et de quel côté je dois m'en faire, alors ?

Ce fut Jacques Massin qui prit le relais.

- Tito a téléphoné à Mehdi hier soir, pour nous donner les grandes lignes de l'entretien entre Bruno et Martial. Martial a usé de tous les arguments dont il disposait pour convaincre Bruno que tu n'étais pas un obstacle, mais Bruno est bien plus borné qu'on le pensait. Il agit de la même manière qu'il a agi avec Stephan, il mise sur le temps pour assouvir sa vengeance envers toi. Il n'a pas oublié de rappeler à Martial qu'il mettrait tout en œuvre pour obtenir ce qu'il attend depuis des mois.

- Je suppose qu'il parle d'un entretien ! soupira Loulou.

- Exactement.

- Si c'est ce qu'il veut, je lui offre.

- Hors de question. De toute façon, tu n'as pas à prendre ce genre de décision.

- Je te rappelle qu'on est en train de parler de moi. Vous savez maintenant qu'il ne lâchera pas, tant qu'il ne l'aura pas obtenu. Je pense que j'ai droit à la parole... pour une fois !

- Lui accorder cet entretien revient à dire que nous te plongeons dans un piège. Je te l'ai déjà dit, il ne fera pas moins qu'Alexandre, il te mettra un marché dans les mains, que tu devras accepter ou refuser. Et le marché qu'il t'offrira ne sera certainement pas moins impliquant que celui d'Alexandre.

- Tu as le pouvoir d'éviter ça, j'en suis certaine.

- Loulou, même Martial a compris que l'entretien serait la dernière erreur à faire. Bruno te tient une haine tellement puissante que personne ne sait comment il réagirait en ta présence et personne ne veut prendre ce risque.

- Si, moi ! Mais personne n'est décidé à entendre mon point de vue.

Jacques Massin sourit.

- Est-ce que tu tenterais de me culpabiliser, par hasard ?

- Non, je t'exprime un sentiment concernant le fait que jamais personne ne me demande mon avis, ou ma façon de voir.

Il soupira.

- Alors, je te le demande. Expose-moi ton point de vue.

- Dans l'idéal, il faut accepter l'entretien, mais en tenant compte de l'endroit de la rencontre. Au mieux, sur ton territoire, qu'il ne sente pas qu'il a un quelconque dessus sur la situation. Et comme je suis censée avoir des problèmes relationnels avec Martial et que Mandrolet ne sait pas tenir sa langue, il ne manquera pas de lui dire que la réunion est acceptée. Ça permettrait, au final, de pouvoir faire l'entretien sur le territoire de Martial. C'est un endroit on ne peut plus neutre et sans danger. Et si j'ai bien compris, Mandrolet a du respect pour Martial, ce qui reviendrait à dire qu'il ne tenterait pas de m'intimider en sa présence. Et si toutefois il tentait de le faire, je pense que Martial trouverait les arguments pour qu'il comprenne qu'il n'est pas au bon endroit pour imposer des conditions. Puisque lui, de son côté, est aussi censé régler un problème avec moi et ne compte pas déléguer.

Le silence s'installa autour de la table. Loulou continuait à regarder Jacques Massin, en essayant de percer en lui ses pensées. Il semblait réfléchir, mais en même temps, elle sentait qu'il s'y refusait, comme si cet entretien signait un arrêt de mort, qu'il fallait impérativement retarder. Elle plongea son sucre dans son café et touilla. Elle savait qu'elle se devait d'attendre le verdict.

Après quelques instants, finalement, il ouvrit la bouche.

- C'est une solution qui ne nous a même pas effleurés et pourtant, je dois admettre qu'elle est pertinente. Mais encore faudrait-il savoir ce qu'en pense Martial. Est-ce qu'il serait capable de t'affronter en ennemi devant Bruno ?

- Je ne sais pas, mais il a donné le change jusqu'à maintenant. Y compris à l'entrepôt, où je me trouvais à quelques pas de lui.

- Oui, mais personne ne pouvait te voir.

Mehdi intervint.

- Je me charge de l'appeler pour lui soumettre ça.

- Et pourquoi vous ne me laissez pas m'en charger ? Je pense qu'il m'appellera demain dans la journée.

Jacques Massin réfléchit quelques secondes.

- N'oublie pas de nous tenir au courant.

Loulou commença à boire son café et posa son regard sur Leandro. Il paraissait perplexe et son regard étrangement fixe.

- Tu as quelque chose à me dire ? demanda-t-elle.

Jacques Massin et Mehdi regardèrent de concert Leandro.

- Je trouve tout ça bien trop risqué et je ne sais pas si Martial est capable de donner le change. Quand on a fait la réunion, on voyait dans ses yeux les sentiments qu'il te porte. S'il se trouve devant toi, je ne pense pas qu'il arrive à passer outre ses sentiments.

- Je ne suis pas certain que Bruno soit aussi fin limier que toi !

émit Jacques Massin.

- C'est un malin, un teigneux.

- Qui ne tente rien n'a rien ! dit très justement Loulou.

- C'est jouer avec le diable, ça !

Elle se retourna vers Jacques Massin :

- Et Pierre ?

- Martial et Tito ne l'ont pas vu ni entr'aperçu.

- Qu'est-ce que tu en penses ?

- Rien de spécial. Mais contrairement à ce qu'on pensait, il n'est pas aussi évident que Bruno se vante auprès de Martial de l'avoir supprimé, l'un et l'autre ne se connaissent pas. Mais d'un autre côté, on se dit qu'il n'aurait pas manqué de lui présenter la personne qui te voue certainement une haine tenace aujourd'hui.

- Et ?

- Il nous paraît opportun de penser que Bruno l'aura supprimé, sur un principe de précaution.

Mehdi prit la parole :

- Loulou, on a beaucoup hésité à t'en parler, mais on estime que tu dois être tenue au courant d'une chose. Ta famille et Emmanuelle seront, à partir de demain, protégées. Marie n'ira à l'école qu'en voiture. Emmanuelle continuera à l'accompagner, avec Olivier. Pour David, il bénéficiera d'une protection rapprochée, mais on ne le gênera pas dans son travail. Pour ta maison, elle sera sous surveillance constante. J'espère que tu peux le comprendre. En ce qui te concerne, les choses sont un peu différentes, puisque des gars veillent déjà sur toi, dans l'ombre.

- Et voilà comment on se fait plomber la vie ! lança-t-elle.

Pour le compte, elle se fâcha. Elle se tourna vers Jacques Massin.

- Tu sais ce que je pense de tout ça maintenant et malgré cela, tu ne m'as jamais écoutée ! Tu prétends que je suis têtue, mais toi, tu t'obstines dans tes décisions.

- Tu feras ce qu'on te dit ! dit-il fermement. Et je t'interdis d'aller outre ma décision.

Loulou plongea dans sa tasse de café. Elle continuait à sentir le regard de Leandro sur elle et n'avait pas envie de tergiverser.

Elle termina son café, se leva et retourna derrière son comptoir, sans prendre la peine de saluer les trois hommes présents.

Un long moment après, Leandro vint la rejoindre, furieux.

- T'es une chieuse !

Elle était à fleur de peau.

- Tu fais chier, Leandro !

Elle lui parla à voix basse, mais durement :

- Imagine deux secondes que la situation avec Mandrolet

continue à dégénérer. Dans peu de temps, c'est la fin de l'année scolaire. J'envoie Marie en vacances avec des gardes du corps ? Je te rappelle qu'Esteban doit venir à la maison. Je dis quoi à Frank ? Vous savez que rien ne le fera changer d'avis. La seule solution pour qu'il arrête de me polluer, c'est d'accepter l'entretien. Ça fait des mois qu'on stagne sur cette merde !

Il la fixa.

- Maintenant, petite maligne, imagine qu'il te mette le même marché qu'Alexandre Birlet dans les mains, tu choisis quoi ? En sachant que tu seras la seule décisionnaire et que personne ne pourra te contredire, y compris le patron !

Elle se rappela les termes du chantage à Alexandre Birlet :

- *Ta mort pour la paix ou ta vie pour un carnage, à toi de choisir !*

- Je n'en sais rien ! soupira-t-elle.

- Alors justement, tant que tu n'es pas confrontée à lui, tu n'as aucune réponse à donner, c'est ta seule chance de pouvoir mettre ton enfant au monde.

- Tout ça me fatigue !

- Tu devrais te pencher sur ta priorité et elle est dans ton ventre !

XI
Toute vérité n'est pas bonne à dire

Le lendemain, Loulou attendit que David parte avec Marie, pour appeler Jacques Massin.

- Est-ce que tu passes au salon ce soir ?
- Oui, bien sûr ! Pourquoi ?
- J'ai besoin de te parler.
- Est-ce que tu veux que je passe chez toi ?
- Non, ça peut bien attendre ce soir.
- Tu pensais que je ne venais pas ?
- Disons qu'en partant du principe qu'on avait pris le café hier...
- On devait parler. Ce soir, c'est une détente.

Elle attendit quelques secondes et rajouta :

- Je m'excuse pour hier !

Elle raccrocha et prit la direction de la cuisine, où Emmanuelle avait servi deux cafés.

- Tu as l'air soucieuse, Loulou !
- Je crois que je vais aller passer quelques jours chez ma mère.

Elle fit une moue.

- Enfin, je voudrais lui demander si je peux disposer de la maison, vu qu'elle vit maintenant chez Raymond. J'ai besoin de calme, pour réfléchir.
- Tu es sûr que David accepte que tu partes près de Martial ?
- A lui de se raisonner pour comprendre que je ne vais pas voir Martial, mais que je vais prendre du recul. De toute façon, je ne compte pas dire à Martial que je vais là-bas.
- Il comprendrait que tu ailles partout ailleurs, mais là...
- Pourtant, c'est là que j'ai besoin d'aller. Au milieu de gens que je connais, de voir mes amis, de souffler au milieu d'eux, parce qu'ils ne sont pas plongés dans ma vie actuelle ici.

Le téléphone retentit à ce moment-là. Loulou se leva et décrocha.

- Loulou ? Isa ! Est-ce que tu as fait le test ?
- Non, Isa, pas encore !
- Tu le feras quand ?
- Je ne sais pas, mais je te tiens au courant.

Elle tenait à changer rapidement le cap de la conversation et continua :

- Allez, raconte pour Leandro et toi.

Isabelle entreprit d'expliquer les retrouvailles. Elle sentait dans la voix de son amie beaucoup d'émotion, mais ce qui prédominait, c'était le bonheur d'avoir retrouvé l'homme qu'elle aimait.

Elles continuèrent à discuter un petit moment, avant que Loulou n'entende son GSM retentir. Elle laissa Isabelle et prit son sac à main. Elle regarda l'écran et constata que l'appel provenait de Martial. Elle le rappela immédiatement.

- Comment tu vas ?

- Bien. Il fallait que je t'appelle pour te parler de quelque chose.

- Leandro l'a fait !

Loulou soupira :

- Qu'est-ce qu'il t'a dit ? Le connaissant, il a essayé de te persuader que c'était une mauvaise idée.

- Exact et je confirme que c'est une très mauvaise idée. J'en ai déjà fait part à monsieur Massin, pas plus tard qu'il y a quelques minutes. Si une réunion doit avoir lieu, elle se fera sans toi.

- Alors, je ne sortirai jamais de cette merde ! râla-t-elle. Martial, il faut que ça se règle vite. Jacques a décidé de protéger toute ma famille, ça va devenir invivable et à ce compte-là, je vais encore préférer m'exiler quelque part, le temps que ce gros con veuille bien me lâcher la grappe.

- Ce n'est pas en étant insolente comme tu l'es, que les choses avanceront plus vite.

- Et vous, ce n'est pas parce que vous allez retarder une échéance qui arrivera de toute façon, que les choses avanceront dans le bon sens ! trancha-t-elle.

- Loulou, j'espère pour toi que tu n'as aucune idée derrière la tête.

- Non, pas pour le moment, mais s'il fallait prendre une décision dans l'urgence, je me sens bien capable de la prendre, sans vous en informer.

- N'oublie pas qu'une décision mal calculée entraînerait de très graves dommages collatéraux. Il ne faut pas agir à l'aveuglette.

- Ce qui veut dire ?

- Qu'il serait bon que tu attendes sagement que monsieur Massin t'annonce la suite des événements. Tu peux bien faire ça, non ?

- Oui, évidemment ! soupira-t-elle.

Loulou demanda innocemment :

- Virginie ne t'a pas demandé où tu étais tous ces jours ?

- Je lui ai fait comprendre qu'elle ne devait pas s'occuper de mes affaires.

- Elle a réagi comment ?

- C'est une femme ! lança-t-il, en riant.

- Évidemment, si on fonctionne sur les généralités...

- Tu sais bien que tu es unique pour moi.

Il ajouta rapidement :

- Et ta curiosité ne me déplaît pas autant que je veux le laisser entendre, mais...

Il attendit quelques secondes, avant de continuer :

- ... pour Bruno, je voudrais que tu essaies de te calmer et que tu nous laisses faire, sans chercher à t'en mêler.

- Quelque chose me dit que personne ne me tiendra plus au courant de rien.

- Je te promets que ça va s'arranger ! affirma-t-il.

Ils se quittèrent et elle décida de se brancher sur "Lionne666". Elle trouva "Tigresse24".

. salut tigresse

. salut ma lionne, j'ai appris que virginie avait pris contact avec toi

Loulou misa sur l'ignorance, il ne lui semblait pas qu'elle avait donné son prénom.

. qui est virginie ?

. martialmonamour

. oui, exact

. elle est d'une jalousie féroce, méfie-toi

. tu la connais ?

. oui

. ils vivent ensemble ?

. non martial ne veut pas il a raison, mais elle squatte toujours chez lui

. elle est comment ?

. c'est une chouette nana, mais elle croit que martial est à elle

. pas partageuse ?

. non pire qu'elodie

Loulou hésita quelques secondes, mais se lança.

. elle m'a dit qu'elle avait engagé des gars pour donner une leçon à l'ex de martial

. elle fait une grosse connerie, je lui ai dit

. talos en pense quoi ?

. il ne l'aime pas, je ne parle jamais d'elle devant lui

. elle est sûre qu'ils étaient ensemble les jours où il n'était pas là

. ils étaient ensemble ma lionne

. ça a donné quoi ?

. je ne sais pas, il n'en parle pas

. sos

Elle coupa la conversation et éteignit l'ordinateur. Elle venait soudainement de penser à la maman d'Elodie.

Elle s'installa à côté du meuble. Elle prit le téléphone et composa le numéro.

- Madame Figno ?

- Non, elle sera de retour bientôt. Je peux laisser un message ?

Loulou sourit.

- C'est Patricia ou Bernadette ?

Le silence se fit à l'autre bout.

- C'est Loulou !

Elle entendit un soupir de soulagement et un rire.

- Patricia ! Tu m'as fait peur.

- Excuse-moi. Comment vas-tu ?

- Très bien... grâce à toi !

- Vous vous plaisez dans le Nord ?

- C'est différent, mais avec Bernadette, on trouve ça reposant.

- Quels projets ?

- En septembre, on commence une formation.

- Ensemble ?

- Je ne sais pas si c'est à cause de ce qu'on a vécu, mais on a du mal à se séparer.

- Le principal, c'est que vous vous sentiez en sécurité.

- On l'est ! Mais on a toujours peur de voir venir quelqu'un.

- Légitime comme peur, mais tout ça est derrière vous maintenant. Ne zappez pas les étapes, c'est important de se reconstruire.

- Est-ce que tu penses venir nous voir ?

- C'est promis, je vais faire au mieux pour trouver un moment et monter avec ma famille.

- Ce serait vraiment chouette de te revoir.

- Tu diras à madame Figno que je la rappellerai. Passe-lui bien le bonjour pour moi, s'il te plaît ! Et à Bernadette par la même occasion.

- D'accord, Loulou !

C'est quand Loulou retourna se coucher, après avoir mis Olivier à la sieste, que son esprit tourna. Elle avait les yeux rivés au plafond et repassait la conversation qu'elle avait eue avec Martial.

Elle réalisa qu'elle avait eu une envie féroce de lui dire qu'elle était enceinte. Non pas pour qu'il en soit informé ou s'en réjouisse, mais pour qu'il comprenne que la situation désastreuse avec Bruno Mandrolet devait stopper rapidement. Le stress engendré était trop fort, la tension trop à son maximum et son angoisse trop profonde. Trois éléments qui ne pouvaient qu'être néfastes.

Elle se surprit à sourire en repensant aux grossesses de Marie et Olivier, se disant qu'elles n'avaient pas été bien pires, mais que ses enfants étaient équilibrés et pleins de vie.

Elle eut la conscience de se dire que jamais Jacques Massin n'accepterait de la laisser partir là-bas, si elle ne lui donnait pas une bonne raison. Lui comme David étaient susceptibles de penser qu'elle ne souhaitait qu'une chose. Se rapprocher de Martial. Il lui fallait donner l'explication de son repli.

Avant de s'endormir, elle sut qu'elle devait dévoiler son secret.

Quand elle se réveilla, elle constata qu'elle était seule dans la maison. Emmanuelle était partie chercher Marie à l'école.

En buvant son café, elle téléphona à la clinique et demanda un rendez-vous avec le docteur Ronen, la gynécologue. Elle l'obtint pour le lendemain à 09H30.

Après avoir raccroché, elle décrocha de nouveau le combiné et le laissa là. Elle prit son GSM et s'alluma une cigarette. Elle s'installa dans la chaise longue et entreprit de composer deux messages. Le premier pour Nathaniel.

Je risque d'avoir un peu de retard demain, j'ai un rendez-vous

Elle l'envoya et écrivit l'autre.

Je suis enceinte

Elle ne rajouta rien et après une grande inspiration, elle l'envoya en même temps à David et Martial.

Elle savait que la réaction des hommes allait être rapide, alors elle éteignit son GSM. Loulou voulait les informer, pas en parler.

Bizarrement, elle se sentit soulagée. Soulagée de partager quelque chose qui était trop lourd. Elle avait conscience que les deux hommes allaient forcément se faire la même réflexion. A savoir, qui était le père ? Les deux savaient qu'ils étaient potentiellement susceptibles d'être géniteurs.

Elle redoutait bien plus la réaction de David que celle de Martial. C'est aussi pour cette raison qu'elle ne souhaitait pas qu'il l'appelle, elle préférait sagement attendre qu'il rentre, pour voir comment il allait réagir.

C'est là qu'elle se rendit compte aussi que son état d'esprit avait radicalement changé depuis la veille au soir. Elle ne pensait plus au bébé comme un problème dont elle pouvait, en secret, se débarrasser. Elle réalisa, avec le sourire, qu'elle voulait son bébé.

Quelques minutes plus tard, Emmanuelle rentra avec les enfants. Marie sauta dans les bras de sa maman.

- Raconte-moi ta journée, ma belle !

Pendant que la petite fille parlait, Emmanuelle vint lui mettre Olivier près d'elle. Celui-ci avança sur le gazon, sûr de lui.

Quand Marie se tut, Loulou lui lança, comme chaque jour :

- Brice t'a fait un bisou sur la bouche ?

Elle fit un oui avec sa tête en éclatant de rire, quand sa maman émit un "hannnnnnnnnnn".

Son amie quitta la maison et Loulou mit les enfants au bain.

Elle commença à redouter le retour de David. Elle ne put s'expliquer pourquoi elle se sentait à la fois soulagée et angoissée. Elle avait vraiment peur de sa réaction, même si au fond d'elle, elle savait que la venue d'un enfant le réjouissait très certainement autant qu'elle.

Elle regardait ses enfants s'amuser dans l'eau. C'est là qu'elle réalisa que pour elle, peu lui importait le père. C'était avant tout une vie qui grandissait en elle, une vie qui leur apporterait autant de bonheur que leurs deux premiers enfants. Mais est-ce que David verrait les choses de cette manière tout de suite ?

Elle se remémora les quelques jours à l'entrepôt. Elle tentait surtout de faire le bilan du nombre de cachets qu'elle avait avalés entre les somnifères, les aphrodisiaques, les antibiotiques, sans compter la drogue. Elle s'inquiéta pour l'enfant qui était en elle. Loulou savait que son corps garderait trace de toutes ces choses et se demanda si un embryon pouvait être si fort.

A 20H30, les enfants dormaient et David n'était toujours pas rentré. Elle se dit qu'il serait plus prudent de prévenir Leandro. C'est seulement à ce moment qu'elle repensa à raccrocher le combiné et à rallumer son GSM. La sonnerie d'arrivée des messages s'activa très rapidement. Elle regarda le petit écran, il y avait trois messages. Elle ouvrit le premier, il provenait de Nathaniel.

Aucun problème

Le second émanait de Pascal.

Appelle-moi à la maison le plus rapidement possible

Le troisième était de Martial.

C'est une merveilleuse nouvelle

Elle décrocha le combiné et composa le numéro de Pascal. A la seconde sonnerie, on décrocha.

- C'est Loulou !

- Ça va, ma grande ?

- Tu sais où est David ?

- Ici.

- Pourquoi il ne rentre pas ?

- Avec Guido, on lui a donné un somnifère !

- Je ne comprends pas bien ce qui se passe, là !

- Après ses livraisons, il est rentré à la boîte, hors de lui. Il m'a montré ton message. Je lui ai dit de venir à la maison et on a parlé.

Il ajouta, après quelques secondes :

- Loulou ?

- Quoi ? demanda-t-elle, intriguée.

- Au départ, il était persuadé que l'enfant ne pouvait être que de Martial.

- Pourquoi il a pensé ça ?

- Tu ne lui avais pas dit que tu avais arrêté la pilule.

Elle ferma les yeux. Elle se voyait encore dire à Pascal et Guido qu'elle ne la prenait plus, mais il restait un fait qu'elle n'avait jamais informé David.

- C'est vrai ! admit-elle.

- D'où la raison de sa colère.

- Il n'a pas voulu rentrer après ça ?

- En fait, il avait un peu trop bu.

Elle soupira.

- Mais si ça peut te rassurer, il est plus serein maintenant.

- Alors, pourquoi lui avoir donné le somnifère ?

- Il semblait dans de bonnes dispositions pour partir, mais avec Guido, on a misé sur la prudence. Il sait que les choses ont radicalement changé. Il sait à quoi s'en tenir, mais il reste malgré tout réaliste que Martial se retrouve une nouvelle fois impliqué dans votre vie, de façon bien plus personnelle. Tu comprends ?

- Mieux que tu ne le penses !

- Demain matin, s'il veut te voir, je le laisserai partir plus tard. Et si toi, de ton côté, tu préfères qu'il passe, tu n'as qu'à me le dire.

- Non, Pascal ! Laisse-le décider de ce qu'il veut faire. Je ne veux pas le forcer. Si prendre la route lui permet de canaliser, ça m'ira très bien.

Elle attendit quelques secondes.

- Je dois te laisser ! Je t'appelle demain.

- D'accord, ma grande !

A peine avait-elle raccroché qu'elle téléphonait à Leandro pour lui expliquer pourquoi elle ne pouvait pas venir travailler.

- Ne t'en fais pas, fillette ! Audrey te remplacera. Je préviens Fathi de ne pas passer.

Elle contacta ensuite Jacques Massin à qui elle ne voulait pas expliquer la situation au téléphone. Elle lui dit simplement qu'elle ne pouvait pas être au salon.

- J'arrive ! dit-il simplement.

Ça n'arrangeait pas du tout Loulou que Jacques Massin vienne, mais elle n'en dit rien et raccrocha. Elle prépara des cafés, qu'elle mit sur la table de la cuisine.

Elle se sentait furieuse contre son compagnon. Elle ne pouvait, cette fois, pas comprendre sa colère. La hargne qu'il pouvait avoir contre Martial était légitime. Mais c'était la seconde fois qu'il agissait en dépit du bon sens. La seconde fois qu'elle avait besoin de son soutien et qu'elle ne le trouvait pas sur son chemin.

XII
La soirée de toutes les révélations

Quelques minutes plus tard, la sonnette retentit. Elle déclencha le portail et attendit que Jacques Massin entre. Ils s'installèrent tous les deux à la cuisine.

- Pour quelle raison tu ne peux pas être au salon ce soir ?

Elle montra la maison.

- Tu vois bien que David n'est pas là ! s'énerva-t-elle immédiatement.

- Il est où ?

- Chez Pascal.

- Il y fait quoi, au juste ?

- Il dort ! fulmina-t-elle. Pascal et Guido lui ont filé un somnifère, parce que ce con a trop bu !

- Loulou, s'il te plaît !

- Et quoi ? Il me pompe, merde ! Je comprends qu'il soit à cran, mais de là à chier des pendules dès que ça pète de travers...

- Loulou, s'il te plaît ! dit-il, un peu plus fort.

Elle soupira. Elle se rendait compte qu'elle-même était en proie à une terrible fureur, qui la rendait vulgaire.

- David ne boit pas ! Si tu me disais la raison de son comportement, tu ne penses pas que ça simplifierait tout ?

Et là, de nouveau, l'angoisse fit un pas en avant. Et si Jacques Massin, lui aussi, prenait mal la nouvelle ? Elle ne sut plus si elle devait parler, alors elle se contenta de le regarder.

- Je t'écoute ! l'encouragea-t-il.

Elle baissa son regard. Elle ne se sentait pas le courage d'affronter sa réaction. Elle lança plus qu'elle ne parla :

- Je suis enceinte !

Sans même le regarder, elle s'alluma une cigarette. Le silence était de plomb. Pourtant, elle finit par entendre :

- Est-ce que c'est cette nouvelle qui a mis David dans cet état ?

Elle releva les yeux.

- A sa décharge, je ne lui avais pas fait part de mon arrêt de pilule. Il s'est mis en tête que ça ne pouvait être que Martial.

- David et Martial peuvent tous les deux être le père ?

- Oui.

- Est-ce que Martial est au courant ?

- Je les ai prévenus en même temps.

- Comment il a réagi ?

- Très bien ! Enfin, tout le contraire de David !

- Loulou, tu n'es pas juste ! Essaie de te mettre à la place de

David. Pour lui, tu prends la pilule donc, tu n'es pas susceptible de tomber enceinte. Et tu lui apprends aujourd'hui que tu l'es, après avoir eu des rapports sexuels à l'entrepôt.

- Ce n'est pas une raison de me tourner le dos, une fois de plus ! Je peux comprendre que ça fait beaucoup pour lui en peu de temps, mais je t'avoue que ce soir, j'avais vraiment besoin de lui. Demain, il doit partir livrer et certainement que je ne vais pas le revoir avant vendredi. Et encore, dans quel état ? Ça, Dieu seul le sait !

- Qu'en dit Pascal ?

- Que quand il a appris que je ne prenais plus la pilule depuis quelque temps, il était plus serein. Mais je crois qu'il nourrit de la haine pour Martial, sans me le dire franchement.

- C'est plus complexe que ça, mais il faudrait que vous preniez le temps d'en discuter. David ne le hait pas, c'est une fausse vérité. Il a peur que tu te redécouvres des sentiments pour ton ex-compagnon.

- Même Martial sait que ça n'arrivera pas.

- Tu n'es pas sans savoir qu'on ne lutte pas contre ses peurs.

Le GSM de Jacques Massin retentit. Il le porta à son oreille, se leva et partit dans le jardin. Elle n'entendait rien de la conversation, mais elle se doutait que ça avait un rapport avec Bruno Mandrolet. Jacques Massin n'avait pas l'habitude de s'éloigner pour parler.

Lorsqu'il revint s'asseoir, il but une gorgée de café.

- C'était la raison pour laquelle tu souhaitais me voir ce soir ?

Elle était plongée dans ses pensées et se ressaisit.

- Non, je voudrais aller quelques jours chez ma mère.

- Quelque chose me dit que tu connais la réponse.

- Mets-moi une horde de gardes du corps, la protection civile, l'aviation, tout ce que tu voudras, mais laisse-moi m'isoler quelques jours. J'ai besoin de sortir de tout ça.

- Je ne peux pas me permettre, tu le sais ! Et encore moins aujourd'hui, avec les risques qu'un départ provoquerait.

- Il y a moins de risques que la dernière fois ! dit-elle, en riant.

- C'est vrai, mais tu ne te bases que sur Tito en disant cela. Même si je veux bien admettre que ta meilleure protection serait Martial, il existe certains autres dangers là-bas.

Elle leva les sourcils, étonnée.

- Certains autres dangers ? Lesquels ?

Il ne répondit pas, se contentant de la regarder fixement.

- Je n'insiste pas ! De toute façon, je n'obtiendrai aucune réponse de ta part... et de personne d'autre, d'ailleurs !

Dans son esprit, elle entrevoyait surtout le fait qu'elle pourrait sonder Martial. Mais elle était réaliste, les deux hommes prenaient des décisions en commun accord, avec pour objectif qu'elle n'en soit pas informée. Elle but une gorgée de café et sourit.

- C'est vrai que tu es surnommé "le guépard" ?

- Martial t'a raconté ça ?

- Oui, à l'entrepôt.

- Ça remonte à bien longtemps et je pensais que plus personne n'employait ce qualificatif.

- Il est plutôt flatteur, non ? Il te vient d'où ?

- A l'époque, je faisais affaire avec un certain Frédéric Jakad. Mon instinct me disait que ce type n'était pas réglo. J'ai fait part de mes doutes à quelques-uns de mes associés. Ils sont arrivés à la conclusion simple que j'étais encore jeune, mais déjà bien paranoïaque. Je leur ai affirmé que j'allais leur apporter la preuve qu'il nous trahirait. Autant te dire que tous m'ont ri au nez. Mehdi travaillait déjà avec moi et nous avons passé 92 jours à le surveiller jour et nuit, à nous deux.

- Et le type vous a trahi, toi et tes associés ?

- Oui. Mais il jouait lui aussi sur le temps. J'ai eu bien plus de patience que lui.

- Et c'est de là que te vient ce surnom ?

Il sourit.

- Vos conversations étaient diversifiées à l'entrepôt.

- Oui, c'est le côté positif de l'enfermement...

- ... ou de l'emprisonnement ! coupa-t-il.

- Tu sais, Jacques, je me suis sentie emprisonnée, séquestrée dans un premier temps et simplement enfermée par la suite. Peut-être que la nuance n'est pas grande, mais pour moi, elle est énorme.

Elle lança immédiatement :

- Comment tu as pu trouver si vite l'entrepôt ?

Il sembla gêné par la question, mais ne se déstabilisa pas.

- On n'en connaissait pas l'existence avant que tu ne nous le dises au téléphone.

- Je ne me rappelle plus vraiment ce que j'ai dit ! mentit-elle.

- Tu nous as parlé de carcasses et d'un entrepôt vide. Nous avons fait appel à un contact sur place.

- C'est étrange, Leandro n'a pas la même version que toi ! avoua-t-elle, en le fixant. Pourquoi personne ne dit la vérité ?

Jacques Massin soupira.

- Toi et ton entêtement !

- Je ne pense pas qu'il y aurait un drame planétaire, si on m'éclairait sur ce point-là.

- J'ai appris son existence par Matthias. Mais jamais je n'aurais pensé que tu pouvais être à cet endroit. Pour être honnête, je ne pensais pas Martial assez fou pour t'enfermer sur un autre territoire que le sien.

Elle se rappela soudain.

- Martial m'a avoué qu'il était passé voir Matthias Birlet pour lui proposer d'ouvrir une autre agence immobilière. Mais il l'avait recontacté quelques mois auparavant, je suppose qu'il a dû lui parler de ses affaires avec Mandrolet, par la même occasion.

- Exactement ! Le samedi soir, quand tu as répondu à Christian, je lui ai téléphoné le lendemain pour qu'il me donne certaines informations et il m'a parlé de l'entrepôt.

- Tu as prévenu Matthias Birlet l'autre jour ?

- Oui, mais comme nous, il n'a même pas pensé à cet endroit.

- Comment vous avez pu le repérer ? C'est sûrement un entrepôt tout ce qu'il y a de plus banal.

- Martial avait précisé à Matthias l'ancien nom de l'entreprise, avant sa vente. Il nous a suffi d'effectuer quelques recherches sur Internet pour avoir l'adresse. Au téléphone, à l'instant où on a compris que tu allais être seule, on a foncé.

Il la regarda dans les yeux et demanda :

- Tu aurais pu t'enfuir ?

- Non. Au départ, ce sont les coups de martinet qui m'ont affaiblie et ensuite, je suis tombée malade. Je n'aurais jamais eu la force de partir de moi-même. De toute façon, je n'avais plus ni la volonté ni la motivation. Mon autoavilissement était tel que je m'étais résolue.

- Est-ce que ce sont eux qui t'ont fait croire qu'on t'avait abandonnée ?

- Non. Personne ne m'a influencée dans mes pensées.

- Tu manquais donc de confiance en nous ?

- Je ne sais pas ! Je crois que c'était un processus. J'ai tourné tant de choses dans ma tête, qu'il était impossible que je n'arrive pas à cette conclusion. Sans compter qu'on sortait, Leandro, toi et moi d'un problème plutôt compliqué, par rapport à Pierre. Je ne savais, de toute façon, plus quoi penser de qui.

- Mais tu as malgré tout téléphoné ! dit-il, en souriant.

- Pour une seule et unique raison. Je voulais entendre de la bouche de David que vous aviez tous passé des accords, acceptant que je rentre avec Martial. Mais que malgré tout, je pourrais voir mes enfants.

Jacques Massin rit franchement.

- Je pensais que tu n'avais déliré que lorsque tu étais malade.

Elle rit à son tour.

- Aujourd'hui, évidemment, tout ça peut paraître ridicule...

Elle avait envie de remettre sur le tapis son séjour dans la maison de sa maman, mais avait aussi peur de fâcher l'homme.

- Je peux te poser une autre question, qui n'a rien à voir avec Martial ? demanda-t-elle.

- Je t'écoute !

- Combien de gars tu as envoyé chez Frank ? Je connais l'histoire pour Will, Viorel et l'avocat. Je rajoute Thomas. Mais est-ce qu'il y en a eu d'autres ?

- Rassure-moi, Loulou ! Ce n'est pas un sujet que tu as abordé avec Martial ?

- Non, aussi bizarre que cela puisse paraître, je n'ai fait aucun impair de ce genre-là. Ça remonte à la semaine qu'on a passée chez ma mère. J'avais demandé à Viorel de me raconter leur parcours jusqu'à Frank.

- Il y en a eu deux autres, il y a quelques années.

- Pourquoi tu as fait ça pour certaines personnes en particulier ?

- Parce que tous méritaient leur chance, tout simplement ! Maintenant que tu connais Will et Viorel, tu as bien senti qu'au fond, ce sont des gars bien, loyaux.

Elle fit un signe affirmatif.

- Pour chacun d'eux, c'est ton instinct que tu as écouté ?

- Oui, même si j'émettais des doutes sur l'avocat.

- Pourquoi ça ?

- Il était trop avide d'argent. J'avais seulement donné certaines instructions à Frank, au cas où il viendrait à déraper ou à vouloir raconter son histoire. Je n'ai pas regretté ma décision le concernant.

La sonnette retentit à nouveau.

- C'est Leandro ! dit Jacques Massin. Il m'a téléphoné après toi, je l'ai autorisé à ne pas aller travailler.

- Comment il va faire avec Hollywood ? demanda-t-elle, en se levant.

Elle se rassit après avoir déclenché le portail.

- C'est qui Hollywood ? interrogea Jacques Massin.

- Le mec qu'il doit voir le mardi.

- Philippe ! répondit-il, le regard plein de reproches. Ça ne t'est pas encore passé de donner des surnoms aux gars à Leandro ?

- Non, pas encore ! répondit-elle simplement, en riant.

Son complice fit son apparition, alors que Jacques Massin prenait congé. En passant, il dit quelques mots à l'oreille de Leandro. Loulou fut persuadée que cela faisait suite à l'appel qu'il avait reçu.

- Alors, quoi de neuf, fillette ? demanda son complice, en s'asseyant en face de Loulou, après s'être servi un café.

- Rien.

- Moi, j'en ai pour toi. Les mecs engagés par ta copine étaient à la discothèque la nuit dernière et ils sont revenus ce soir.

- Tu aurais dû me les montrer.

- C'est Dédé qui m'a dit ce soir que trois gars posaient des questions sur toi hier. Ils sont revenus à l'ouverture, j'en ai profité pour voir à quoi ils ressemblaient. C'est là qu'ils agiront. Ils vont surveiller les moments où tu es appelée à être seule.

- Ils savent quand je travaille ?

- Ils ont causé à droite à gauche, j'ai fait mon enquête. Ils ont tous les renseignements dont ils ont besoin. Il n'y a plus qu'à attendre.

- Tu penses qu'ils bougeront quand ?

- Le samedi, c'est trop risqué ! Lundi ou mardi prochain. De toute façon, ils ne sont pas pressés, ils sont payés pour un résultat.

Loulou réfléchit tout haut :

- C'est marrant qu'elle m'en veuille autant. Ça ne me viendrait jamais à l'idée de lui faire ça ! Et Dieu sait que je la hais.

- Tu n'es pas comme elle.

Il attendit quelques secondes et ajouta :

- Finalement, tu l'as dit à David ? C'est une bonne chose.

- Ça, pour être au courant, il l'est !

Elle ressentit de nouveau en elle toute sa colère.

- Et apparemment, il a l'air très content ! rajouta-t-elle, furieuse.

- Laisse-lui le temps !

Elle émit un rire nerveux.

- Que j'accouche pour qu'il vérifie la ressemblance ?

- Le temps qu'il digère !

Elle soupira fort.

- Ça fait deux fois que tu reprends pour lui ! Sois patiente, laisse-lui le temps, patati et patata. Rien à ma décharge ?

- Tu n'as rien cherché de ce qui arrive.

- Exact, ce serait bien qu'il ne l'oublie pas.

- Tu as pris rendez-vous chez ton gynéco ?

- Demain à 09H30.

- Il le sait ?

- Et je lui dis quand ? Quand j'ai appelé chez Pascal, il était dans les bras de Morphée.

- Tu devrais lui laisser un message sur son GSM.

- Alors là, certainement pas ! Il n'avait qu'à rentrer !

Leandro plongea la main dans sa poche et sortit l'enregistreur. Il le tendit à Loulou.

- Je crois qu'il est temps pour toi d'entendre le reste. Je pense que tu vas mieux comprendre les réactions de David.

Elle prit l'appareil. Elle appuya sur play et le déposa sur la table.

- On te laisse gérer au mieux.

- Je vous tiens au courant !

Il y eut un silence de plusieurs secondes sur la cassette, quand soudain, la voix de David, nerveuse, se fit entendre :

- Je veux savoir ce que tu attends de Loulou !

- Rien du tout, David ! Je te demande simplement l'autorisation de l'appeler quand bon me semble et de lui laisser la même liberté.

- Si je le fais, je la perds !

David hurlait, en même temps qu'un bruit sourd se fit entendre.

- Il a donné un coup de poing sur la table ! précisa Leandro.

- David, ça suffit ! C'est la dernière fois que je t'autorise à te donner en spectacle de la sorte !

C'était la voix catégorique de Jacques Massin.

- Jamais tu ne perdras Loulou. Si elle t'a choisi, c'est qu'elle te voue un amour entier. Le perdant ici, c'est moi ! Durant ces quelques jours, j'ai compris combien elle t'aimait, mais comme moi, elle a besoin de retrouver un équilibre. Et cet équilibre, elle ne l'obtiendra qu'en perdant sa peur et ses doutes sur moi. Je ne veux plus qu'elle me voie comme son ennemi. Et moi, je ne retrouverai le mien qu'à son contact. Mais je ne peux pas le faire sans ton autorisation. Tu es l'homme qui vit avec elle, qui l'aime et la protège. Tu le fais très bien et je sais maintenant que c'est avec toi qu'elle se sent bien. Mais je vais être sincère avec toi. Si pour ton bien-être, tu préfères que je m'efface, je le ferai, par respect pour ton choix, mais je pense que tu la punirais aussi.

Leandro stoppa la cassette.

- Il faut quand même que je te précise que là, David a complètement craqué. C'est le patron qui va répondre à Martial.

Il remit en route.

- Martial, j'ose espérer que tu es sincère ! Tes agissements ont beaucoup fragilisé Loulou ces dernières années. Même si aujourd'hui, je ne peux que te féliciter de ton changement d'attitude, il reste néanmoins que tu l'as fait souffrir. Si votre relation, comme tu le dis, retrouve un certain équilibre avec le temps, je pense qu'elle pourra enfin vivre dans la paix et la sérénité.

- C'est aussi ce que je souhaite.

- Mais seras-tu capable de vivre sans son amour ?

- Je m'adapterai. Je suis le seul fautif, si elle n'a plus de sentiments.

- Mais tu espères déclencher quelque chose !

C'était la voix de David, lassée.

- Toi et moi ne sommes pas dans son cœur. Et c'est pourtant là que tout se joue. Ni toi ni moi ne devons l'influencer dans ses choix. Contrairement à ce que tu pourrais croire, je sais que je l'ai définitivement perdue. Je l'ai vue souffrir dans l'entrepôt, souffrir dans sa chair, du plus profond de son âme. Souffrir pour les êtres qu'elle aime. Je sais que je n'arriverai pas à te convaincre, mais au moment où elle a pris mon GSM pour te joindre, c'était la preuve que son choix était fait…

Leandro arrêta la cassette.

- Tu es sûre que ça va, fillette ?

Elle eut comme un sursaut.

- Tu as l'air toute bizarre ! continua son complice.

Elle était imprégnée de la voix de Martial, de ses paroles. Elle n'arrivait qu'avec mal à croire ce qu'elle entendait. Elle dit, tout bas :

- Remets en route, s'il te plaît !

Leandro remit l'appareil en marche.

- … Si elle le souhaite, je ne m'imposerai plus jamais dans sa vie. Mais dans le cas contraire, ne lui interdis rien ! Si tu es réaliste et je doute que ce ne soit pas le cas, tu auras déjà compris qu'elle n'a jamais cessé de t'aimer. N'aie jamais de doute là-dessus, je ne connais personne de plus intègre. C'est une femme unique. Et on ne sera pas trop de deux pour la protéger dans les circonstances actuelles. Je suis certain qu'à nous deux, on peut l'aider. Tu sais la canaliser, la soutenir et moi, de mon côté, je ferai en sorte que son bonheur ne soit pas altéré.

Leandro appuya sur le bouton.

- La réunion s'est terminée sur ça. David était au 36e dessous. Le patron a raccompagné Martial et moi, je suis resté un moment baba sur ma chaise.

Loulou se ressaisit et avoua :

- Si je ne reconnaissais pas sa voix, je dirais que tout ça est irréel.

- Quand j'ai enregistré la réunion, mon instinct me disait de le faire pour toi.

Elle répondit, en riant :

- Dommage que tu ne t'en sois pas servi pour Véronique, de ton instinct légendaire.

- C'est ça, fous-toi de moi ! En attendant, elle était au salon ce soir. Quand elle a su que je filais…

- Elle a dû bouder.

- Elle voulait venir avec moi ! Mais passons…

Loulou redevint sérieuse :

- Mais c'est là où je ne comprends plus David. S'il a l'assurance que je l'aime, pourquoi il réagit de cette manière ?

- Jusqu'à présent, tout le monde tablait sur des sentiments. Un enfant, c'est un engagement à vie.

- C'est marrant ! Personnellement, j'avoue que je me fiche bien de savoir qui est le père. Je table sur une vie, pas sur une paternité. J'estime que les deux doivent être capables d'aimer sans avoir la certitude, jusqu'au moment où on pourra en avoir confirmation.

- C'est beaucoup leur demander, ça ! C'est un peu comme demander à Pierre de t'oublier.

- Vous avez eu des nouvelles ?

- Non, aucune.

- A ton avis, il est où ?

- Aucune idée. Mais ça finira bien par se savoir.

- A ce propos, qui va le remplacer le lundi ?

- Pour l'instant, personne.

Il soupira.

- Le lundi, il faut croire que ce n'est pas mon jour.

Loulou ne comprit pas tout de suite la phrase, mais le déclic ne mit pas longtemps à se faire.

- C'est vrai que Carlos venait aussi le lundi ! déclara-t-elle.

Puis, elle ajouta, en éclatant de rire :

- Véronique a visité le loft par un lundi aussi. Je confirme, c'est vraiment pas ton jour.

Il se leva, visiblement fâché et sortit dans le jardin.

Au bout de quelques minutes, Loulou s'inquiéta de ne pas le voir revenir. Elle se leva à son tour et passa la porte-fenêtre.

Elle regarda à gauche puis à droite. Et là, la seule chose qu'elle vit, c'est une main remplie d'herbe se diriger droit vers sa bouche. Elle eut le temps d'élancer sa jambe et se mit à courir.

- Tu peux courir, fillette ! Tu vas voir que toi, le mardi, c'est pas ton jour.

Elle éclata de rire, tout en courant. Ce qui ralentit sa course et permit à Leandro de la rattraper.

Ils se retrouvèrent vite à terre, riant comme deux enfants. Les deux comparses arrachaient des touffes d'herbe et chacun tentait au mieux d'éviter les assauts de l'autre.

Après quelques minutes d'un fou rire ininterrompu, ils étaient allongés sur l'herbe. Ils riaient, en même temps qu'ils crachaient.

- Pas dégueu, ta pelouse ! lança Leandro. Je n'en fumerais pas, mais...

Comme dans bien des jeux leur appartenant, ils n'arrivaient pas à calmer leur fou rire. Loulou avait mal au ventre.

- Elle est bonne, mais elle pique un peu ! entendit-elle. Je vais passer sous la douche, pendant que tu te tapes une séance grattage.

Il était debout devant elle. Il tendit la main, qu'elle attrapa et Leandro l'aida à se relever.

- Dis donc, dans trois mois, tu vas peser une tonne.

Ils rentrèrent dans la maison.

- Tu veux un café ? demanda Loulou, enfin calmée.

- Oui. Je filerai à la douche après.

Elle les servit et il s'assit. Il devint sérieux.

- Est-ce que tu réalises que tu attends un enfant ?

- Je te dirais bien oui.

- Qu'est-ce qui a fait le déclic pour que tu le dises ?

- Je voulais demander à Jacques pour partir quelques jours chez ma mère. Je savais qu'il me faudrait être convaincante, mais je ne me sentais pas de le prévenir avant David.

- Comment a réagi Martial ?

Elle partit chercher son GSM, mit le message de Martial et le tendit à Leandro.

- Je pense que c'est un rêve pour lui d'avoir un enfant avec toi.

- A l'entrepôt, il voyait Marie et Olivier jouer avec nos enfants.

- Il n'en a pas du tout ? Enfin, j'entends par là qu'une erreur est vite faite.

- Tu sais, il est plus malin qu'on ne peut le penser. Je suis certaine que s'il y mettait un peu du sien, Virginie serait déjà enceinte depuis longtemps. C'est lui qui fait tout pour que ça n'arrive pas.

- Qu'est-ce qu'elle a de spécial cette Virginie ? A part une jalousie maladive ? Personne ne lui reconnaît de qualité.

- Si, elle en a une ! C'est une grosse conne ! Chez elle, ça tendrait plutôt à être une super qualité, comparé au reste.

Leandro éclata de rire.

- Et son plus gros défaut ? demanda-t-il.

- Exister !

- C'est vrai qu'en attendant, elle est plutôt rancunière. Enfin, je me base sur les dialogues Internet.

- Elle ne recule devant rien quand il s'agit de Martial.

Loulou vit que le café de son ami était bientôt terminé. Elle se leva.

- Tu veux voir sa photo ?

Il fit un signe affirmatif, en buvant la dernière gorgée. Elle s'éloigna de quelques pas.

- Le dernier à la douche est de corvée couche demain matin.

Il ne prit pas le temps d'avaler qu'il était debout et commençait à courir. Loulou avait pris assez d'avance pour atteindre la porte avant lui. Elle la referma, après lui avoir dit, tout bas :

- Tu ne t'imaginais quand même pas que j'avais une seule photo de cette guenon !

Quand Leandro partit sous la douche, Loulou jeta un coup d'œil à l'heure, il était 23H15.

Elle se sentait fatiguée et en même temps, elle se demandait comment serait David le lendemain. Elle se dit qu'elle l'appellerait dans la matinée, en arrivant à AMA. Elle savait qu'il ne le ferait pas, soit par colère, soit par honte d'avoir mal agi.

XIII

On ne lutte pas contre ses peurs

Loulou sentit un contact sur ses lèvres. Elle ouvrit les yeux et découvrit David allongé, à ses côtés, sur la couette. Immédiatement, elle sourit.

- Comment tu vas, ma puce ? demanda-t-il, doucement.

- Bien. Quelle heure il est ?

- o6Hoo.

Elle remarqua qu'il avait une main cachée derrière son dos. Elle se redressa, en même temps qu'il dépliait son bras devant elle. Il tenait une rose rouge, qu'il lui donna. Loulou la prit et il dit, en passant son doigt sur la cicatrice :

- N'oublie jamais que je t'aime ! Même si ces derniers temps, je ne suis pas tout à fait moi-même, il y a un fait qui ne change pas et ce sont mes sentiments pour toi.

- Justement, je voudrais te demander quelque chose. Jacques m'a dit hier soir que tu vivais dans la crainte que je ne me redécouvre des sentiments pour Martial. Est-ce que c'est vrai ?

- Plus maintenant ! J'en ai été persuadé les premiers jours, mais il m'a dit certaines choses pendant la réunion. Choses que j'ai mis un peu de temps à comprendre.

- Leandro avait enregistré la réunion, je sais tout ce qui s'est passé et ce qui s'est dit.

- Je n'ai pas donné une très belle image de moi.

- La question n'est pas de savoir si tu étais ou pas au top, c'est surtout qu'il faut que tu comprennes que Martial ne s'est pas trompé dans ce qu'il te disait.

- Je sais, mais j'ai mis un certain temps à le réaliser.

Il se leva.

- Tu veux un café ? Je vais t'expliquer !

- J'arrive.

Elle fit un détour par sa salle de bain et s'installa dans la cuisine, où les cafés étaient servis. David reprit la parole :

- Avant que tu ne reviennes, je devenais complètement fou, tu le sais ! Et quand tu as enfin été revenue, tu as demandé le GSM qui était dans le bureau et dont je ne connaissais pas l'existence.

- Personne ne savait qu'il existait ! précisa-t-elle.

- Tu n'as pas dit l'autre jour que c'était Emmanuelle qui l'avait acheté ?

- J'avais prétexté que le mien était cassé.

- Il n'y avait qu'un seul numéro dedans, celui de Martial. Tu ne peux pas savoir ce que j'ai ressenti. Cette nuit-là, j'ai poussé ma paranoïa à me dire que tu étais de nouveau en contact avec lui, secrètement. Que finalement, le sentiment de haine que tu avais eu était estompé et que l'amour avait fait son retour entre vous.

Loulou ne put s'empêcher d'éclater de rire.

- Excuse-moi ! dit-elle.

- Admets que ça aurait pu être possible !

- En théorie, c'est possible ! En pratique, ça ne peut pas arriver.

- Pourquoi ?

- Parce que même encore aujourd'hui, je n'arrive pas à me détacher de certaines images.

- Tu parles de Marie ?

- Et Isabelle. Quand j'en ai parlé avec lui à l'entrepôt, il m'a dit qu'Elodie avait eu carte blanche pour agir. Il n'a été mis au courant qu'après.

- Tu ne le crois pas ?

- Bien sûr que si. Disons que je trouvais plus facile de lui imputer son décès. Mais malgré cela, ce sont des images qui me hanteront longtemps et elles sont forcément reliées à lui, qu'on le veuille ou non, qu'il en soit responsable de manière directe ou pas.

Il but une gorgée de café puis continua :

- Tu te doutes bien que je n'étais pas prévu à la réunion, mais j'ai malgré tout demandé à Jacques de m'emmener. J'étais persuadé de voir la vérité dans les yeux de Martial. Mais je suis parti avec la simple optique que tu avais besoin de lui puisque tu lui avais téléphoné la veille. Ce qui a valu toutes ces réactions disproportionnées. Je ne m'étends pas sur la réunion, si tu as écouté l'enregistrement. Sur l'instant, j'étais persuadé qu'il me manipulait. Pourtant, au fond de moi, je savais qu'il avait raison. C'est pour ça qu'en revenant à la maison avec Jacques, je pensais faire bonne figure, mais...

- Est-ce que tu t'es rendu compte à quel point tu étais haineux ?

- Leandro m'en a fait la remarque après.

- Mais ce n'était pas contre Martial, cette haine était contre moi.

- J'étais vraiment au bout du rouleau et Martial m'avait achevé. Je crois qu'encore à ce moment-là, j'avais beau repasser ses phrases dans ma tête, ça rentrait dans le cadre de l'impossible. En tout cas, après les violences qu'il t'avait fait subir toutes ces années. Avoue qu'il y avait de quoi se poser des questions.

Elle sourit.

- C'est cet aspect des choses que j'aurais aimé que tu comprennes ce matin-là. Mais je savais que je ne parviendrais jamais à te faire concevoir quelque chose qui n'avait aucune logique. Si tu veux la vérité, j'ai eu beau vivre les choses en direct à l'entrepôt, ses paroles sur la cassette m'ont littéralement scotchée. Moi aussi, j'ai du mal à croire que ses mots sont à l'opposé de ce qu'il prononçait, il y a quelques mois.

- Je crois qu'il a épaté tout le monde. Mais tu sais, d'avoir appris que ta vie était concrètement en danger avec Bruno Mandrolet, je ne savais plus comment faire pour gérer la situation. J'avais besoin de décompresser un bon coup et je l'ai fait chez Pascal. Je sais qu'il est passé pour en discuter avec toi. Quand je suis rentré et qu'on a parlé tous les deux, j'ai su tout de suite que Martial avait raison et que tu n'aimais que moi. J'ai surtout compris qu'on était deux hommes à t'aimer, mais que c'était moi que tu avais choisi.

- Il était temps, non ? demanda Loulou, en souriant.

Du bruit se fit entendre derrière eux. Leandro se levait, tranquillement. Il serra la main de David.

- Ça va, mon pote ?

Il se servit un café et remplit les tasses du couple. Avant de s'asseoir, il demanda :

- Si vous préférez rester seuls...

- Assieds-toi ! répondit David.

Loulou sursauta.

- Tu dois partir à quelle heure ?

- Je peux partir à 07H00. Ne t'inquiète pas !

- Continue ! dit Loulou.

- Seulement, hier, quand j'ai reçu ton message, il m'a fait l'effet d'une claque. J'étais furieux parce qu'on avait parlé d'avoir un autre enfant et que tu étais enceinte, alors que ce n'était qu'un projet entre nous. C'est Pascal qui m'a dit que tu avais arrêté la pilule depuis un moment. Quand j'ai réalisé mon erreur, j'ai tenté de te joindre, mais tu avais coupé ton GSM et moi, j'avais un peu bu. La suite, tu la connais puisque Pascal m'a dit que tu l'avais eu au téléphone hier soir.

Il se tut. Loulou se pencha en avant.

- David, tu es conscient que j'aurais pu tomber enceinte, simplement parce que dans la situation où je me trouvais, c'était évident que je ne prenais pas la pilule ?

- Oui, mais aujourd'hui, je me sens impliqué. Tu ne peux pas comprendre ça ! Si tu avais continué la pilule et qu'après l'entrepôt, tu étais tombée enceinte, Martial était le père. Je ne me sentirais donc pas concerné. Aujourd'hui, même si c'est du 50/50, je reste impliqué au même titre que lui. Il ne peut rien exiger de toi, tout comme moi ! On est sur un pied d'égalité.

- Tu as raison, là, je ne pige pas bien !

Elle se tourna vers Leandro.

- Tu peux comprendre ça, toi ?

Il fit un signe affirmatif.

- Tu sais, fillette, la première chose qu'on aime chez vous quand vous nous annoncez que vous attendez un enfant, c'est que vous portez une partie de nous en vous. Tu vois ce que je veux dire ?

- Oui.

- Si Isa tombait enceinte et me disait que l'enfant n'est pas de moi, je me sentirais isolé de cet événement. Cette fameuse partie de nous n'est pas là !

David lança :

- Je t'aime, j'aime cet enfant parce qu'il est en toi !

- Tu ne l'aurais pas aimé avec la certitude qu'il soit de Martial ?

- Je ne sais pas ! Mais une chose reste certaine, c'est que si ses sentiments sont aussi forts que les miens, il réagira de la même façon que moi. Il aimerait avoir l'exclusivité de cette grossesse. Aujourd'hui, deux hommes qui t'aiment sont susceptibles d'être le père de l'enfant que tu portes.

Loulou était troublée.

- Par contre, qui va finir par se soucier de ce que moi je pense ?

- Tu n'es pas heureuse d'attendre un enfant ? demanda Leandro.

- Évidemment que si ! C'est là justement le déséquilibre, c'est que moi, je me fiche de savoir qui est le père. Que ce soit David ou Martial, c'est une vie qui est en moi. Ça m'indiffère de savoir qui a lancé le spermatozoïde le plus fort. Ce qui importe, c'est que cet enfant grandisse dans de bonnes conditions, ce qui n'est pas le cas à l'heure actuelle.

Elle se mit à rire.

- Tu vas me dire, ça n'est pas pire que les deux autres grossesses. Il faut croire que c'est un éternel recommencement.

Leandro dit tout bas :

- C'est vrai que ce n'était pas glorieux.

David la regarda.

- Mais cette fois, tu ne disparaîtras plus !

- C'est vrai ! répondit-elle.

Mais Loulou ne se basait que sur la dose massive de médicaments et de drogue que son corps avait supportés. Elle repensa à son rendez-vous chez le docteur Ronen.

- J'ai rendez-vous ce matin chez la gynéco.

- Pourquoi tu ne me l'as pas dit ? demanda David.

- J'étais censée te le dire hier soir, j'ai pris le rendez-vous dans la journée.

- Excuse-moi ! Tu as rendez-vous à quelle heure ?

- 09H30.

- Je vais demander à Pascal pour partir plus tard.

- Non, mon pote ! intervint Leandro. Si tu pars plus tard, tu retardes d'autant plus ton retour ici. Moi, je me charge d'aller avec Loulou. Tu sais comme moi que le premier rendez-vous n'est pas le plus important.

Un bruit se fit entendre dans la chambre d'Olivier, par l'écoute bébé de la cuisine. Loulou regarda Leandro et huma l'air, en lui disant :

- Allez, corvée de couche ! Que du bonheur...

Leandro fit une moue, pendant que Loulou expliquait à David dans quelles circonstances il avait perdu son pari.

- Tricheuse, elle avait trois kilomètres d'avance sur moi ! soupira Leandro, en se levant.

Quand ils furent seuls, David demanda :

- Tu as prévenu Martial pour ton rendez-vous ?

- Non.

- Tu ne comptes pas le faire ?

- Tout comme à toi, je lui dirai de quoi il retourne et voilà !

Elle rajouta, colérique :

- Ça te convient ?

- Pourquoi tu te fâches ?

- Parce que ça va pas le faire, là ! Je ne me sens pas l'envie d'avoir à me justifier. Si dès que je bouge un panard, il faut que je vous prévienne tous les deux, je vais y perdre des boulons. Je vis avec toi, ma vie est avec toi donc, on gère la grossesse, comme on a géré les deux autres, en n'oubliant pas de prévenir Martial des divers rendez-vous et de le tenir au courant.

Elle le fixa.

- Je ne veux pas entendre parler intendance pour cet enfant, je veux entendre parler vie ! Le reste attendra.

Il se leva et vint l'embrasser.

- Je tenterai de ne pas l'oublier, c'est promis ! J'embrasse les enfants et je file.

- Tu seras là vendredi soir ?

- Tard ! Tu m'attendras ?

- Non.

Il la regarda, étonné.

- Je vais faire comme toi, je vais aller bouder dans un coin et je reviendrai samedi matin ! lança-t-elle, en riant.

Elle se leva et se blottit dans les bras de son compagnon.

- Si tu savais combien je t'aime, ma puce !

- Moi aussi, je t'aime !

- Tu me téléphones tout à l'heure pour me dire ce que t'aura dit le docteur Ronen ?

- Dès que j'arrive à AMA, c'est la première chose que je fais.

Leandro revenait avec Olivier dans les bras. Le petit garçon semblait de très bonne humeur et David le câlina quelques longues minutes, avant d'aller embrasser Marie et de disparaître.

A 08H00, Emmanuelle arriva, alors que les deux amis étaient toujours dans la cuisine, en train de discuter. Olivier était tranquillement dans sa chaise, jouant avec une cuillère.

- Allez, je file à la douche ! dit Leandro, en se levant. Après, je préviendrai Fathi que je t'emmène à AMA ce matin.

Emmanuelle vint donc tout naturellement prendre sa place.

- C'est normal que Leandro soit là ?

Loulou lui expliqua sa soirée.

- Félicitations !

Elle dit, après quelques secondes :

- Ça ne te fait pas peur ?

- De quoi ?

- De devoir gérer une grossesse avec deux éventuels papas.

- Non. Je ne vois pas ce qui pourrait me faire peur. Je veux juste vivre une grossesse tranquille, sans avoir à me soucier de quoi que ce soit.

- Mais tu ne veux pas savoir qui est le père ?

- Ça ne fait vraiment pas partie de mes priorités. Les deux se devront d'attendre mon bon vouloir pour connaître la vérité. Il faut d'abord que j'en parle à la gynécologue.

- Tu n'as pas peur que David réagisse mal ?

- Il a compris beaucoup de choses aujourd'hui, y compris le fait qu'il se pourrait qu'il ne soit pas le papa.

- Je ne suis pas certaine de pouvoir vivre ça, si ça m'arrivait.

- Tu sais, tu prends les choses comme elles viennent. Le recul permet d'avoir un certain regard sur une situation, mais quand tu la vis, tu le fais sans trop te poser de questions.

- C'est vrai qu'à ce jeu-là, tu sembles bien plus entraînée que moi ! rétorqua Emmanuelle, en souriant.

Quand Leandro revint, Loulou embrassait Marie, qui se levait à peine. Son parrain fit de même et sans tarder, Loulou fonça à la douche.

Elle se sentait fatiguée et perturbée par la discussion qu'elle avait eue avec David. Elle n'avait pas pensé, jusqu'à maintenant, que la situation pouvait s'avérer aussi complexe. Elle voulait vivre pour son enfant, mais n'avait pas encore entrevu le fait qu'elle se devait, par respect, de tenir au courant deux hommes. C'est vrai que la situation était assez insolite.

Elle se projeta à quelques semaines plus tard. Le bonheur de voir l'enfant grandir dans son ventre serait forcément partagé à trois. Comment allait-elle gérer ça ? Devrait-elle ménager David à chaque fois ? C'est vrai qu'il était conscient de la situation, mais sa jalousie envers Martial était présente et réelle.

Mais il s'avérait qu'il avait raison sur le fait qu'il se sentait impliqué, au même titre que Martial. Elle n'avait pas prévenu celui-ci du rendez-vous, mais ne s'en sentait pas obligée.

A 09H00, Loulou monta dans la voiture de Leandro et celui-ci prit la direction de la clinique. Sans en connaître la raison profonde, elle se sentait inquiète. Elle repassait sans cesse dans sa tête les quantités de médicaments et de drogue qu'elle avait ingurgitées et n'arrivait pas à se rassurer. Ce qui lui posait vraiment un gros problème, c'était la drogue. Dans son esprit, elle était plus nuisible que tout le reste.

- Tu penses à quoi, fillette ? demanda soudain Leandro.

Elle le regarda.

- J'ai peur que la drogue ait fait du mal au bébé ! répondit-elle, tout bas.

Il ne dit rien pendant quelques secondes.

- J'avoue que ça m'a traversé aussi, ce truc-là !

- Surtout comme ça, en tout début...

- Tu vas devoir tout dire à ta gynéco.

- C'est certain que je ne compte pas lui cacher. J'ai besoin d'être rassurée là-dessus, ça me travaille vraiment depuis hier.

Elle remarqua que Leandro ne cessait de jeter des coups d'œil dans le rétroviseur extérieur.

- Quelqu'un nous suit ?

Il sourit.

- Ce sont les gentils qui nous suivent !

- C'est qui les gentils, au juste ?

- Ah, si tu savais...

Elle rit.

- Justement, j'aimerais bien savoir !

Il répéta, en riant à son tour :

- Ah, si tu savais...

Leandro l'accompagna dans la salle d'attente de la clinique.

Loulou se rappela de sa dernière grossesse et des conditions dans lesquelles elle avait rencontré le docteur Ronen. Elle n'avait pas réussi à s'ouvrir à elle, comme devait le faire un patient envers son médecin.

Mais aujourd'hui, le temps avait passé et elle savait qu'elle avait besoin d'elle, pour faire évoluer son enfant dans de bonnes conditions.

Quand le docteur l'appela, Loulou lui serra la main et s'assit en face d'elle.

- Qu'est-ce qui vous amène ?

- J'ai fait le test, je suis enceinte !

- Voilà une grande nouvelle ! dit le docteur, en souriant.

Elle constata très rapidement que Loulou n'était pas si enthousiaste que ça et lui demanda :

- Il y a un problème ?

Loulou entreprit de lui expliquer les événements de ces derniers jours et dans quelles conditions sa grossesse était survenue. Quand elle eut fini, le docteur lui demanda :

- Je suis obligée de vous poser la question, bien que je connaisse déjà la réponse. Souhaitez-vous garder cet enfant ?

- Oui, je n'ai même aucun doute là-dessus, c'est seulement que j'ai peur par rapport aux médicaments et à la drogue.

- Je vais vous examiner et nous allons faire une échographie, pour voir ce qui se passe un peu là-dedans.

Loulou lui fit un signe de la main.

- Je m'excuse de vous dire ça, mais je préfère attendre pour l'examen. Je reprendrai rendez-vous pour dans quelques jours. Je ne souhaite qu'une chose aujourd'hui, c'est une prise de sang qui confirme ma grossesse.

- L'échographie peut la confirmer.

- Je sais bien, mais je n'en ai pas le courage.

- De quoi avez-vous peur, madame Louvanier ?

- Qu'entre le test et maintenant, l'embryon n'ait pas survécu. Et je ne me sentirai capable d'affronter une échographie que lorsque la prise de sang confirmera que je suis toujours enceinte.

- Il n'y a aucune raison que ce ne soit pas le cas.

- Je vis de doutes et d'incertitudes. C'est plus fort que moi.

- Non, vos peurs sont normales et parfaitement compréhensibles. Dans ce cas, je vous envoie tout de suite faire une prise de sang et pour vous rassurer, je la demande en urgence. Rappelez-moi ce soir à 18H00, j'aurai les résultats et nous conviendrons d'un autre rendez-vous, pour que vous puissiez faire la connaissance de votre enfant.

Le docteur prépara les papiers puis elles se séparèrent. Loulou retrouva Leandro assis à la même place et immédiatement, il lui fit un grand sourire.

- Alors, tu as vu ta crevette ?

- Non.

- Comment ça ?

- Je n'ai pas voulu.

Elle tenta de lui expliquer ses peurs, pendant qu'ils prenaient la direction du service, pour faire la prise de sang. Il ne dit rien quand Loulou eut fini.

Ils reprirent lentement le chemin du parking. Son complice était toujours aussi silencieux.

- Tu me trouves décevante ? lui demanda-t-elle, alors qu'ils arrivaient près du véhicule.

- Non. C'est juste que je ne me rendais pas compte que ça te trottait tant que ça.

- Mais il ne faut rien dire à David.

- Comment tu vas lui expliquer ?

- Je verrai bien le moment venu.

- Tu auras les résultats quand ?

- Je dois appeler ce soir à 18H00. Et on reprend directement rendez-vous pour faire l'échographie.

XIV
Exécution du contrat

Le chemin jusqu'à AMA se fit dans le silence. Loulou regarda sa montre, il était 10H30.

- Je rattraperai mon retard ce soir. J'essaierai de téléphoner au docteur Ronen avant de partir. Tu pourras prévenir Fathi de ne passer qu'à 18H00 ?

- Je fais ça avant le déjeuner.

- Tu vas chez Isa ?

- Oui, je vais profiter un peu des enfants. Elle ne travaille pas, elle a pris sa journée.

Avant qu'elle ne sorte du véhicule, Leandro lui demanda :

- Tu appelles Martial aujourd'hui ?

- Non. J'ai promis à David de lui dire ce qu'il en était, mais pour le reste, j'attends les résultats ce soir. Pourquoi ?

- Parce qu'il supporterait difficilement de savoir que tu as peur à cause de ce qu'il t'a mis dans les veines.

Elle sortit de la voiture et monta les marches menant à l'entreprise. Elle passa devant le bureau de Véronique, qui riait seule, devant son écran. Loulou comprit immédiatement qu'elle s'adonnait à son passe-temps favori. La messagerie instantanée. Celle-ci lui fit un signe.

- Je nous fais un café, Loulou ?

- Oui, si tu veux !

Avant de déposer ses affaires, elle frappa à la porte de communication et entra. Elle fit la bise à Nathaniel.

- Comment ça va ? demanda-t-il.

- Bien. Je reviens de chez le docteur Ronen.

- Ta gynéco ?

Elle fit un signe affirmatif. Un sourire éclaira son visage.

- Vous vous êtes décidés pour le troisième, finalement ?

Elle fit une moue.

- C'est un peu plus compliqué, mais le résultat est là.

Il la regarda, tout en réfléchissant. Après quelques longues secondes, elle vit bien qu'il avait compris.

- Tu l'as su après l'entrepôt, c'est ça ?

- C'est exactement ça !

- Tu le gardes ?

- Je n'ai aucune raison de ne pas le faire.

- David sait ?

- Oui, depuis hier.

Ils entendirent du bruit dans le bureau de Loulou.

- Loulou, que je te prévienne ! dit Nathaniel. Hier, un client a téléphoné. Il veut faire construire par ici, mais il voudrait que je voie le site assez rapidement. Tu viens déjeuner avec nous.

- Non, je n'ai pas la tête à me taper un déjeuner.

- Pourtant, je te rappelle que tu ne peux pas rester seule ici.

- Leandro m'a dit hier soir que les gars agiront au salon.

- Je vais quand même le prévenir.

Loulou soupira.

- Il est avec Isa, laisse-le tranquille ! Pour les mecs, il n'y a pas à s'en faire. Ils ont été aussi discrets que des loups au milieu des moutons. Pars tranquille.

Elle passa la porte de communication, pour se retrouver dans son bureau, où Véronique était installée.

- Comment tu vas ?

- Et toi ?

- Tu as été malade ce matin ou tu ne t'es pas réveillée ? demanda sa collègue, à la seconde où Loulou s'assit en face d'elle.

- Ni l'un ni l'autre ! J'avais un rendez-vous.

- Je ne le savais pas. Si quelqu'un avait téléphoné...

- Tu aurais dit que je n'étais pas là.

- Hier soir, je suis allée au salon, tu n'y étais pas et Leandro est parti assez rapidement. Tu l'as vu ?

La colère monta immédiatement et c'est sèchement que Loulou répondit :

- Oui, il est venu à la maison !

- Je lui ai demandé si je ne pouvais pas l'accompagner, il m'a dit que non et il a rajouté que ce n'était pas la peine que je l'attende. Il est reparti tard de chez toi ?

La colère monta encore d'un cran.

- Il y a dormi !

- Ça ne dérange pas ton mari ?

- Pourquoi voudrais-tu que ça le perturbe ?

- Mon mari ferait un peu la gueule qu'un autre homme passe autant de temps à la maison.

Loulou n'accepta pas la remarque. Sa collègue avait répondu de manière sarcastique, sans se départir de son sourire. Elle lui lança :

- C'est sûr que le tien n'a pas besoin de faire la gueule, puisque c'est toi qui te déplaces !

Véronique éleva la voix :

- Pourquoi tu dis ça ?

- Ce n'est quand même pas moi qui prétexte être au chevet d'une amie malade, pour aller me taper une partie de jambes en l'air avec un mec que je connais à peine...

- Je fais ce que je veux, je n'ai aucun compte à te rendre !

- Alors, arrête de poser des questions à double sens. Pose-les franchement ou tais-toi ! Tu veux savoir quoi, au juste ? Si Leandro et moi, on couche ensemble ? La réponse est non !

- Pourtant, vu ta réaction, je vois bien que tu ne supportes pas quand je le vois !

Loulou ne répondit pas, elle cria :

- Il faut vraiment que tu sois conne ! J'en ai rien à foutre de qui tu vois ! Arrête de me polluer avec tes insinuations !

- Tu veux la vérité ? hurla Véronique. Tu es jalouse !

Loulou se leva, en même temps que Nathaniel déboulait.

- Dégage de là ! vociféra-t-elle.

Véronique sortit du bureau et claqua la porte.

- Mais qu'est-ce qui s'est passé ? demanda Nathaniel.

- Elle commence à me gonfler avec ses sous-entendus.

Elle alluma son ordinateur et rageuse, mit un dossier devant elle. Nathaniel retourna dans son bureau. Elle regarda l'heure, il était maintenant 11H10.

Elle se rappela qu'elle devait appeler David. Elle composa le numéro.

- Alors ?

- Alors, rien !

- Tu n'as pas été voir le docteur Ronen ?

- Si, mais j'ai juste demandé une prise de sang de confirmation.

- Pourquoi ?

- Écoute, David, tu ne veux pas qu'on parle de ça vendredi ?

- Non, je veux savoir pourquoi elle n'a rien fait de plus.

- Ce n'est pas elle ! dit Loulou, excédée.

- Alors, qui ?

- C'est moi qui ai refusé l'échographie, ça te va ?

- Pourquoi ? insista David.

- Parce que c'est comme ça !

- Ce n'est pas une réponse !

- Parce que je t'expliquerai, mais à ton retour !

La voix de son compagnon se fit catégorique :

- Non, maintenant !

Et comme avec sa collègue, Loulou se fâcha pour de bon.

- Maintenant, là, je ne peux rien te dire de plus !

- Je veux la vérité sinon, je rentre maintenant !

- Arrête ton cirque !

- Est-ce qu'il faut que j'appelle le docteur pour savoir ce que tu refuses de me dire ?

- Dis donc, ce matin, tu m'aurais chié une pendule parce que tu ne venais pas, alors prends ça pour une chance, tu seras au prochain rendez-vous !

- A quoi ça te sert de faire une prise de sang ?

- Je veux une confirmation de grossesse !

- Tu pouvais faire le reste, pourquoi tu ne l'as pas fait ?

- Merde !

Elle raccrocha violemment. Elle ne pouvait pas expliquer à David qu'elle avait peur à cause de la drogue. Dans son esprit, il ferait une association avec Martial et ne manquerait pas d'aller lui dire sa façon de penser. L'épargner n'était pas la bonne solution, mais restait encore le meilleur moyen d'agir, en attendant que celui-ci reprenne le contrôle définitif de ses pensées envers Martial.

Elle attendit quelques minutes et décrocha le combiné. Elle composa le numéro de Pascal.

- C'est Loulou !

- Et alors, ma grande, qu'est-ce qui se passe ?

Elle lui expliqua en quelques mots l'altercation avec David. Il lui demanda, quand elle eut fini :

- Pourquoi tu n'as pas voulu faire l'échographie ?

- Je veux savoir qu'il est en vie.

- Tu en as vu d'autres avec Marie et Olivier. Pourquoi avoir peur aujourd'hui ?

- A cause de la drogue !

Il se tut quelques secondes.

- Je n'ai pas osé aborder le sujet, mais il y a eu combien de piqûres ?

- Trois.

- Et quoi d'autre, Loulou ?

- En dehors des somnifères, il y a des antibiotiques, des aphrodisiaques, mais je n'ai su qu'après qu'il s'agissait de ça.

- Des aphrodisiaques ?

- Il a dit m'en avoir donné parce que la drogue désinhibait le plaisir sexuel.

- Bon, admettons ! En dehors de ça ?

- Rien d'autre. C'est déjà pas mal en si peu de temps, non ?

- David sait tout ça ?

- Non et je préfère de loin que tu gardes ces informations-là pour toi. Je ne suis pas certaine qu'il soit capable d'entendre les détails.

- C'est toi qui es enceinte et c'est lui qu'il faut ménager.

- Pourquoi tout doit toujours être si compliqué ?

- Dis-toi que c'est juste une journée comme ça. Ça ne fait pas un pli que David va m'appeler et me demander si j'ai de tes nouvelles.

- Tu n'as qu'à lui dire que je me suis engueulée avec Véronique.

Tu ne mentiras pas. Au moins, s'il lui vient à l'idée de contacter Natha, il aura la même version.

- Qu'est-ce qu'il y a eu avec Véronique ?

Elle lui expliqua la discussion houleuse.

- Ça confirme au moins que ce n'est vraiment pas ta journée.

Quand elle raccrocha, il était 11H45.

La seule chose qui réussit à lui mettre du baume au cœur fut de se dire que bientôt, tout le monde allait partir déjeuner et qu'elle allait enfin pouvoir être seule. Elle avait juste envie de respirer, tout en ayant l'assurance que personne ne viendrait la déranger. Elle se mit en tête qu'il serait peut-être préférable d'éviter de côtoyer les gens. Que finalement, elle n'avait pas l'état d'esprit.

Sa tension ne faisait que s'accentuer depuis quelques jours et plus exactement depuis qu'elle savait qu'elle était enceinte. Mais l'anxiété la rongeait aussi. Elle avait hâte d'arriver à 18H00 et de s'entendre dire que son bébé allait bien, qu'il était en vie. Et à ce moment, le docteur Ronen lui donnerait un autre rendez-vous, qu'elle transmettrait immédiatement à David.

A 12H05, Nathaniel la prévint qu'il partait déjeuner et l'informa, par la même occasion, que Véronique n'était plus dans son bureau.

- Tu es sûre que ça va aller ? demanda-t-il.

- Oui, bien sûr !

- Je te ramène quelque chose à manger ?

- Si tu trouves un sandwich, ce sera très bien.

Elle sortit de son bureau et revint avec un café. Elle s'alluma une cigarette et se rendit compte qu'elle n'avait pas fumé depuis son arrivée au bureau.

- Ça tourne vraiment pas rond ! se dit-elle, tout haut.

Elle apprécia le silence. Pas un bruit ne transpirait de l'endroit. Elle se sentit enfin un peu détendue.

Après avoir écrasé sa cigarette, elle se fit la réflexion qu'elle avait poussé le bouchon avec David et que dans la soirée, elle l'appellerait pour s'excuser et lui dire que leur bébé allait bien. Car maintenant qu'elle avait repris un peu le contrôle, elle savait que son bébé allait bien et grandissait en paix dans son ventre. Elle sourit à cette idée et avait hâte de passer l'échographie.

Elle décrocha son téléphone et composa un numéro.

- Maman ?

- Loulou ! Je suis contente de t'entendre. Comment vas-tu ?

- Je ne te dérange pas pendant le déjeuner, j'espère !

- Non, Raymond rentre à 12H30, nous avons quelques minutes.

Elle attendit quelques secondes et ajouta, inquiète :

- J'espère qu'il n'y a pas de problème, rassure-moi !

- Au contraire, c'est plutôt une bonne nouvelle qui m'amène.

- Dis-moi vite !

- Devine...

- Tu es enceinte ?

- Oui, maman !

Elle entendit rire à l'autre bout du fil.

- Félicitations ! Comment tu te sens ?

- Très bien !

- Tu es enceinte de combien ?

- Pas très longtemps, mais assez pour te le dire. Je passe la première échographie dans quelques jours, je t'en dirai plus à ce moment-là.

- J'imagine que David est aux anges.

Loulou avait envie de partager son bonheur avec sa maman, mais ne se sentait pas de lui dire la vérité pour le moment.

- Oui, tu t'en doutes !

Loulou consulta l'heure.

- Je vais te laisser, je dois me mettre au travail et Raymond va rentrer dans quelques minutes.

- D'accord ! On vous embrasse tous bien fort.

Loulou raccrocha. Il était 12H30, elle se sentait assez sereine pour commencer à travailler.

C'est là qu'elle entendit du bruit dans le couloir. Elle leva les yeux au ciel. Véronique allait certainement arriver, avec deux cafés à la main.

Quelques secondes plus tard, la porte s'ouvrit violemment, mais sur trois hommes. Le cerveau de Loulou passa en alerte rouge. Elle sut d'instinct qu'il s'agissait des trois hommes engagés par Virginie, il ne pouvait s'agir que d'eux et elle se fit la réflexion qu'ils avaient bien brouillé les pistes en allant au salon.

Elle se leva aussi rapidement que possible, dans l'espoir d'atteindre la porte de communication. Mais l'effet de surprise avait été tel, qu'ils étaient déjà au bureau, quand elle tenta de s'enfuir.

L'un des hommes resta à la porte et fit le guet, le second passa derrière le bureau, attrapa Loulou par les cheveux et la tira vers lui. Le troisième se mit devant elle, lui sourit dans une espèce de rictus et balança son poing au niveau de l'estomac.

Elle eut le souffle coupé immédiatement. Elle aurait voulu se défendre, mais elle n'arrivait pas à réagir, tout allait bien trop vite.

C'est là qu'elle se rendit compte qu'elle était à genoux. Elle-même n'aurait pas su dire comment elle était arrivée dans cette position. La main qui tenait ses cheveux tira en arrière. Ses yeux se portèrent immédiatement sur le poing qui arrivait sur son visage. Elle n'avait pas la force d'esquiver.

Avant de perdre connaissance, elle regretta amèrement d'avoir refusé l'invitation de Nathaniel.

Quand Loulou reprit conscience, elle se rendit compte immédiatement qu'elle était allongée sur le dos. Elle entendit des bruits près d'elle. Puis elle sentit une main sur son visage.

Persuadée que c'était encore les trois hommes, elle tenta de se relever brusquement, en ouvrant les yeux. La première chose qu'elle ressentit, ce furent les douleurs éparses dans son dos. Elle ferma les yeux et poussa un cri de douleur.

Instantanément, des mains se posèrent sur ses épaules et la forcèrent à se rallonger. Sa tête se posa sur un coussin.

- Ne bougez pas, s'il vous plaît ! Gardez les yeux fermés.

Elle ne connaissait pas la voix et elle ne savait pas où elle était. Elle continuait à sentir les mains au niveau de son œil gauche. Elle se rappela du coup de poing.

- Loulou, tu m'entends ?

Elle reconnut la voix de Sylvain.

- Oui.

Puis elle sentit un pincement sur le haut de son bras et une piqûre.

- C'est un sédatif léger ! dit une autre voix.

- Je ne veux pas aller à l'hôpital ! articula-t-elle.

- Ne t'en fais pas ! la rassura Sylvain.

- On est où, là ?

- Dans le quatrième bureau.

Elle n'avait pas pensé à cette pièce. Ce bureau se trouvait à côté de celui de Véronique, il était un peu plus petit que les autres. Elle se rappela soudain que, dedans, y était déposé un canapé. Elle eut la certitude d'être installée sur celui-ci.

Elle tenta de revenir en arrière et força son esprit à se remettre dans les conditions de l'agression. Mais après le coup de poing, c'était le trou noir. Elle ne se souvenait de rien.

Pourtant, elle imagina que ses douleurs avaient une origine, mais que cela avait dû se passer après son évanouissement.

- Ils sont où ?

La réponse n'arriva pas tout de suite.

- Ils n'étaient plus là quand on est arrivés.

Quelques minutes après, l'homme au-dessus d'elle se leva. C'est là qu'elle se rendit compte qu'elle n'avait plus envie d'ouvrir les yeux. Elle sentait son corps léger et se dit que le sédatif faisait effet.

- J'ai un coup de pompe ! avoua-t-elle.

- Repose-toi un peu !

Dans son brouillard, elle reconnut cette voix, mais fut incapable de mettre un nom dessus. Mais elle lui était familière.

Avec peine, elle se tourna sur le côté. Son dos la tirait terriblement. Quelqu'un déposa une couverture sur elle et Loulou se sentit en sécurité. Elle se laissa transporter dans la somnolence. Elle savait qu'elle ne dormait pas, mais elle profitait de la détente de son corps. Elle avait notion qu'autour d'elle, il y avait du mouvement, des chuchotements, mais ça ne la perturbait pas dans son repos.

Quelque part, elle entendit une voix féminine. Sans mal, elle reconnut Véronique qui appelait Leandro à tue-tête. Près d'elle, elle entendit un soupir et des pas. Elle comprit que Leandro venait de sortir de la pièce. Elle se douta que d'autres personnes se trouvaient certainement avec elle.

- Quelle heure il est ? demanda-t-elle, mollement.

- Dors !

C'était la même intonation, mais là encore, elle ne put mettre un visage dessus. Sa curiosité était intègre, mais son énergie réduite à zéro. Elle était certaine que le visage lié à la voix serait encore là plus tard. Sans s'en rendre compte, elle se laissa gagner par le sommeil.

XV
Déductions

Loulou sentit qu'elle se réveillait, mais elle n'ouvrit pas les yeux. Elle avait besoin de quelques minutes, pour rassembler ses idées.

Elle tenta de se remettre sur le dos et constata que celui-ci la tirait beaucoup moins que quand elle avait essayé de se redresser.

Sa bouche était sèche, elle avait très soif. Elle souleva sa main et la passa sur sa bouche.

- Ça va, fillette ?

Elle ouvrit les yeux pour découvrir Leandro, au-dessus d'elle.

- Aide-moi à m'asseoir, s'il te plaît !

- Tu ne veux pas rester un peu allongée ?

- J'ai trop soif pour ça.

- Alors, je vais te chercher à boire et tu t'assois après. D'accord ?

Elle fit un signe affirmatif. Il s'éloigna. Elle leva son poignet et regarda l'heure. Il était 15H20. Elle dirigea sa main vers son œil gauche. Elle sentit un pansement, mais elle n'avait pas mal. Elle tourna la tête vers la porte. Sylvain lui fit un signe, alors que la personne qui parlait avec lui se retournait. Immédiatement, elle sourit. L'homme s'approcha.

- On pensait te revoir dans d'autres conditions, mais on se contentera de ça ! dit Viorel, en riant.

- Je suis vraiment très heureuse de te revoir ! répondit-elle.

Un visage se dessina à côté de Viorel.

- C'est toi que j'ai entendu tout à l'heure ! lança-t-elle à Will. Je n'arrivais plus à remettre un visage sur la voix.

- Voilà une chose de faite ! répondit-il. Comment tu te sens ?

- Assoiffée !

Leandro entra avec un verre d'eau et un café. Loulou tenta de s'asseoir, mais son corps avait encore du mal à lui obéir. Will l'aida. Elle se rendit compte que les douleurs de son dos avaient pratiquement disparu, elle se sentait juste courbaturée. Leandro lui tendit le verre d'eau.

- Je préfère le café.

- C'était pour moi ! lança-t-il, en riant.

- On partage ?

Il tendit la tasse. Elle en but une gorgée et la donna à son complice. Le liquide la réchauffa, en même temps qu'il la réconforta. Leandro lui tendit une cigarette, qu'elle prit. Elle sentait les effets du sédatif s'estomper peu à peu.

Le GSM de Leandro retentit. Il écouta, soupira et dit fermement :

- Tu n'as personne d'autre à appeler, pour te ramener ?

Tout en écoutant, il regarda Loulou et frotta ses doigts contre sa joue. Celle-ci comprit qu'il avait Véronique à l'autre bout du fil.

- J'envoie Sylvain, il te ramènera ici.

Il écouta.

- Non, pour l'instant, je n'ai pas une minute.

Il écouta.

- Si déjà tu raccroches, on perd moins de temps. A tout à l'heure !

Il replaça le GSM dans sa poche. Il regarda Sylvain.

- Désolé pour la corvée !

Loulou reprit la tasse et continua à boire le café. En fait, il lui tardait de comprendre le fil des événements et la raison pour laquelle Véronique appelait Leandro, alors qu'elle était censée se trouver ici, au bureau.

Sylvain sortit de la pièce. Leandro prit une chaise qui se trouvait là et vint s'installer en face de Loulou, avec un cendrier. Will et Viorel s'assirent à côté d'elle sur le canapé.

- Tu te rappelles de quoi ? demanda son complice.

- Pas grand-chose ! Ils m'ont mise K.O. tout de suite.

- Tu les avais déjà vus ?

- Tu sais, trois mecs, il ne faut pas sortir de l'université. J'ai tout de suite compris que c'étaient les gars à Virginie.

Elle sourit.

- C'était plutôt malin de brouiller les pistes, en se concentrant sur le salon.

- Tu ne crois pas si bien dire ! dit Viorel.

- Mais qu'est-ce qui s'est passé, au juste ? demanda-t-elle.

Will prit la parole.

- Avec Viorel, on était postés plus haut, sur la route qui domine la zone. On gardait un œil sur AMA, en sachant que les gars allaient agir au salon, mais deux précautions valaient mieux qu'une. Pour être honnête avec toi, on gardait un œil sur toi, par principe. Mais on était tous sûrs qu'ils ne viendraient pas jusqu'ici. On a vu ta collègue ressortir en hurlant. Elle avait dû les surprendre. C'est là qu'on a compris ! On a appelé Leandro et on a foncé.

Loulou fit une moue.

- Tu es en train de me dire que par-dessus le marché, je vais devoir dire merci à Véronique ?

- En tout cas, elle n'oubliera pas de te le rappeler ! dit Leandro.

- Elle est où ?

Et là, les trois hommes éclatèrent de rire. Viorel lui répondit :

- A l'hôpital ! Elle est gravement blessée.

- Sans rire ? demanda Loulou, le plus sérieusement du monde.

- Quand elle est tombée, elle s'est fait mal au poignet.

Les hommes riaient franchement.

- Elle a appelé les pompiers. Quand on est arrivés avec Will, elle était en train de braire comme un âne. Les pompiers se sont surtout penchés sur ton cas, ce qui n'a pas vraiment été de son goût. Mais c'est quand Leandro est arrivé que c'est devenu vraiment comique. Elle n'arrêtait pas de lui montrer son poignet en hurlant qu'elle souffrait et qu'on devait l'emmener à l'hôpital. Quand ils en ont eu fini avec toi, ils l'ont emmenée. Ça nous assurait au moins la paix.

Elle attendit que les trois hommes se calment, pour demander :

- Comment ça se fait que j'ai mal au dos ?

Viorel reprit son sérieux.

- On t'a retrouvée devant l'armoire. On suppose qu'ils t'ont jetée là avant de partir. Quand on a vu que tu ne revenais pas à toi, on t'a installée ici. Les pompiers ont vu les hématomes dans ton dos, mais il semblerait qu'ils n'aient pas eu le temps de faire quoi que ce soit d'autre, la grande blessée est arrivée au bon moment.

- Elle revient ici ?

Leandro soupira.

- Elle m'a dit qu'elle devait récupérer ses affaires, mais je suis sûr qu'elle les a volontairement laissées.

Elle eut un sursaut.

- Mais qui s'occupe du standard ?

- Les appels sont déviés dans le bureau de Rachid.

Loulou but la dernière gorgée de café et écrasa sa cigarette dans le cendrier. Elle prit appui sur sa main.

- Tu comptes aller où comme ça ? demanda Leandro.

- Aux toilettes !

Leandro se leva et tendit ses mains, que Loulou attrapa. Elle se mit sur ses jambes.

Quand elle fut debout, elle sentit des courbatures dans tout son dos et son ventre. Elle prit une inspiration et se mit en route. En marchant, elle percevait une tension en elle, mais elle savait qu'il lui faudrait quelques jours avant qu'elle ne sente plus rien.

Lentement, elle sortit du bureau, passa devant le sien, dans lequel elle ne jeta pas un regard puis devant celui de Nathaniel.

- Où est Natha ? demanda-t-elle à Leandro, à ses côtés.

- A la villa ! Il t'expliquera...

Loulou urina. Elle sentit comme une contraction dans son bas-ventre et se dit que comme Marie et Olivier, le bébé n'était décidément pas épargné. Mais comme l'avait dit Viorel, ils n'avaient pas eu le temps d'agir. Elle était soulagée pour son enfant. Ses mouvements étaient ralentis, comme dans un mauvais rêve. Mais elle réalisa que le sédatif devait y être pour beaucoup.

Elle sortit des toilettes et immédiatement, prit la direction de la sortie. Elle s'assit sur les marches de l'entrée.

- Je vais te ramener chez toi.

Leandro s'assit à ses côtés.

- Laisse-moi souffler un peu, tu veux ?

- Tu dois te reposer.

- Je ne dis pas le contraire, mais là, j'ai besoin de me poser.

- J'ai demandé à Fathi de récupérer tes puces. Emmanuelle est rentrée chez elle.

Elle jeta son regard devant elle, dans le vide.

- Je me suis engueulée avec David ce matin ! dit-elle, à voix basse.

- Je sais, il m'a téléphoné après votre accrochage. Je l'ai rappelé tout à l'heure pour lui expliquer ce qui s'était passé, mais je l'ai rassuré en lui disant que ça allait. Je crois que tout ça le désole encore plus que toi. Il m'a dit qu'il appellerait ce soir.

Il rajouta, après quelques secondes :

- Tu as eu des mots avec Véronique aussi ?

Immédiatement, la colère contre sa collègue revint de manière virulente.

- C'est elle qui m'a remonté les nerfs, avec ses conneries !

- Je crois qu'elle a bien essayé de me convaincre de ta jalousie.

- Elle est parano, cette femme !

Elle regarda Leandro.

- Tu n'as pas idée à quel point ça me coûte de devoir lui dire merci.

- Si, j'ai une idée. C'est pour ça que ce serait aussi bien que je te ramène, avant qu'elle revienne.

Deux voitures arrivaient de ce côté-ci de la zone.

- Ce n'est pas la voiture de Jacques ? demanda Loulou.

- Et Natha ! Je vais préparer des cafés. Tu peux aller dans la salle de réunion, je pense qu'ils viennent te voir.

Elle se releva, tentant d'oublier les courbatures de son corps et s'installa dans le bureau de Nathaniel.

En attendant que les hommes arrivent, elle s'alluma une cigarette. Son dos et son ventre continuaient à la tirailler. Et pour comble, un mal de tête fit son apparition. Elle espéra que la réunion se termine vite, qu'elle puisse rentrer chez elle.

Quelques minutes plus tard, Leandro entra dans le bureau avec les cafés. Jacques Massin, Mehdi et Nathaniel suivaient. Tous s'installèrent autour de la table.

- Loulou, il serait plus prudent que tu ailles à la clinique ! dit Jacques Massin, pour commencer.

- Non, ça va, j'ai juste des courbatures.

- Ça me rassurerait ! insista-t-il.

- Si demain, ça ne va pas mieux, j'irai ! Mais je crois qu'une nuit de sommeil remettra les choses en ordre.

Elle plongea un sucre dans son café et commença à touiller.

- Tu te souviens que je t'ai parlé de mon déjeuner ? demanda soudain Nathaniel.

- Bien sûr ! répondit-elle, en levant la tête.

- Quand je suis arrivé, il n'y avait personne. Je me suis dit que le gars était peut-être en retard, j'ai attendu sur place... jusqu'à ce que Leandro m'appelle et me raconte ce qui s'était passé ici.

- Ils ont vraiment bien monté leur coup !

Mehdi prit la parole :

- Il faut se rendre à l'évidence que ce n'étaient pas des débutants et qu'ils connaissent très bien leur boulot. Mais venant d'un personnage comme Virginie, c'est étonnant qu'elle ait ce genre de connaissances dans son entourage.

Loulou réfléchit quelques secondes, avant de lancer :

- Virginie, non ! Mais Didier, certainement !

- Tu en arrives à la même conclusion que nous. Mais une autre nous a effleurés aussi, pourtant !

Loulou le regarda. Elle réfléchit, en laissant son regard se perdre dans son café et dit :

- Que Didier joue double jeu ?

N'entendant aucune réponse, elle regarda Mehdi, qui fit un signe affirmatif. Elle soupira.

- La haine qu'elle me voue n'est pas la même que celle de Didier, mais à eux deux, ils sont capables du pire pour m'atteindre. La preuve...

- Pourtant, le problème est autre ! intervint Jacques Massin. On ne sait pas si elle estimera qu'ils ont atteint leur but.

Elle se tourna vers lui et sourit.

- Tu le sauras rapidement.

- Comment ?

- Tu oublies qu'elle parle à "Lionne666".

- Justement, en parlant de ton pseudo sur Internet...

- Tu ne comptes pas me demander de le supprimer ?

- C'est effectivement ce que je vais te demander.

- Mais pourquoi ?

- Parce que tu l'as créé dans l'unique but de suivre les agissements de Martial, en prenant à chaque fois le risque que quelqu'un ne découvre la vérité. Aujourd'hui, tu n'as plus aucune raison de surveiller Martial et il serait le premier à pouvoir démasquer qui se cache derrière.

- Jacques, c'est justement une chance aujourd'hui. Jamais personne n'aurait pu avoir vent du projet de Virginie si "Lionne666" n'avait pas existé. Tu veux savoir si elle est satisfaite du résultat ? C'est le seul biais que je connaisse pour avoir la réponse. Je veux bien le supprimer, mais laisse-moi dans ce cas le temps de trouver une pirouette, pour justifier la disparition du compte.

- Tu obtiens la réponse de Virginie, mais tu ne parles plus ni avec Martial ni avec Talos. Est-ce que je peux te faire confiance ?

- D'accord !

Jacques Massin sourit.

- Tu connais maintenant les personnes qui vont te protéger.

- Ils sont là depuis quand ?

- Ils sont restés dans l'ombre de manière volontaire, personne ne devait soupçonner leur présence près de toi.

Il la regarda dans les yeux.

- Tu te souviens quand Viorel m'a appelé ?

- Évidemment !

- Ce jour-là, il m'a bien dit qu'en cas de problème, ils souhaitaient ne pas être en reste. Ils estimaient normal de te rendre ce que tu leur avais donné. Tu leur avais évité de gros ennuis, ils avaient à cœur de te rendre service. J'ai simplement retenu la proposition et quand les menaces de Virginie sont apparues, c'était le moment de les faire entrer en piste.

Il y eut du bruit dans le couloir et une voix féminine se fit entendre. Loulou, sans même s'en rendre compte, leva les yeux au ciel. Cette femme, décidément, l'exaspérait un peu plus chaque jour. Même le son de sa voix l'insupportait bel et bien.

- Qu'est-ce qui s'est passé avec Véronique ? demanda Mehdi.

- Rien de spécial.

- Ce n'est pas la version qu'on a.

- On a eu quelques mots... entre collègues !

- Tu es sûre que ça avait rapport avec un projet en cours ?

- Oui, c'est le projet "je te pourris la vie". Elle fait des modifications toutes les semaines, elle m'en fait profiter comme elle peut.

- Il semblerait qu'elle ait prétendu que tu sois jalouse ! dit Jacques Massin.

- A une époque, je ne pouvais pas saquer la nana, c'est parce que j'étais amoureuse de Natha, tu te rappelles ?

Il fit un signe affirmatif.

- Aujourd'hui, je ne peux pas saquer la nana, c'est parce que je suis amoureuse de Leandro. Remarque, je suis pratique comme fille, je ne prends que les mecs qui ne vivent pas avec leur femme.

Elle regarda Mehdi.

- Ne te sépare jamais de Soraya, sinon t'es cuit !

Celui-ci éclata de rire. A l'extérieur du bureau, ils entendirent distinctement Sylvain dire :

- Non, tu ne peux pas les déranger !

Mais quelques secondes plus tard, on frappa à la porte.

- Allez, on parie que c'est miss glue ? ricana Loulou.

- Entrez ! lança Nathaniel.

Véronique fit son apparition dans le bureau. Mielleusement, elle s'avança, salua Jacques Massin et Mehdi. Sa voix était basse, comme si elle était soudainement lassée. Son bras gauche était replié vers le haut, laissant apparaître un bandage frais autour de son poignet et sa main.

Puis elle regarda Loulou, le regard pitoyablement déconfit, comme sous l'emprise d'une terrible douleur incontrôlable.

- Est-ce que je peux te voir quelques minutes ?

- Va dans mon bureau, j'arrive !

- Je suis désolée, mais je ne peux pas te proposer un café ! dit sa collègue, en montrant son bandage.

Loulou se sentit une envie de rire.

- Je m'en charge. Va vite t'asseoir, on dirait que tu es prête à t'évanouir.

Véronique passa la porte de communication, qu'elle referma. Loulou se leva et immédiatement, elle se sentit lourde, comme si elle était ballonnée. Ses reins lancèrent un éclair. Elle mit quelques longues secondes à se déplier complètement. Elle croisa le regard de Jacques Massin.

- Les armoires sont dures cette année ! émit-elle, en riant.

- Loulou, je voudrais que tu ailles à la clinique après.

- Non, je suis vraiment claquée, mais je voulais passer chez Laurent.

- Leandro va lui téléphoner.

Son complice se leva sans attendre et s'installa derrière le bureau de Nathaniel. Jacques Massin continua :

- Depuis quelques heures, Will et Viorel ne te quittent plus, de manière officielle. J'espère que tu ne comptes pas leur fausser compagnie ou leur en faire voir de toutes les couleurs.

- Non, je suis trop contente de les retrouver. Et puis, honnêtement, je n'ai pas envie de rester seule.

Elle se mit en marche, difficilement, lentement. Son ventre lui donnait l'impression de gonfler de minute en minute tandis que ses reins continuaient à lancer des éclairs, à chacun de ses pas.

Elle sortit du bureau, déboutonna son pantalon et baissa la fermeture éclair. Son ventre sembla soulagé. Sa montre marquait 16H50.

- Attends, fillette ! entendit-elle, derrière elle.

Elle se retourna.

- File voir ce qu'elle te veut, je ramène les cafés. Tu as rendez-vous à 17H30 chez Laurent.

Elle fit demi-tour et entra dans son bureau. Sa démarche était tellement lente qu'elle n'avait pas espoir d'arriver au fauteuil. Mais elle se concentra et, finalement, s'installa en face de Véronique. Celle-ci reprit sa mine déconfite, en montrant sa main.

- Ce ne doit pas être mon jour !

L'égoïsme de cette femme fit à Loulou l'effet d'une claque et elle sentit monter la même colère que celle qu'elle avait ressentie le matin. Elle espéra seulement réussir à se contrôler assez longtemps et ne pas reproduire la même scène. Elle répondit :

- Il y a des jours comme ça !

La porte s'ouvrit et Leandro entra. Il posa un plateau avec les trois cafés. Il regarda Loulou. Sans un mot, il s'assit à côté de Véronique, sans même lui lancer un regard. Celle-ci semblait satisfaite qu'il soit là et le désespoir de son visage laissa place à un grand sourire. Elle lui demanda :

- Tu peux me ramener chez moi ?

- Non. Avec Sylvain, on doit filer dans peu de temps.

- Je vais appeler mon mari. Ils m'ont donné des antidouleurs à l'hôpital, je me sens bizarre.

Elle se tourna vers Loulou.

- Tu t'en sors plutôt à bon compte. Ça aurait pu être pire.

Comme Loulou ne répondait pas, Véronique continua :

- Tu sais que c'était un hasard que je rentre ? On s'était fâchées et je trouvais ça stupide qu'on reste là-dessus. J'étais rentrée pour qu'on aplanisse tout ça. Heureusement...

Loulou prit son café et en but une gorgée. Elle articula, le plus calmement possible :

- Oui, heureusement que tu étais là.

- Quand j'ai vu l'homme à la porte de ton bureau, j'ai vite compris qu'il se passait quelque chose. Mais c'est en avançant que j'ai réalisé que tu devais être mal prise. Je suis sortie en hurlant, quand j'ai vu le type me courir dessus.

Elle se tourna vers Leandro.

- J'ai eu tellement peur ! Quand il est arrivé près de moi, j'ai cru qu'il allait me frapper. Alors, je me suis jetée à terre. Je pense que j'ai bien fait, non ?

- C'était certainement la meilleure chose à faire ! répondit-il.

- Mais c'était qui ?

Loulou prit la parole.

- Qu'est-ce que ça peut bien faire ? Tu n'imagines quand même pas qu'ils ont laissé une carte de visite.

- Je compte bien porter plainte !

- Pour ?

- Agression.

Loulou ne réussit pas à garder son calme et éleva la voix :

- Tu dis toi-même que tu t'es jetée à terre. Où tu vois une agression ?

Véronique montra son poignet.

- Ça va que je n'ai qu'une foulure, mais ça aurait pu être plus grave.

Leandro, très calme, déclara :

- Oui, tu aurais pu finir comme Loulou !

- Elle n'est pas dans le coma ! rétorqua Véronique, hargneuse.

- Toi non plus !

Loulou termina son café et demanda :

- Tu es en arrêt ?

- Non, mais le médecin m'a dit que je ferais mieux de prendre un peu de recul, vu mon état de choc.

- Dis-moi si tu veux rester chez toi, je viendrai m'occuper du standard demain.

- Si ça ne te dérange pas !

- Non ! soupira Loulou. Avec ce que tu as, tu fais bien de prendre du repos. C'est amplement mérité !

Leandro jeta un coup d'œil à sa montre.

- Allez, il faut bouger !

- Vous allez où ? demanda Véronique à l'homme, avec un grand sourire.

- Loulou a rendez-vous au toubib.

- Vous ne pouvez pas me déposer ?

Loulou, au bord de la crise de nerfs, dit à Leandro :

- Fais un détour avec Sylvain pour la déposer, tu nous rejoins après.

Elle se leva. Il lui semblait que la lourdeur dans son ventre était encore pire et ses reins refusaient d'y mettre de la bonne volonté. Péniblement, elle avança, prit son sac à main et sortit du bureau, laissant là Leandro et Véronique. Elle frappa au bureau de Nathaniel et salua les hommes encore attablés.

Elle s'alluma une cigarette et prit la direction de la sortie. Derrière elle, des pas se faisaient entendre. Elle descendit les marches et aperçut Will et Viorel, à côté d'une voiture et supposa que c'était dans celle-ci qu'elle allait monter. Leandro passa à côté d'elle et parla aux deux hommes.

Quand elle arriva au niveau du véhicule, elle ne s'attarda pas sur la conversation et monta. Loulou n'avait plus qu'une hâte. Aller chez Laurent et rentrer chez elle. Elle se sentait vraiment mal dans son corps.

Elle tourna la tête pour voir sa collègue monter dans l'autre voiture, pendant que Sylvain se mettait au volant. Véronique se comportait comme une star qui va chercher son oscar.

- On vous accompagne jusque chez Laurent, on la dépose et on repasse vous prendre ! prévint Leandro, après avoir ouvert la portière.

- Fais comme tu veux, ça me va !

- Tu es sûre que ça va ?

- Non.

- Alors, on file à la clinique.

- Mais non, j'ai juste envie d'en avoir fini avec tout ça et de m'allonger, Leandro !

Il ferma la portière. Will et Viorel montèrent à l'avant et les deux voitures se mirent en route.

- On dirait que tu es lessivée, Loulou ! dit Viorel, après quelques minutes.

- Je le suis !

- Tu ne penses pas...

- Non, je ne pense pas ! coupa-t-elle.

Elle savait que l'homme allait tenter de la convaincre, lui aussi, d'aller à la clinique, mais elle n'aspirait plus qu'à s'allonger. C'était devenu sa seule motivation.

- Ton caractère me manquait ! dit Will, en riant. C'est l'autre qui t'a mise sur les nerfs ?

- Elle a le chic pour me mettre le cerveau en kit. Je finis par me demander si ça ne devient pas un jeu, juste pour foutre en l'air mes journées.

- Tu as de quoi nous loger ?

- Evidemment. Mais vous étiez où jusqu'à maintenant ?

- A la villa.

Ils arrivaient devant chez Laurent. Les deux hommes et Loulou sortirent du véhicule. Sylvain redémarra quand ils furent dans le cabinet. Il n'y avait personne dans la salle d'attente. Ils s'assirent et attendirent.

Cinq minutes ne se passèrent pas que Laurent ouvrait la porte. Loulou entra.

- Tu as perdu toute ta clientèle ? demanda Loulou, en riant.

- Non, je ne commence mes consultations qu'à 18H00, mais Leandro m'a dit que c'était urgent.

- Toujours le sens de l'exagération, celui-là !

- Laisse-moi juger !

Elle ressortit vingt minutes plus tard. Dans le hall du cabinet, Viorel lui dit :

- Tant que Sylvain et Leandro ne sont pas là, on ne bouge pas.

Trop lassée, Loulou s'assit sur la première chaise qui se présenta à elle. Will s'installa à ses côtés.

- Alors, verdict ?

- Repos ! Seulement, demain matin, il faut être au bureau.

- Comment ça ?

- L'autre est choquée, mais il faut quelqu'un pour le standard.
Loulou se mit à pleurer.

- Tu as l'air toute retournée ! Tu es sûre que ça va ?
Elle regarda Will.

- Je suis tellement claquée que pour un peu, je m'allongerais là pour dormir. Je suis au bout du rouleau. J'en peux plus, vraiment !

Will se leva et rejoignit Viorel. Loulou sortit un mouchoir de son sac à main et continua à pleurer.

Elle n'arrivait pas à retrouver un peu de sérénité, malgré le fait que devant elle, Laurent avait téléphoné au docteur Ronen et que celle-ci avait confirmé que la prise de sang était positive. Le prochain rendez-vous était prévu pour le mardi suivant à 16H00. Elle tenta de focaliser ses pensées sur cette belle nouvelle, mais rien n'y fit. Elle redressa la tête, vit Viorel avec son GSM à l'oreille. Il s'avança vers elle.

- Leandro et Sylvain arrivent, on peut aller dans la voiture.

Elle se leva et entama sa marche. La seule motivation qu'elle avait, c'était enlever son pantalon et se reposer un peu.

Elle monta dans le véhicule et il ne fallut que quelques minutes pour voir arriver Sylvain. Mais la voiture s'arrêta. Leandro descendit et monta à côté de Loulou.

- Alors, Laurent a dit quoi ?

- Il a téléphoné au docteur Ronen. La prise de sang confirme la grossesse.

- C'est pour ça que tu pleures ?

- Non, je suis K.O., claquée, lessivée, morte ! Je rêve de m'allonger et le temps s'éternise, comme pour me défier !

- Demain, tu ne vas pas au bureau.

- Leandro, il faut quelqu'un pour le standard, Rachid n'a pas que ça à faire.

- Non, mais j'ai convaincu Véronique qu'elle n'était pas en si mauvais état que ça. Et que des deux, elle était certainement la plus apte à s'occuper du bureau, même si elle ne pouvait pas toucher au clavier.

- Ne t'en fais pas, même avec deux bras dans le plâtre, ça ne l'empêcherait pas de discuter par messagerie. Ça te coûte quoi ?

- Déjeuner avec elle demain midi.

A ces mots, Loulou se remit à pleurer.

- Dis-moi la vérité ! Est-ce que Laurent a dit quelque chose ?

Elle le regarda et après quelques secondes, répondit :

- Non, c'est moi qui assure plus, là !

Ils arrivaient devant la maison. Loulou descendit et sans même attendre les hommes, entra chez elle. Sans réfléchir, elle fonça dans la salle de bain, se déshabilla et mit un tee-shirt. Elle passa directement dans la chambre et s'allongea. Elle n'aurait pas su dire si enfin, elle ressentait du soulagement, mais il était indéniable que la position allongée lui fit un bien énorme. Son ventre et ses reins arrêtèrent immédiatement de la torturer. Elle se mit sur le côté, ferma les yeux et s'endormit.

XVII

Propos disproportionnés

Quand elle se réveilla, la première chose qu'elle vérifia, c'est qu'elle se sentait bien dans son corps. Elle se concentra, mais ne ressentit rien de particulier.

Elle eut soudain peur de se lever. Peur de se mettre sur ses pieds, pour se rendre compte que finalement, elle n'était pas en meilleur état que dans l'après-midi. Elle regarda le réveil, il était 19H20. Elle constata qu'elle n'avait fait qu'une sieste, mais qu'elle se sentait, moralement en tout cas, bien mieux.

Elle savait qu'elle ne devait pas se pencher de trop sur ses tergiversations et prit son courage à deux mains. Doucement, elle se leva. Quand elle fût sur ses pieds, elle constata que son mal-être physique avait en partie disparu, mais elle marcha doucement. Elle partit directement aux toilettes. Là encore, elle sentit comme une contraction quand elle urina, mais beaucoup moins forte.

C'est là qu'elle réalisa qu'effectivement, le repos allait remettre les choses dans l'ordre. Elle se rafraîchit, repassa dans sa chambre, choisit une jupe ample dans l'armoire et sortit. Elle trouva Will et Viorel dans le canapé, devant la télé. Comme elle était pieds nus, elle ne fit aucun bruit et se dirigea vers eux.

- Je vous sers un café ?

Elle éclata de rire, de les voir sursauter. Ils se retournèrent.

- On n'est pas cardiaques, ce n'est pas comme ça que tu vas te débarrasser de nous ! dit Will.

Ils se levèrent et tous s'installèrent dans la cuisine.

- Tu te sens mieux ? demanda Viorel.

- Oui, je crois que j'avais juste besoin de dormir un peu.

Elle s'alluma une cigarette.

- Qu'est-ce que ça vous a fait de revoir Jacques ?

- C'est quelque chose qui ne s'explique pas, Loulou ! répondit Viorel. Il nous a permis de vivre. On le voit comme l'homme qui nous a laissé une chance, ça rentre dans le cadre du respect.

- Oui, je peux comprendre ça !

- On a beaucoup apprécié qu'il nous appelle, pour nous confier une mission. Sans compter...

Il éclata de rire, en continuant :

- ... qu'avec toi, on ne s'ennuie jamais !

Will donna une tape sur la table.

- Leandro nous a appris la bonne nouvelle ! Félicitations !

Loulou sourit.

- Merci.

- Il nous a aussi raconté ce qui s'est passé à l'entrepôt.

- Je m'en doutais un peu. Les deux événements sont reliés.

- Est-ce que quelqu'un t'a posé des questions sur les deux filles ? continua Viorel.

- Tu te doutes que Tito n'a pas raté l'occasion. Il était hors de question de changer de version. Mais j'avoue qu'à la seconde, il me reposerait la question, je ne lui cacherai plus la vérité, question d'honnêteté.

Le téléphone sonna. Loulou, prudemment, se leva et décrocha.

- Ça va, ma puce ? entendit-elle à l'autre bout du fil.

- Je n'allais pas tarder à t'appeler.

- Excuse-moi pour ce matin !

- Je n'étais pas dans de bonnes dispositions. Moi aussi, je suis désolée !

- Leandro m'a raconté ce qui s'est passé. Comment tu te sens ?

- Mieux ! J'ai dormi un peu en rentrant, ça m'a retapée.

- Tu n'as pas voulu aller à la clinique ?

- Véronique est revenue tôt, il ne s'est rien passé de grave.

- Tu as eu les résultats de la prise de sang ?

- Laurent a téléphoné. Ils sont positifs. On a rendez-vous mardi.

- Est-ce que tu es rassurée ?

- Oui.

La communication fut brouillée quelques secondes.

- J'ai téléphoné à Fathi et j'ai pris des nouvelles des enfants. Ils te passent le message de te reposer et de ne pas t'en faire, tout va bien ! Ils te font un gros bisou.

- J'allais leur téléphoner, mais si tout va bien, c'est parfait !

- Promets-moi que tu vas prendre du repos.

Loulou sentit la voix inquiète de son compagnon.

- Tu n'as pas à t'en faire, je t'assure que ça va bien ! J'ai juste besoin de faire une bonne nuit et demain, je serai sur pied.

- Tu m'appelles quand tu arrives au bureau ?

- J'y retourne vendredi. Mais je t'appelle demain matin.

- D'accord ! Je t'aime, ma puce !

- Moi aussi, je t'aime !

Elle raccrocha. Elle se tourna vers les deux hommes, toujours assis dans la cuisine.

- Je vais prendre un bain.

- On va préparer à manger ! dit Viorel. Tu veux quoi ?

- Faites comme vous le sentez, ça m'ira bien.

Elle se fit couler le bain. Pendant ce temps, elle se déshabilla et regarda dans le miroir les marques dans son dos. Il y en avait quatre. Elles étaient bleutées, mais elles ne lui faisaient plus mal.

Elle se tourna et regarda son ventre.

Maintenant, elle savait que son bébé était bien là. Elle n'avait plus qu'une hâte. Le voir. Pourtant, elle laissa ses yeux longuement posés sur son ventre, au travers du miroir.

- Tout va bien ! dit-elle tout haut, en passant sa main sur celui-ci.

Elle plongea dans le bain. Le contact de l'eau amena, comme nombre de fois, son lot de réconfort et de détente. Elle ferma les yeux et se projeta à mardi. Quand, avec David, ils entreraient dans le cabinet du docteur Ronen et que celle-ci ferait l'échographie. Elle voulait maintenant voir son bébé, elle voulait voir la vie en elle, qui évoluait de jour en jour.

Elle se rappela que les échographies avaient toujours été des jours très spéciaux, pour David et elle. Ensemble, ils regardaient cet enfant et chaque fois, ce désir profond de le tenir dans leur bras, de le choyer, le bercer, l'embrasser, faisait de leur attente, au fil des mois, une impatience non retenue.

Sans trop s'en expliquer la raison, Loulou commençait déjà à vivre cette impatience. Mais le chemin était encore long avant qu'elle ne puisse concrètement tenir cet enfant dans ses bras.

Elle repensa à sa journée et revécut étape par étape tout ce qui s'était passé. Elle revécut l'agression au ralenti, tentant de se souvenir du visage des hommes. Elle restait focalisée sur le poing, elle le revoyait sans cesse descendre et venir frapper son visage.

Soudain, elle réagit à l'une des phrases qu'avait prononcées Jacques Massin, durant la réunion :

- Pourtant, le problème est autre ! On ne sait pas si elle estimera qu'ils ont atteint leur but.

Loulou se maudit d'avoir oublié ça. Elle avait prévu de se brancher sur son compte. Tout en se séchant, elle se dit qu'il n'était peut-être pas trop tard. Elle se dépêcha d'enfiler ses vêtements et en courant, elle prit la direction du bureau. Elle alluma l'ordinateur, lui ordonnant mentalement de se presser et ouvrit enfin "Lionne666". Elle poussa un soupir de soulagement en constatant que "Martialmonamour" était en ligne. Elle cliqua sur le pseudo.

. ca va ?

. superrrrrrrrrrrrrrrrrrrrrrrrrrrrrrrrrr

. tu as l'air toute contente

. c'est plus que ça, je revi. les mecs reviennent la

Loulou misa sur l'oubli.

. quels mecs ?

. tu sais ceu qui sont parti casser la gueule a l'autre

. ah oui c'est vrai. ils ont fait du bon boulot ?

. ouais, elle va morfler

Là, Loulou ne comprit pas le sens de la phrase. Elle se dit que les gars avaient peut-être fait croire qu'ils l'avaient passée à tabac. Eux voulaient certainement être payés, donc avaient fait en sorte qu'elle croit que Loulou avait eu une bonne leçon. Elle continua, perplexe.

. ils l'ont amochée ?

. ils l'ont massacré tu veu dire

. tu as ce que tu voulais ?

. maintenan elle peut chiallllerrrrrrrr

. tu l'as dit à ton mec ?

. non, mais il va la massacré tu va voir

La sonnette retentit. Elle cria à travers la maison :

- J'ai un truc sur le feu, je ne peux pas bouger !

. je comprends rien là

- C'est Pascal ! entendit-elle de la bouche de Viorel.

- J'arrive !

. j'en ai pas fini avec eux

. tu en veux à ton mec aussi ?

. c'est un salau, il m'a trahi

. tu es sûre qu'il était avec elle ?

. je le sui

. tu as des informations en plus ?

. oui mais je peu plus causer la, je t'en parle une autre foi

. quand tu veux

Pascal entra dans le bureau. Loulou se dépêcha de fermer les fenêtres. Il s'assit à ses côtés, prit le visage de Loulou entre ses doigts et le tourna. Elle l'entendit siffler.

- Ça te fait mal ?

- Non, ça va ! Viens, on va se prendre un café !

En se levant, Loulou eut cette sensation de ballonnement. Ses reins en profitèrent pour lancer un faible éclair. Elle s'en voulut d'avoir couru entre la salle de bain et le bureau. Elle se rassit.

- Tu as un problème ? demanda Pascal, en se retournant.

- Non, j'arrive ! Je dois regarder quelque chose sur Internet.

Pendant que Pascal s'éloignait, elle ouvrit le tiroir, tira une cigarette et se dit qu'après ça, elle retournerait dans la cuisine.

Une envie féroce de se recoucher la prit, mais elle se motiva en se disant que de toute façon, elle n'arriverait pas à se rendormir. Et l'énervement aidant, il ne faudrait pas une demi-heure pour qu'elle soit debout. Ses douleurs étaient normales, Laurent le lui avait confirmé.

Elle sourit en se disant que Véronique n'était pas arrivée assez tôt, finalement. A quelques secondes près, elle n'aurait certainement pas eu droit à l'armoire, cause de ses douleurs.

Elle éteignit sa cigarette, se leva doucement et se mit à marcher lentement, ne voulant en aucun cas brusquer son corps. Elle se dit qu'elle allait boire un café en compagnie de Pascal et ensuite, elle retournerait sagement se coucher.

Dans la cuisine, les trois hommes étaient assis et avaient entamé une conversation. Elle s'assit devant son café.

- Tu as trouvé ce que tu voulais ? questionna Pascal.

- Tout se trouve sur Internet ! répondit-elle, en souriant.

- Tu restes manger ? demanda Will à Pascal.

- Oui, j'ai un peu de temps, Guido est avec ses parents.

Il se tourna vers Loulou.

- Ils pourrissent Damien, il va falloir que je mette les holà !

Loulou éclata de rire.

- Si tu pouvais passer faire la leçon à Jacques, j'avoue que ça me rendrait un fier service.

- Je comprends mieux maintenant pourquoi tu râles.

Will éclata de rire.

- On la connaît comme ça aussi !

Pascal entra dans le jeu.

- C'est infernal, non ? Elle ne laisse pas sa part quand elle commence. Et tu as déjà essayé de lui faire entendre raison ?

La conversation continua ainsi, le temps que Viorel mette la table et serve les assiettes. Les trois hommes riaient. Ils se moquaient de Loulou qui les regardait, le sourire aux lèvres. Elle finit par dire :

- Dans le genre clowns, vous vous posez là.

- On profite de ta bonne humeur ! lança Viorel.

- Prie pour que ça continue.

- Amen, Einstein ! lança Will, en faisant un clin d'œil.

Le repas se plaça sous les meilleurs auspices. Les trois hommes avaient, sans le vouloir, une passion commune. La bière. Loulou savait Pascal amateur de bonnes bières, mais elle n'avait jamais eu conscience qu'il connaissait le sujet sur le bout des doigts. Will et Viorel avaient appris à aimer ses spécificités lors d'un séjour en Irlande, quelques années auparavant.

Quand le repas se termina, Loulou se leva.

- On prend le café au salon ? demanda Pascal.

Elle fit un signe affirmatif.

- Je vais le servir, si tu veux ! dit Viorel.

- Ne te presse pas ! répondit celle-ci. Prenez le temps de discuter.

Elle partit aux toilettes, toujours lentement. Elle se sentait lourde et se dit que d'avoir mangé avait accentué ses ballonnements.

Quand elle revint, elle jeta un coup d'œil à l'heure, il était 23H55. Elle s'allongea dans le canapé et alluma la télé.

XVIII
Convocation officielle

Loulou sursauta quand le téléphone sonna. Elle était toujours dans le canapé, mais quelqu'un avait posé une couverture sur elle. Les quatre sonneries retentirent avant que le répondeur ne se mette en marche. Mais son correspondant avait raccroché. Elle leva la tête et vit qu'il était o8Hoo.

Le téléphone retentit pour la seconde fois. Elle leva les yeux au ciel en se disant que ce devait certainement être quelqu'un qui la connaissait mal, car tous les gens sensés qu'elle connaissait laissaient un message. Une fois de plus, le répondeur se déclencha, mais aucun message ne fut laissé.

Elle se leva doucement en se disant que la personne n'allait pas en rester à deux échecs. Elle se sentait bien et ça la rassura. Elle arrivait au meuble quand, pour la troisième fois, le téléphone résonna. Elle décrocha violemment.

- Salut, Loulou ! Tu vas bien ?

Elle reconnut la voix de Véronique. Une colère aussi soudaine que violente se déclencha en elle. C'était le pire début de journée qu'elle pouvait imaginer.

- Tu es là, Loulou ?

Dans un geste impulsif, elle raccrocha bruyamment. La colère était là, présente, palpable.

- Ça sent la journée de merde ! dit-elle, tout haut.

Elle prit la direction de la cuisine et se servit un café. Elle vit arriver Viorel quelques secondes plus tard.

- C'était qui ?

- L'autre pouffiasse foulée ! lança-t-elle, hors d'elle.

Elle donna le café à Viorel. Elle en mit un autre à chauffer.

Et comme un défi, le téléphone se fit entendre. Loulou ne bougea pas et attendit que le répondeur se déclenche. Mais elle savait que c'était Véronique et qu'elle ne laisserait aucun message. Ce qui fut le cas.

Elle sortit son café et l'entama, en se dirigeant vers le meuble. Elle savait que sa collègue allait rappeler, c'était une logique. Elle n'attendit que quelques secondes. Elle décrocha.

- Je crois qu'on a été coupées ! dit Véronique. Tu sais que je déjeune avec Leandro aujourd'hui ?

Loulou raccrocha et cette fois, releva le combiné et le mit à côté. Elle retourna vers la cuisine.

- Qu'est-ce qu'elle veut ? demanda Viorel.

- Faire chier ! répondit-elle, virulente.

Elle s'assit et s'alluma une cigarette.

- Cette grosse conne me pompe pour me dire qu'elle déjeune avec Leandro, mais je m'en balance !

- Tu ne veux pas retourner t'allonger un peu ? Ça te calmera. Quand tu deviens vulgaire, ça ne présage jamais rien de bon.

- Non, je vais aller prendre un bain.

Loulou se leva, écrasa sa cigarette, finit son café et prit la direction de la salle de bain.

Elle tenta au mieux de canaliser sa colère, mais elle était collante, poisseuse. Une envie terrible la prit de rappeler sa collègue, pour lui faire part de sa façon de penser.

Mais elle savait que sa priorité aujourd'hui n'était pas Véronique, mais son bébé. Elle devait profiter de sa journée pour lui et permettre à son corps de se remettre. Elle n'avait aucune douleur et son ventre ne semblait pas donner un quelconque signe de ballonnement. Elle y vit une amélioration certaine. Elle enleva délicatement le pansement de son œil. Son arcade était toujours enflée, mais ça ne lui faisait pas particulièrement mal.

Elle se détendit sans mal dans le bain, pensa à David et aux enfants. Elle avait hâte d'arriver au week-end, pour que sa famille soit réunie. Elle se dit qu'elle allait inviter les familles de Leandro et Fathi à venir partager un barbecue avec eux.

Elle espérait que Will et Viorel accepteraient l'invitation. Ce matin, elle se sentait l'envie de partager avec Isabelle et Macha son bonheur de mettre un enfant au monde. Elle se doutait que Leandro avait annoncé la bonne nouvelle à sa compagne.

Après un moment, quelqu'un frappa à la porte.

- Loulou, tu dois rappeler Natha rapidement ! émit Will.

Et là, comme une vague dans la mer, sa colère revint de la même manière. Violente et fulgurante. Il était maintenant certain que sa journée démarrait très mal et que sa colère ne retomberait pas non plus. Elle sortit de la baignoire, sécha ses cheveux et passa directement dans la chambre pour s'habiller. Elle choisit une robe légère. Elle partit directement dans la cuisine. Will et Viorel étaient installés là.

- Tu sais pourquoi ? demanda-t-elle à Will.

- Non, c'est Leandro qui m'a appelé pour me dire ça.

Viorel déposa un café devant elle et lui tendit son GSM. Elle s'alluma une cigarette.

- Rappelle-le, il semblerait que ce soit vraiment urgent.

Elle le regarda.

- Si tu sais de quoi il s'agit, ce n'est pas plus facile de me le dire ?

- Appelle-le !

Elle composa le numéro de la ligne directe de Nathaniel. Elle mit l'appareil à son oreille et fixa Viorel, qui était assis en face d'elle.

- Je n'ai pas assez de l'autre conne pour me plomber la journée. Et on me rajoute en plus les cachotteries.

On décrocha à l'autre bout.

- Loulou !

- Tu vas bien ?

- Pourquoi tu appelais ?

- Leandro est devant chez toi avec Sylvain. Tu dois venir au bureau.

- En quel honneur ?

Elle perdait patience, il semblait que personne ne veuille lui dire la raison de cet empressement soudain.

- Prépare-toi et viens, il n'y en aura pas pour longtemps.

Elle répéta, plus lentement :

- En quel honneur ?

- A tout à l'heure, Loulou !

Nathaniel raccrocha. Elle tendit le GSM à Viorel en lui disant, de façon sarcastique :

- Le secret d'État est bien gardé !

Elle but son café et se leva. Elle regarda l'heure, 09H10.

- Si j'ai bien compris, je file.

Will lui dit :

- On te rejoint tout à l'heure.

- Fais comme tu le sens.

Elle enfila ses sandales, prit son sac à main et sortit de la maison.

C'est là qu'elle ressentit le ballonnement dans son ventre. Elle aurait tant aimé ne pas ressentir ça, qu'elle fût soudain prise d'une envie de pleurer. Loulou savait que si ça commençait, elle en avait pour la journée à supporter ce mal-être.

C'est dans une colère mêlée d'angoisse qu'elle arriva à la voiture. Leandro ouvrit la portière.

- Ça va, fillette ?

Sans un mot, elle monta. Sylvain la salua.

- Comment tu te sens ? demanda ce dernier.

- Comme une conne ! Pourquoi on va au bureau ?

Leandro se retourna.

- C'est Véronique qui t'a mise de mauvaise humeur ? Elle m'a téléphoné pour me dire que tu lui avais raccroché au nez.

- T'es gentil, t'évites de prononcer le prénom de cet engin devant moi ! Et autant te dire que je n'ai pas intérêt à tomber sur elle, parce qu'elle sera obligée de refaire des photos pour son passeport !

Les deux hommes devant elle se regardèrent. Sylvain démarra, pendant que Leandro continuait :

- Tu es à cran et franchement, c'est malvenu !

- Il fallait dire à ta copine de s'acharner sur son clavier et pas sur son téléphone. Ça veut dire quoi au juste, malvenu ?

- Que ta mauvaise humeur tombe mal.

- Qui est au bureau ?

Leandro ne répondit pas. Il se contentait de la regarder.

Ils étaient bientôt arrivés à AMA. Loulou tourna dans son esprit les personnes susceptibles d'être au bureau. A part Jacques Massin et Mehdi, elle ne voyait pas bien qui pouvait la faire venir de manière aussi catégorique. Elle jeta un coup d'œil dehors, ils arrivaient dans la zone industrielle.

Sylvain se gara.

Elle s'apprêtait à monter les marches, quand son complice la retint par le bras.

- Boris Quartier !

Elle s'arrêta net.

- Qu'est-ce qu'il fout ici, celui-là ?

- Il n'a donné aucune précision, mais a laissé le choix à Natha de te faire venir au bureau ou il repartait d'où il venait, en laissant une convocation très officielle pour demain. Le patron a opté pour la solution la meilleure.

- La solution la meilleure, c'est qu'il m'oublie !

Elle continua à gravir les escaliers. Leandro la devança. Elle entra et prit la direction de son bureau. La porte de celui de Véronique était fermée. Elle entra dans le sien, déposa son sac à main et sans attendre, frappa à la porte de communication.

- Entre !

Les deux hommes étaient installés autour de la table de réunion. C'est sans un mot qu'elle s'y installa. Elle se servit un café et s'alluma une cigarette. Son ventre gargouillait, sa colère était maximale et son angoisse grandissante.

- Bonjour, Loulou ! dit Boris Quartier.

Elle leva les yeux sur lui.

- Tu as eu un accident ? continua-t-il, en désignant son œil.

- Je suis maladroite ! répondit-elle, sèchement.

- Est-ce que tu sais pourquoi je suis là ?

- Non et je vais te dire, j'en ai rien à foutre !

- Loulou, s'il te plaît ! intervint Nathaniel.

- Ça ne fait rien, monsieur Massin ! Je comprends que madame Louvanier soit fâchée par ma présence.

Loulou émit un rire nerveux, en le regardant.

- Fâchée ? Ça fait longtemps que j'ai dépassé le stade. Par contre, si tu pouvais faire court, je voudrais bien rentrer chez moi.

- Je vais aller droit au but ! lança-t-il. Nous avons mis monsieur Stéphane Etalin en état d'arrestation, depuis hier matin.

La nouvelle arriva dans le cerveau de Loulou comme une bombe sur le sol. Sa tête lui donna l'impression de mal ingurgiter l'information. L'étonnement était tellement de taille qu'elle ne put rien dire. Le policier continua donc :

- Il est soupçonné d'avoir participé à plusieurs faits, voilà deux mois environ. Entre autres l'incendie volontaire d'un studio photo, ça ne te dit rien ?

Loulou sourit. Elle venait de comprendre le piège. Un coin de son cerveau lui indiqua qu'il pouvait bien s'agir d'un chantage. Que Stéphane était à son travail, mais que le policier tentait de la déstabiliser.

Sans un mot, elle se leva et passa la porte de communication. Immédiatement, elle sortit son calepin et composa le numéro de Stéphane et Annie.

- C'est Loulou !

Le silence se fit à l'autre bout du fil. Un silence désagréable, que Loulou n'apprécia pas du tout.

- Annie ? Raconte-moi !

- Steph a été arrêté ! dit cette dernière, à voix basse.

- Depuis quand ?

- Hier matin. Mais comment tu le sais ?

- Boris Quartier s'est fait un plaisir de venir me le dire ici.

Annie éleva la voix.

- Ne t'inquiète pas, il ne piégera pas Steph !

- Je vais venir dans la journée.

- Loulou, tu ne dois pas bouger ! Steph ne veut pas, il sait bien que tout ça, c'est pour te toucher, toi ! Il a tout de suite compris la manœuvre de ce sale flic.

- Ça n'a pas d'importance, Annie ! De toute façon, la convocation officielle va descendre. Quartier est là pour ça, je te le parie.

- Il faut que tu saches qu'hier, j'ai téléphoné à Matthias Birlet, simplement pour lui expliquer la situation. Il m'a dit qu'il envoyait un avocat pour Steph. Tu vois, il n'y a pas de souci à se faire.

- Et son boulot ?

- Gérôme lui a fait un arrêt.

- Annie, je te tiens au courant dans la journée, tu veux bien ?

- Oui, mais s'il te plaît, écoute-nous et ne bouge pas !

- Je verrai !

Elle raccrocha. Sa colère monta encore. Malgré cela, elle pensa à son corps et avança lentement, pour retourner s'asseoir à la table de réunion. Elle lança à Boris Quartier :

- Tu veux quoi ?

- Il y a environ deux mois, certains faits ont eu lieu et il semblerait que ce soit justement au moment où monsieur Etalin recevait des cousins à lui. Ces mêmes cousins qui ont vécu une semaine avec toi, dans la maison de ta maman. Pourquoi tu as passé la semaine dans sa maison et non à la propriété ?

- Maman ne souhaitait tout simplement pas accueillir tant de monde.

- Admettons ! Qu'est-ce qu'ils ont fait de leur semaine ?

Elle se mit à rire.

- Ne m'en veux pas, mais je ne tiens pas de journal intime. Et puis autant te dire que ce qu'ils faisaient ensemble ne m'intéresse pas du tout, je me suis contentée de les héberger. C'est con, t'aurais dû me filer des bracelets électroniques pour les suivre à la trace, ça t'aurait évité le déplacement aujourd'hui !

- Loulou, s'il te plaît ! répéta une nouvelle fois Nathaniel.

Elle se tourna vers lui, la colère lui battant aux tempes.

- Quoi Loulou s'il te plaît ? Ce lèche-bottes vient me pomper avec des histoires qui ne me concernent pas. Il arrête Steph, qui n'a fait que passer une semaine avec ses cousins. On va où, là ?

- Excusez-nous deux petites minutes ! émit-il, à l'attention de Boris Quartier.

Il fit un signe de tête à Loulou, indiquant qu'il souhaitait lui parler. Elle se leva et le suivit dans son bureau. Le regard de Nathaniel était dur.

- Si tu t'emballes, ça ne fait pas un pli que tu vas devoir aller là-bas.

- Natha, c'est toi qui n'as rien compris ! Il arrête Steph et il vient ici. Qu'est-ce que tu crois qu'il vient faire ? La convocation officielle va tomber, il est là pour ça. Tout le monde s'imagine qu'il vient par complaisance, mais il vient seulement me provoquer dans le but de m'avoir dans un bureau, seule avec lui. Il ne voit plus d'autres solutions pour obtenir ses réponses.

- Ne lui donne pas de bonnes raisons.

- Quoi que je fasse, ça va tomber !

- J'appelle mon père.

Elle mit sa main sur le bras de Nathaniel.

- Écoute, j'ai dit à Annie que j'allais partir là-bas. Je sais que Matthias Birlet a envoyé un avocat pour Steph, mais c'est à moi de prendre sa place. Je n'ai pas le droit de laisser Steph dans son impasse.

- Si tu vas là-bas, Boris Quartier a tous les droits.

- Je sais !

Sans attendre la réponse, elle retourna dans le bureau, autour de la table de réunion. Nathaniel ne la suivit pas.

- Je me trompe ou tu n'as pas l'air motivée à répondre à mes questions ? demanda le policier.

- Je ne suis jamais motivée quand il s'agit d'une pourriture dans ton genre !

Elle s'alluma une cigarette, sans lâcher du regard Boris Quartier.

- J'ai besoin que tu me détailles ton emploi du temps de cette semaine-là.

- Tu crois que je ne sais pas pourquoi tu es là ? Admettons que ce soit toi le soi-disant flic, mais tu crois que tu caches si bien ton jeu ?

- Ça veut dire quoi ?

Nathaniel revint à cet instant s'asseoir.

- Allez, fais-toi plaisir et dégage d'ici ! Je serai là-bas demain matin.

Boris Quartier sourit.

- De toute façon, vu la tournure, je ne vois pas d'autres solutions que de te convoquer dans mon bureau demain, à 14H00 !

- C'est ça, convoque-moi, t'es venu pour ça. Au revoir !

Loulou se resservit un café, y plongea un sucre et commença à touiller, sans même relever la tête. Elle estimait que le face-à-face était terminé. Le policier se leva, salua Nathaniel et dit :

- A demain, Loulou !

Celle-ci ne répondit pas et attendit qu'il soit sorti du bureau. Nathaniel lança :

- Mon père et Mehdi arrivent.

- De toute manière, c'est la journée merdes en série, je suis vraiment plus à une.

- Mais qu'est-ce qui s'est passé ce matin ?

- Ta secrétaire a vérifié que ma ligne téléphonique était en fonctionnement. Il faut croire qu'elle se fait chier quand elle est toute seule ici. Tu devrais penser à lui prendre un rat dans une cage, elle lui ferait la conversation.

- Je t'ai déjà vue remontée, mais là, c'est vraiment une première.

- Ne t'imagine pas que je me sens bien quand je suis comme ça.

Elle se leva.

- Je vais faire une pause avant que Jacques arrive.

Elle sortit du bureau et s'installa sur les marches, dehors. Elle consulta sa montre, il était 10H25.

Sur le parking, elle aperçut Will, Viorel et Leandro en train de discuter. Sylvain avait disparu avec la voiture. Leandro se dirigea vers elle et s'assit à ses côtés.

- Comment ça s'est passé ?
- Demain 14H00, dans son bureau.
- Will, Viorel, Sylvain et Andrea vont partir avec toi.
- Je vois que les infos tournent à vitesse éclair chez vous.
- On savait bien que ça finirait comme ça.
- Veinard ! Tu ne viens pas ?
- Non, le patron a besoin de moi, mais au moindre souci...
- Tu as enfermé le singe ? demanda Loulou, en montrant les bureaux.
- Je lui ai fait comprendre que tu étais un peu à cran. Elle est persuadée que c'est parce qu'elle t'a dit que je déjeunais avec elle.
- C'est vrai, tu as ton tête-à-tête avec elle, ce midi !
- Non, j'ai annulé, j'ai autre chose à faire de plus urgent. Je l'ai reporté à la semaine prochaine.
- Elle a dû râler sec.
- Elle croit que je prends des chemins détournés. Je m'en fous !

A cet instant, Loulou ressentit de nouveau le ballonnement de son ventre, qui lui donnait l'impression de s'accentuer. Une fois encore, son envie de pleurer revint au galop. Elle ne supportait plus de sentir son corps malade.

Elle pensa à son bébé, obligé de supporter quelques jours que les choses reviennent à la normale. Et là, ses larmes coulèrent.

- Je vais demander au patron de retarder ta convocation ! dit Leandro, à ses côtés.
- Non, laisse faire ! Steph est trop mal pris et Annie trop inquiète.
- Et toi, tu es enceinte !

Quelques minutes plus tard, la voiture de Jacques Massin se gara sur le parking. Loulou prit doucement la direction du bureau de Nathaniel.

Tout le monde s'installa à la table de réunion. Ce fut Loulou qui posa la première question.

- Vous étiez au courant pour Steph ?
- Matthias m'a appelé hier ! répondit Jacques Massin.
- Tu comptais me le dire ?
- Oui, j'allais passer chez toi dans la journée. On n'avait juste pas prévu que Boris Quartier viendrait jusqu'ici.
- Ça ne lui coûte pas de venir. En partant, il passe faire une léchouille et chercher son nonosse chez Mandrolet.
- Ta bonne humeur est plaisante ! dit Mehdi. Tu sembles dans de très bonnes dispositions pour partir.
- J'espère pour lui que je serai de meilleure humeur demain.
Jacques Massin la regarda.
- Tu te doutes que le moindre faux pas te coûterait cher. Je vais

téléphoner à Matthias, il serait préférable que vous vous voyiez avant ton rendez-vous, pour faire un point. Lui seul sait ce que Stéphane a dit ou pas dit.

- Je sais qu'il ne dira rien, mais le problème reste quand même qu'on le soupçonne d'avoir participé à tout ça. Il faut croire que d'autres ont fait le rapprochement entre les événements et sa présence sur place avec les faux cousins.

Elle eut comme un sursaut et regarda Leandro.

- Tu m'as dit tout à l'heure que Will et Viorel venaient ?

Il fit un signe affirmatif, en disant :

- Personne ne sait réellement qui ils sont, mais une chose est sûre, leur cousin est en prison. Leur présence n'a rien d'exceptionnel, au vu des circonstances.

Mehdi reprit la parole :

- Ils connaissent le terrain maintenant, c'est un grand avantage, même si Martial et Tito ne sont plus des obstacles.

Loulou, à cette phrase, regarda Jacques Massin qui, sans même qu'elle n'ouvre la bouche, répondit :

- Non, à notre connaissance, personne ne l'a prévenu...

Il attendit quelques secondes, avant d'ajouter :

- ... sauf si ton amie...

- Non, Annie ne l'aura pas fait ! coupa Loulou. Steph est contre, c'est plus que certain !

- Tu veux partir quand ?

- Le plus rapidement possible. Le temps de faire la route et de passer voir ma mère pour les clés de la maison. Si, en plus, il faut aller chez Matthias Birlet, le plus tôt sera le mieux.

Elle vit Jacques Massin faire signe à Nathaniel, Mehdi et Leandro de sortir. Quand ils furent seuls, il demanda à Loulou :

- Comment tu te sens ?

- Si j'avais pu choisir, je retournerais chez moi me coucher ! Laurent m'a confirmé que les douleurs étaient normales, mais j'ai l'impression que mon bébé ressent mon mal-être et ça me rend vraiment patraque.

- Tu es certaine de ne pas vouloir aller à la clinique ?

- Non, ça ne sert à rien. J'ai eu confirmation de ma grossesse, je sais que ça va. C'est juste que je voudrais ne pas avoir de douleurs, mais ça va encore durer quelques jours.

- Je crois que tu devrais retourner te coucher, je vais m'arranger avec Boris Quartier.

- Non, ce n'est pas juste pour Steph ! Il a été là quand j'ai eu besoin de lui, le contraire est normal et je ne reviens pas dessus.

- Tu as eu Martial ?

- Non, mais je vais être franche avec toi, je pense que je vais lui téléphoner ce soir, pour avoir quelques renseignements sur Boris Quartier.

Il sourit.

- Je dois t'avouer que ça me fait bizarre de savoir que tu vas là-bas et que rien ne peut arriver à cause de ton ex-compagnon.

- Moi aussi !

- Tu vas être obligée de lui dire que tu es sur place, non ?

- Évidemment !

- Tu vas prévenir David ?

- Oui, je vais le faire ! Et je dois passer chez Fathi et Macha pour qu'ils gardent les enfants, jusqu'à ce que je revienne.

- Tu as pu avoir Virginie sur Internet ?

- Hier soir, mais elle ne pouvait pas parler, Martial arrivait.

Il la regarda droit dans les yeux.

- Ça veut dire que tu vas encore lui parler ?

- Ça veut surtout dire qu'elle m'a dit des trucs super bizarres et que je voudrais bien qu'elle m'explique ! Après, oui, ne t'inquiète pas, je boucle le compte.

Jacques Massin se leva.

- Va préparer des affaires pour partir et de mon côté, je vais appeler Matthias pour lui dire que tu passeras le voir dans la soirée. Il faut que tu fasses très attention à toi.

- Bien sûr !

Il s'approcha et lui déposa un baiser sur le front.

- Essaie de te calmer d'ici demain. Boris Quartier n'attend qu'une faille pour t'affaiblir.

Loulou se dirigea vers la porte de communication. Elle s'assit derrière son bureau et composa le numéro de David.

- Ça va, ma puce ?

Elle entreprit de lui expliquer ce qui venait de se passer avec Boris Quartier et surtout le fait qu'elle devait retourner là-bas.

- Y aller ne fera pas sortir Steph de prison ! dit David.

- Ce sera la seule condition que je poserai.

- Et si Boris Quartier décide de t'y mettre, tu fais quoi ?

- Il ne le fera pas, il n'a rien pour justifier ça.

Quelques secondes s'écoulèrent, avant que David ne dise :

- Tu as prévenu Martial de ton arrivée ?

- Non et je n'avais pas prévu de le faire dans l'instant. Comme je l'ai dit à Jacques tout à l'heure, je l'appellerai ce soir pour avoir quelques renseignements sur Boris Quartier.

La porte de communication s'ouvrit sur Nathaniel, qui déposa deux cafés sur le bureau et s'assit en face de Loulou.

- Donc, il saura que tu es là-bas !

- David, tu ne vas pas commencer...

- Non, tu ne comprends pas ! Je crois que tu fais une erreur en ne le prévenant pas de ton arrivée. Il est ta meilleure protection.

- Sûrement, mais là, je n'ai pas envie de lui expliquer tout ça. Et puis, Matthias Birlet va être prévenu dans peu de temps.

- D'accord ! Tu me téléphones ce soir ?

- Sans faute. Je vais passer chez Fathi et Macha avant de partir, pour leur demander de garder les enfants encore un peu.

- Embrasse-les fort pour moi ! Je t'aime, ma puce !

- Moi aussi, je t'aime !

Elle raccrocha.

- David s'inquiète ?

- Oui, mais que je ne prévienne pas Martial !

Elle prit son café et en but une gorgée.

- Je n'arrive plus très bien à suivre le cours de son raisonnement, concernant Martial !

- A sa place, je pense que je ferais la même chose. Maintenant que les choses sont aplanies entre vous, il est un élément sécurisant. Tu ne veux pas lui dire que tu viens ?

- Je dois lui téléphoner, mais je n'ai pas prévu de le faire avant ce soir. Ça attendra jusque-là pour qu'il sache que je suis chez ma mère.

Après quelques secondes, elle demanda à Nathaniel :

- Est-ce que les projets pourront attendre vendredi ?

Il sourit.

- Les plus urgents sont chez Véronique.

Elle lança, sarcastique :

- Elle arrive à travailler avec son handicap lourd ?

- Décidément, tu lui en veux !

Elle se leva. Son ventre lui paraissait énorme et ses reins lancèrent un éclair. Elle fit la bise à Nathaniel, prit son sac à main, s'alluma une cigarette et sortit. Sur le parking l'attendaient Will et Viorel.

XIX
Plan de bataille

Elle monta dans le véhicule, après avoir écrasé sa cigarette.

- Tu rentres chez toi ? demanda Viorel, après avoir démarré.

- Non, je voudrais passer chez Macha et Fathi avant.

- Une voiture à Bruno Mandrolet est sur la zone, il va vouloir nous suivre. Je ne sais pas si c'est prudent de mettre les enfants à découvert.

Elle soupira, plus qu'elle ne répondit :

- Ils commencent à me pomper à jouer les morpions automobiles.

- On peut les semer ! affirma Will.

- Non, on rentre ! J'appellerai Macha avant de partir.

Will se retourna.

- Sylvain et Andrea seront devant chez toi dans une heure.

Elle consulta l'heure, il était maintenant 11H15.

- Ça laisse le temps de préparer quelques affaires.

Le trajet se fit dans le silence. Loulou était à l'écoute de son ventre et de ses reins. Elle se sentait lassée, mais au fond d'elle, elle avait conscience que c'était surtout sa colère qui avait amené ce résultat. Son corps ne faisait que lui réclamer son dû.

- Tu n'es pas trop crevée ? demanda Viorel.

- Un peu, mais au pire, je dormirai sur la route.

Elle leva les yeux et constata que Will avait les yeux rivés sur le rétroviseur extérieur. Elle tourna la tête et aperçut clairement une voiture derrière eux, à quelques dizaines de mètres.

- C'est cette voiture qui nous suit ? demanda-t-elle.

- Oui. Elle s'est placée sur un des parkings de la zone, juste après que Boris Quartier soit sorti d'AMA. Depuis, elle bouge avec nous.

- Tu crois qu'elle va avoir le courage de nous suivre ?

- Non, ils savent très bien que tu y vas. Ils vont juste espionner pour savoir ce que tu vas faire avant de partir.

- Si j'avais un peu de courage et de motivation, on leur aurait fait faire le tour des grandes surfaces du coin.

- C'est vrai que ça aurait pu être sympa ! répondit Viorel.

En arrivant devant chez Loulou, la voiture qui les suivait poursuivit son chemin quelques mètres et se gara.

- Le moins qu'on puisse dire, c'est qu'ils font chambre à part avec la discrétion ! lança-t-elle.

Ils rentrèrent et immédiatement, elle s'assit à côté du meuble et prit le téléphone, pour composer un numéro.

- Macha, c'est Loulou !

- Comment tu vas ?

- Bien, merci ! Et vous ?

- On était inquiets pour toi, mais ce matin, Leandro a rassuré Fathi en lui disant que tu allais mieux.

- Comment vont les enfants ?

- Ils vont très bien, mais Marie a demandé à te voir.

- Je sors d'AMA, mais on n'a pas pu passer chez toi, une voiture nous scotchait. J'ai un petit service à te demander, par contre...

- Leandro nous a appelés tout à l'heure. Pars tranquille, on garde tes puces, ils sont en sécurité ici.

- Est-ce que tu es sûre que ça ne te dérange pas ? Tu as déjà beaucoup à faire avec Alessandro.

- Tu sais, Fathi est là, c'est plus facile pour tout le monde. Et Alessandro a l'air plus craintif de son père que de moi. Tu n'as aucun souci à te faire, je t'assure !

- Tu revois bientôt le pédiatre pour ta puce ?

- Oui et il faudra que je t'explique la théorie qui est ressortie de tous ses tests. Mais on se verra à l'occasion.

- D'accord ! Merci, Macha ! Embrasse bien fort les enfants pour David et moi et surtout, dis à Marie que je l'appelle.

- Je passe le message. Fais attention à toi là-bas.

Elle raccrocha.

- Loulou, je t'ai servi un café ! dit Will, de la cuisine.

- J'arrive !

Elle s'assit en compagnie des deux hommes et bâilla si fort, qu'elle en fût elle-même surprise.

- Maintenant, c'est sûr, je vais me payer un petit roupillon en partant.

- Comment va ton dos ?

- Je n'ai que des bleus, ça va ! Comme dirait miss glue, je m'en sors plutôt à bon compte.

- C'est qui miss glue ? demanda Viorel, en riant.

- Véronique.

- Tu sais qu'elle est venue nous voir sur le parking ?

- Qu'est-ce qu'elle voulait ?

- Leandro venait de partir, elle voulait savoir où il allait.

- Ils étaient censés déjeuner ensemble, c'était le deal pour qu'elle bosse aujourd'hui.

- Justement, elle a essayé de savoir s'il n'esquivait pas le déjeuner.

- Elle a vraiment perdu des boulons en tombant, hier !

- Sans compter qu'elle prétend t'avoir sauvé la vie. Que sans elle, tu serais à l'hôpital, entre la vie et la mort.

- Quoi qu'il ne faut pas se voiler la face, elle a été au bon endroit, au bon moment.

- Tu l'as remerciée ? demanda Will, en éclatant de rire.

- Crois-le ou pas, mais même avec la meilleure des motivations, je crois que je n'y arriverai pas ! Pourtant...

La sonnette retentit. Will se leva.

- C'est Leandro !

Les deux hommes arrivèrent dans la cuisine. Leandro se servit un café et s'installa à la table.

- Prête ?

- A dormir, sans aucun doute !

- Le patron vient de me téléphoner, il n'a pas bien compris pourquoi tu voulais t'installer dans la maison plutôt qu'à la propriété. Je suis officiellement chargé de te poser la question et apporter une réponse convaincante.

- Je n'ai certainement pas envie que Boris Quartier pointe le bout de son nez chez Raymond. Sans compter que je n'ai pas envie de me justifier sur mes faits et gestes.

- Pourtant, tu sais que ta maman va se poser des questions.

- Justement, moins elle s'en pose, mieux c'est pour tout le monde.

- Le patron pense que tu serais mieux à la propriété... et moi aussi !

Loulou se leva.

- Je vais préparer mon sac.

Elle se tourna vers Will et Viorel.

- Vous n'avez pas de valises ?

- Elles sont déjà dans la voiture, on n'a pas eu le temps de les déballer ! répondit Will, en riant. C'est le bon côté du bourlingueur.

Loulou était en train de sortir les habits, quand Leandro arriva.

- S'il te plaît, ne viens pas ici me dire, une fois de plus, où je dois aller ! lança-t-elle.

- Pourtant, c'est ce que je viens faire ! Tu dois aller à la propriété.

Elle se tourna vers lui et le fixa.

- Je n'ai pas envie de raconter à ma mère pour Martial. Et sans aucun doute qu'elle va me mitrailler de questions en me regardant.

- Je peux comprendre que ça te dérange, mais tu y seras beaucoup mieux.

- Si tu sais, encore une fois, quelque chose de plus que moi, tu le sors !

Il la regarda, en souriant.

- Encore une fois ?

- Tu fais chier, Leandro ! Qu'est-ce que je crains là-bas ?

- Rien de bien spécial, mais tu seras mieux à la propriété.

- T'es en mode perroquet ou quoi ? Je vais dans la maison et point barre !

Il pointa son index.

- Tu sais quoi ? Je vais donner pour instructions à Will et Viorel de te mettre de force chez Raymond.

- Fais-le et demain matin, je ne serai plus là ! Maintenant, s'il y a une excellente raison qui fait que j'y suis mieux, dis-moi laquelle.

Il soupira et éleva le ton :

- Didier, maligne ! Si comme on le pense, il joue double jeu, il peut encore avoir des ordres de Virginie.

- Encore faudrait-il qu'elle soit au courant de mon passage là-bas et je ne connais personne qui va l'informer. Donc, je peux m'installer dans la maison.

Elle entra dans la salle de bain, pendant que Leandro reprenait le chemin de la cuisine, en râlant.

Une demi-heure plus tard, Sylvain et Andrea étaient arrivés. Loulou fit la bise à Leandro.

- Fais gaffe à toi, fillette ! Et reste zen demain, c'est important.

Elle monta avec Will et Viorel. Les deux voitures démarrèrent. Will sortit un sandwich d'un sac.

- Mange ça !

- Je n'ai pas faim, désolée !

- Sylvain et Andrea ont pensé à notre déjeuner. Mange un peu.

Elle avait juste peur qu'avec la nourriture, la sensation de ballonnement ne se fasse plus présente. Mais elle était aussi réaliste que son corps avait besoin de ça pour continuer à guérir. Elle prit donc le sandwich et croqua dedans. C'est là que Loulou remarqua un coussin sur le siège à côté d'elle.

- C'est quoi, ça ?

- Tu as dit que tu allais piquer un roupillon ! répondit Will.

Elle éclata de rire.

- Rien à dire, vous êtes parfaits jusqu'au bout des doigts. Mais mon coup de pompe est passé.

Pourtant, à peine une heure plus tard, elle s'allongeait et s'endormait.

XX
Etonnement

- Loulou, réveille-toi !

Elle ouvrit les yeux. Will la regardait.

- On est à quelques kilomètres de chez ta maman.

Elle s'étonna d'avoir tant dormi. Elle resta quelques minutes allongée et enfin, s'assit. En regardant dehors, elle constata qu'ils étaient effectivement tout près de la propriété. Elle leva son poignet, il était 17H05.

- Tu as bien dormi ? demanda Viorel.

- Pas assez.

- En tout cas, tu as assez ronflé. Une vraie turbine !

Les deux hommes riaient.

- C'est bien la première fois que j'entends que je ronfle.

- Oui, j'imagine que personne n'a encore osé te le dire ! ricana Will.

Ils étaient maintenant devant la propriété. Le portail était grand ouvert. Les deux voitures entrèrent et remontèrent l'allée.

Arrivés en haut, tout le monde descendit. Loulou aperçut immédiatement sa mère sur le perron. Elle sut à cet instant que celle-ci avait été prévenue de son arrivée. Elle s'alluma une cigarette et sans attendre, ressentit le ballonnement et les éclairs dans ses reins. Elle fit comme si de rien n'était.

- Comment tu vas ? demanda sa mère, en la rejoignant.

- Très bien et toi ?

- Ça va, je suis très contente de te voir. Qu'est-ce qui est arrivé à ton œil ?

- Rien de bien grave ! Qui t'a prévenu ?

- Monsieur Massin m'a téléphoné pour me dire que tu venais récupérer les clés de la maison. Il ne s'est pas trompé ?

- Non, mais j'avoue que je serais partante pour un café, avant tout !

- C'est déjà prêt !

Tout le monde entra et s'assit dans la salle. Elle jeta un coup d'œil sur Sylvain et Andrea, qui semblaient pris d'un fou rire.

- Il y a un truc qui cloche ?

Elle se tourna vers Will et Viorel, qui la regardait, amusés.

- Vous m'avez fait un sale tour ! affirma-t-elle.

Viorel sortit son GSM et le montra à Loulou.

- On a juste fait profiter Sylvain et Andrea de tes exceptionnels ronflements.

Sa maman éclata de rire. Loulou, sans le vouloir, se mit à rire.

- C'est vrai que ça ne t'arrive pas souvent, mais quand tu t'y mets, c'est à entendre ! émit Nicole.

- Les tracteurs à côté, ce sont des petits joueurs ! rétorqua Andrea.

- Vous êtes des clowns ! soupira Loulou, en se levant.

Elle se dirigea vers la table et entreprit de remplir les tasses. Elle distribua les cafés puis s'installa à côté de sa maman.

- Comment tu te sens ? demanda celle-ci, avec un grand sourire.

- Très bien ! mentit-elle.

- Tu sembles resplendir.

- C'est le cas !

- Je suis heureuse d'avoir de nouveau un petit-fils ou une petite fille.

- Il te faudra encore un peu de patience, ce n'est que le début.

Sa maman la regarda.

- Monsieur Massin m'a aussi demandé de ne pas te poser de questions sur les raisons de ta présence ici. Il m'a promis qu'il m'expliquerait, après ton retour.

- Tu comptes respecter sa demande ?

- Bien sûr ! Si tu es ici, c'est que tu as une bonne raison, non ?

- Oui, bien entendu !

- Est-ce que tu es sûre que tout va bien se passer ?

- Oui, maman, je t'assure que ce n'est rien du tout.

- Si ce n'était rien du tout, tu resterais dormir ici. Je me trompe ?

- Non, pas vraiment ! Pour faire simple, ici, les visites imprévues et malvenues sont moins gérables que chez toi. Et puis, c'est un fait que je n'ai pas envie que Raymond soit perturbé par toutes ces histoires.

- Si tu m'assures qu'il ne t'arrivera rien...

- Non, rassure-toi !

- Je vais te chercher les clés.

Sa maman se leva. Loulou but une gorgée de café, non sans observer les hommes autour de la table. Ceux-ci semblaient calmés, à l'exception d'Andrea, qui croisa son regard, dans un grand sourire.

Elle s'alluma une cigarette, en pensant à Jacques Massin. Elle se dit que certainement qu'il avait appelé, après sa conversation avec Leandro, en espérant que Loulou reste à la propriété, si sa maman ne posait aucune question. Mais Loulou savait qu'elle ne pouvait pas rester là.

Sa maman revint quelques minutes après et lui tendit les clés.

- Tu te souviens qu'il y a des lits pliants dans le débarras du premier ?

- Non, mais merci de me le préciser.

- Tu as besoin de quelque chose ?

- Non, ça va ! Je te ramène les clés demain.

- Fait à ton aise, tu es chez toi.

Loulou se leva. Elle fit la bise à sa mère.

- Merci, maman !

- Fais bien attention à toi !

Tout le monde remonta dans les véhicules. Il ne fallut que dix minutes pour rejoindre la maison.

- Ça rappelle des souvenirs ! dit Will, en se retournant.

- C'est vrai qu'on y a fait de belles choses.

Elle ouvrit le portail. Les deux voitures se garèrent dans la cour pendant qu'elle fermait le portail à clé. Puis elle ouvrit la maison où immédiatement, elle ressentit la lourdeur d'un lieu fermé. Elle entreprit donc d'ouvrir toutes les fenêtres. Au premier, elle partit directement voir dans le débarras. Elle sortit les deux lits pliants et en mit un dans deux des trois chambres, avec le nécessaire.

Elle redescendit. Les quatre hommes avaient rentré les valises.

- Leandro a téléphoné tout à l'heure ! dit Sylvain. Tu es attendue chez Matthias Birlet à 20H00, pour dîner !

Elle le regarda et souffla.

- Moi qui pensais me coucher tôt !

- C'est plus facile pour parler. Une voiture nous suit depuis qu'on est entrés dans la ville.

- Tu rigoles ?

- Non et il n'y a qu'une réponse, puisque ce n'est pas Martial.

- Qui ?

- La police.

- Ça veut dire que j'ai aussi bien fait de venir ici. Ma mère et Raymond n'auraient jamais compris ça. Ils sont où ?

- Juste à quelques mètres d'ici.

Loulou partit dans la cuisine et fit passer une cafetière. Elle jeta un coup d'œil à l'heure, il était déjà 18H00. Elle s'assit à la table, s'alluma une cigarette et remonta dans ses souvenirs.

Elle repensa à la dernière fois qu'elle était venue dans cette maison, avec Will et Viorel. L'image de Bernadette lui revint immédiatement. Sans même s'en rendre compte, elle sourit.

- A quoi tu penses ? demanda Andrea, en s'asseyant.

- A Bernadette ! C'est la fille qui était ici, il y a deux mois de ça.

- Celle que vous avez sortie de chez Tito ?

- Oui.

- Tu as de leurs nouvelles ?

- Elles vont bien, elles se remettent doucement ! Avant leur départ, elles étaient complètement éteintes.

- Ce n'était pas pire que toi à l'entrepôt.

Elle s'étonna.

- Tu étais là ?

Elle tenta de se souvenir. Tout à coup, elle sourit.

- Oui, je me rappelle, tu as ramené le mec pour les médicaments.

- C'est ça ! C'est étonnant que tu aies tant de souvenirs.

- J'ai aussi beaucoup de trous. Mais je crois que je me souviens de l'essentiel, ce n'est déjà pas si mal.

Son air s'assombrit soudain.

- J'ai du mal à me dire que Steph est en prison.

- Il n'y restera pas longtemps.

- Je sais, mais c'est un temps qui doit lui paraître une éternité.

- En prison, ta notion de temps est transformée et ralentie.

- Comment tu le sais ? s'étonna Loulou.

- Je n'ai pas toujours travaillé pour monsieur Massin. J'étais un voyou. J'ai donc passé quelques mois, par-ci par-là, dans des cellules. Au tout début, le temps te paraît tellement disproportionné que seule ta montre t'aide à réaliser que les minutes avancent. Tout paraît figé quand tu es enfermé.

- Quand je t'entends, je me dis que je ferais bien de me dépêcher d'appeler Annie pour avoir de ses nouvelles. J'imagine qu'elle est aussi angoissée que lui.

- Ça dépend où il est et avec qui. Deux trois détails de trop et ta vie peut vite tourner au cauchemar.

- Ça t'est arrivé ?

- Oui. J'ai fait un séjour avec un dealer, mais il avait la réputation d'être complètement déjanté. Il ne prononçait jamais un mot. J'ai passé les trois premiers jours sur mon pieu, sans bouger et je n'allais aux toilettes que quand il allait à la promenade.

- Tu n'avais pas peur de dormir ?

- Il était sous somnifère, je pouvais pioncer tranquille. Mais un matin, quand le petit-déj est arrivé, il m'a dit de descendre et de venir à table.

- Pourquoi ?

- Il voulait causer. J'avais quatre mois à faire, on s'est marrés tout le reste du temps, mais les premiers jours, je t'assure que je ne me voyais pas continuer avec ce type près de moi.

La cafetière finissait de passer. Andrea se leva, fouilla les placards pour trouver les tasses et servit le café. Il appela les hommes, qui étaient en train de discuter dans la salle et tous s'installèrent dans la cuisine. Viorel regarda Loulou.

- Tu te rappelles de la voiture qui était garée devant la maison, la dernière fois ?

- Celle de Tito ?

- Elle est là !

- Tu plaisantes ou quoi ?

- Non.

- Qui a prévenu Martial ?

Personne autour de la table ne répondit. Elle se leva, prit son sac à main et monta à l'étage. Elle lança le numéro de Martial.

- Comment tu vas ?

- Qui t'a prévenu ?

- David !

La respiration de Loulou sembla coupée.

- David, le même David que je connais ?

Elle entendit son ex-compagnon éclater de rire.

- Tu en connais un autre ?

- Non, mais là, tu me cloues sur place.

- Il m'a appelé ce matin, pour m'expliquer ce qui se passait. Il a pensé qu'il valait mieux que je sois au courant et m'a demandé de faire attention qu'il ne t'arrive rien.

- D'où la présence de la voiture devant chez maman ?

- Non, en fait, je me dois d'agir comme Tito l'a fait la dernière fois. En gros, tout le monde croit qu'on te surveille, mais c'est surtout pour te protéger et surveiller que rien ne se passe. J'ai promis à David que tu serais ici dans de bonnes conditions.

Loulou n'arrivait pas à ouvrir la bouche, tant l'attitude de David la déstabilisait.

- Tu es troublée ?

- Franchement, je le suis ! Mais passons... Il faudrait que je te parle de quelque chose.

- Si tu veux bien, on ne va pas s'attarder au téléphone. Ça te dit qu'on se voit demain matin ? Tu pourras me poser toutes les questions que tu veux.

- Comment tu veux que je fasse avec les hommes à Quartier ?

Elle écouta longuement Martial. Un sourire se dessinait parfois sur son visage. Quand il eut fini, elle dit :

- Je vois que tu avais tout prévu.

- Jusqu'au moindre détail ! A demain !

Elle coupa la communication et lança le numéro de David.

- Salut, ma puce ! Tu es bien arrivée ?

- David, je viens d'avoir Martial. Il m'a dit que tu l'avais appelé ce matin ?

- Après ton appel, j'ai contacté Jacques pour qu'il me donne le numéro. J'ai pris sur moi de lui expliquer un peu les raisons qui te poussaient à aller là-bas. Je ne veux pas qu'il t'arrive quoi que ce soit et il est le seul qui peut t'aider, en cas de gros problème. Personne ne peut le soupçonner d'être à tes côtés.

- J'avoue que je ne sais plus quoi penser de tout ça.

- Seulement que je t'aime et c'est une façon de te prouver que je sais faire la part des choses. Comment tu te sens ?

Elle n'aimait pas mentir à David, mais elle ne voulait pas qu'il s'inquiète. Elle lui mentit donc, en se disant que c'était pour la bonne cause. Ils parlèrent ensuite des enfants et se quittèrent. Elle fit le numéro d'Annie.

- Comment tu vas ?

- Loulou ? Mais où est-ce que tu es ?

- Dans la maison de ma mère.

- Je t'avais dit de ne pas bouger.

- Je sais bien, mais j'ai été convoquée dans les règles demain, dans le bureau de Quartier.

- Je suis désolée ! dit Annie.

- Il ne faut pas, c'est comme ça que ça devait se terminer. Tout a été fait dans ce but.

- Tu ne crains pas de finir comme Steph ?

- Je verrai ça le moment venu. Je voudrais surtout savoir comment tu te sens ?

- J'ai peur qu'il ne lui arrive quelque chose en prison, mais son avocat m'a dit qu'il était seul dans une cellule, ça me rassure. Il n'en a pas bougé de la journée, alors qu'il aurait dû être interrogé.

- Je te rappelle que Quartier était à AMA. Il ne peut pas fouetter deux chats en même temps.

Elle entendit le rire nerveux d'Annie.

- C'est vrai, j'avais complètement oublié.

- Annie, est-ce que tu veux venir ici ?

- Non, ça va ! Mais je voudrais que demain, tu me tiennes au courant.

- Évidemment, ça va de soi. Est-ce que tu veux que je te rappelle un peu plus tard, pour parler ?

- Non, ma sœur va venir me chercher.

- D'accord ! Passe une bonne soirée et en cas de problème, appelle-moi, je viens te chercher.

- Merci, ma Loulou !

Avant de descendre, elle constata que les hommes avaient fait leur lit pour la nuit.

Elle leur expliqua le plan de Martial pour le lendemain. Tous approuvèrent.

XXI
Daniel Graville

A 20H00, les deux voitures passèrent le portail de la villa à Matthias Birlet. Comme à chaque fois, celui-ci et Michel étaient sur le pas de la porte.

- Ravi de te revoir, Loulou ! dit Matthias Birlet, en lui serrant la main.

- Moi de même ! répondit-elle.

Elle fit la bise à Michel. Les quatre hommes qui l'accompagnaient suivirent une employée, pendant que Loulou marchait aux côtés de Michel. Ils entrèrent dans une salle à manger, où était installé un homme, qui se leva et vint au-devant d'eux.

- Loulou, je te présente maître Daniel Graville ! dit Matthias Birlet. C'est l'avocat qui défend Stéphane.

Loulou lui serra la main.

- Pour les amis de Matthias, c'est Daniel !

Tout le monde s'installa autour de la table dressée.

- Comment va Steph ? demanda immédiatement Loulou.

- Bien. Il a passé sa journée en cellule, il était sur les nerfs ce soir, mais en dehors de ça, ça se passe relativement bien. En tout cas, au vu des circonstances.

Une employée entra et déposa des assiettes devant chacun des convives, à l'exception de Loulou, qui ne posa aucune question. Elle regarda Michel, qui souriait. L'employée revint avec une assiette qu'elle posa devant elle. Un cadeau trônait au milieu. Elle regarda Matthias Birlet, étonnée.

- Ouvre ! émit celui-ci.

Elle l'ouvrit et à l'intérieur, elle trouva une tirelire en forme de nourrisson. Une petite carte accompagnait le cadeau.

Félicitations pour la future naissance de ton bébé.
Matthias et Michel

- Merci beaucoup ! déclara-t-elle, émue.

- Jacques nous a confirmé la bonne nouvelle ! dit Michel.

- Et les circonstances, je suppose ! ajouta Loulou.

- Oui, bien sûr !

Il rajouta, en riant :

- Et il semblerait que la paternité ne soit pas ton souci majeur ! David lui avait téléphoné peu de temps avant, il nous a donc donné les dernières nouvelles toutes fraîches.

- Je confirme pour la paternité ! Ça reste avant tout un enfant qui doit évoluer, dans de bonnes conditions.

- C'est une merveilleuse façon de voir les choses.

L'employée enleva l'assiette vide pour la remplacer. Loulou la regarda, mais n'était pas motivée à manger. Son sommeil n'avait pas fait régresser son ballonnement et encore bien moins les éclairs dans ses reins. Mais elle se persuada de manger, ne voulant pas montrer son mal-être aux trois hommes.

Daniel proposa une cigarette à Loulou, après que tout le monde ait terminé son assiette.

- Je pense que maintenant, il faut que je te dise de quoi il retourne au juste pour Stéphane ! Les prétextes, parce qu'il n'y a pas d'autres mots, trouvés pour l'incarcérer sont plutôt réalistes. Incendie volontaire et effraction. Il semblerait que ce cher Boris Quartier ait fait quelques recoupements, pour en arriver à cette conclusion.

Loulou écoutait l'avocat, mais une question lui vint immédiatement à l'esprit. Est-ce qu'il savait tout ce que le groupe avait fait ? Stéphane n'avait pas confiance dans les avocats et elle doutait franchement qu'il ait ouvert son cœur, même si celui-ci venait de la part de Matthias Birlet.

- Tu sembles soucieuse, Loulou ! dit Michel.

- Ce sont les chefs d'accusation qui me laissent perplexe ! mentit-elle.

- Parce que si la question que tu te poses, c'est de savoir si Daniel connaît toute la vérité, c'est le cas ! C'est un avocat, mais avant tout un ami. Il fonctionne sur la vérité.

Elle regarda Michel et sourit. Puis elle se tourna vers Daniel.

- Quartier ne peut rien prouver. A chaque fois, Steph partait en virée avec ses cousins. Pour l'incendie, c'est impossible de faire le lien, y compris pour l'effraction. Tito a porté plainte ?

- Tu penses bien que non ! Ce n'était de toute façon pas son intérêt, au vu de ce qui est ressorti de sa maison.

- Évidemment. Alors, pourquoi mettre l'effraction, si Tito n'a pas réagi ?

- C'est une pression supplémentaire, mais le piège est trop flagrant. Maintenant, l'incendie, qu'il soit volontaire ou pas, il est impossible de prouver par quelle main il a été bouté. Tout ça a été fait dans le seul but de te faire venir.

Une employée débarrassa les assiettes et les couverts utilisés. Matthias Birlet en profita pour changer le cours de la conversation.

- Jacques nous a expliqué pour ton agression. Il nous a dit que c'était des gars engagés par Virginie. C'est bien ça ?

- Oui. Mais une des employées d'AMA est arrivée à temps, pour éviter le pire.

- Ce sont les seules séquelles que tu as ? demanda Daniel, en montrant son œil.

- Ça et quelques bleus dans le dos. Rien de bien méchant !

- Tu en as eu confirmation par un médecin ?

- Oui, j'y suis allée le soir même.

Matthias Birlet et Michel se regardèrent, mais ne dirent rien. Loulou s'aperçut qu'une fois de plus, elle n'aimait pas ce regard. Il était la preuve qu'ils avaient une information qu'elle n'avait pas.

Mais elle ne souhaitait pas tergiverser et reposa ses yeux sur Daniel. Avant qu'il ne puisse ouvrir la bouche, l'employée fit de nouveau son apparition et déposa les assiettes. Loulou regarda la sienne, mais là, sa motivation fut nulle. Son ventre était tendu, ses reins à fleur de peau. Elle tentait de faire des gestes naturels, mais elle ne bougeait que dans le but d'atténuer ses douleurs. Elle se dit qu'il lui serait impossible de supporter plus de nourriture, mais en agissant ainsi, elle manquait de respect à Matthias Birlet. Elle opta pour la décision la plus sage et entama son assiette sans broncher, en se disant qu'elle se coucherait, à peine rentrée.

Une heure plus tard, tout le monde était installé dans le salon, autour de la table que Loulou connaissait si bien maintenant.

Elle avait beaucoup de mal à lutter contre les douleurs de son ventre, mais elle tentait de ne rien en montrer. Il lui semblait que celui-ci était tiraillé de milliers de crampes. Quand elle se redressait dans la chaise, ses reins la rappelaient à la dure réalité que la journée aurait dû être placée sous le signe du repos.

Michel servit le café et s'assit à son tour.

- Bon, passons aux choses sérieuses ! lança Matthias Birlet.

Daniel la regarda.

- La seule raison de ma présence demain sera de faire en sorte que Boris Quartier ne dérape pas.

- J'ai une demande à émettre ! lança Loulou.

- Laquelle ?

- Je ne parlerai qu'à l'instant où Steph sera libéré.

- Ce que tu demandes là est impossible ! déclara Michel.

- Pourtant, Quartier sera prévenu dès mon arrivée que je ne coopère qu'à cette condition. Il n'a rien pour retenir Steph, c'est bien ça que je comprends depuis tout à l'heure, non ?

- Tout à fait ! répondit Daniel.

- Alors, je peux, moi aussi, lui faire du chantage.

- Le faire libérer demande certaines démarches et...

- Je suis certaine qu'il n'a pas été arrêté de manière officielle et légale. Tout ça ressemble plus à un semblant de comédie. Boris Quartier sait très bien qu'en mettant ce genre de pression sur moi, je réagis forcément. Il savait qu'en mettant Steph là, je serais ici dans les heures qui suivent. Son seul objectif est de m'avoir pour lui seul, sur son terrain. Ma demande va bien l'arranger, j'en suis persuadée.

- Ça veut aussi dire que du même coup, tu évinces Daniel. Il ne pourra pas rester avec toi puisqu'il est l'avocat de Stéphane.

- J'en suis consciente !

- C'est trop risqué, Loulou ! intervint Matthias Birlet. Si Boris Quartier te connaît un peu, il sait qu'il ne lui faudra user que d'un peu de patience avant que tu ne perdes ton calme. Il semblerait que déjà, ce matin, tu n'aies pas été tendre avec lui.

- L'avantage que j'ai, c'est que je ne suis que convoquée et qu'il ne pourra jamais justifier une arrestation. En tout cas, pas sur les raisons qui l'ont poussé à arrêter Steph.

- Oui, mais si personne n'est là pour contrôler ça, il peut te pousser sur n'importe quel terrain ! Et sa priorité remonte au mois de novembre.

- Il n'aura pas les réponses qu'il souhaite, que ce soit pour ce qui s'est passé il y a deux mois de ça, ou après l'auberge.

- Comment tu peux être si sûre de toi ? demanda Michel.

- Parce que quoi qu'il se passe, ce sont des choses que je dois taire et je le sais. Même s'il venait à me mettre hors de moi, il n'arrivera jamais à avoir le fin mot.

- Tu ne peux pas en être sûre à 100 %.

Elle plongea son regard dans celui de Matthias Birlet.

- Non, mais je suis certaine d'une chose, pourtant ! A l'entrepôt, Martial n'a tiré de moi que ce que je voulais bien dire. Même si j'ai dérapé, l'essentiel n'est jamais sorti.

- Dérapé ?

- J'ai lâché un ou deux trucs, sous le coup de la colère.

Sans même pouvoir lutter contre, Loulou bâilla. Michel éclata de rire.

- Je crois que Morphée frappe à ta porte.

Elle répondit sérieusement.

- Je ne comprends pas pourquoi je suis si fatiguée.

- Tu as eu une dure journée hier ! dit Matthias Birlet.

Elle se leva difficilement et surtout, douloureusement. Elle serra la main de Daniel.

- On se croise demain, de toute façon !

Elle suivit Matthias Birlet dans les dédales de la villa.

- Tu as contacté Martial ? demanda celui-ci.

- Aussi bizarre que cela puisse paraître, c'est David qui l'a fait de sa propre initiative ce matin. Je l'ai appelé ce soir, je souhaitais avoir quelques renseignements sur Boris Quartier, mais il préfère qu'on se voie demain pour en parler.

- Tu n'as pas peur de le rencontrer ?

- Les choses ont beaucoup changé entre lui et moi.

Il s'arrêta.

- Tu sais que Martial a toujours rêvé d'avoir un enfant avec toi ?

- Oui.

- Tu vas faire le test de paternité ?

- Non, je ne me penche pas sur tout ça maintenant.

- Une chose à la fois ! dit Matthias Birlet, en riant.

- C'est un peu comme ça que je réagis. Et je pense que pour le moment, une bonne nuit serait la bienvenue.

Ils arrivaient à la porte. Loulou serra la main de son hôte.

- Merci pour ce délicieux repas, monsieur Birlet !

Il garda la main de Loulou dans la sienne et sourit.

- Loulou, toi et moi nous connaissons depuis quelques années déjà. Je sais que tu me respectes et il en va de même pour moi, mais je finis par me sentir en reste quand je t'entends tutoyer tout le monde autour de moi. Je me laisse parfois l'impression d'être un vieux monsieur trop respectable et rigide. Ça me ferait vraiment plaisir de t'entendre me tutoyer et si tu pouvais par la même occasion remplacer "monsieur Birlet" par Matthias...

- Ça me convient... Matthias !

Elle fit la bise à Michel. Puis elle descendit les marches et monta dans la voiture. Elle sourit, car elle se sentait flattée par la demande de Matthias Birlet. Dans son esprit, il avait toujours été un homme à part, à qui jamais elle ne manquerait de respect, mais il était indéniable que le vouvoiement gardait une barrière entre deux personnes qui se connaissaient et s'appréciaient.

Elle posa les yeux sur le cadeau et réalisa qu'elle se sentait vraiment fatiguée. Son corps était en osmose avec son état d'esprit. En morceaux. Elle n'aspirait plus, à cette minute, qu'à se coucher et dormir. Elle consulta sa montre, il était 22H45.

- Je ne me rendais pas compte qu'on avait passé tant de temps à la villa ! dit-elle, tout haut.

- Le temps passe toujours très vite, quand on est en bonne compagnie ! répondit Will, en se retournant.

Elle l'observa et sourit.

- Quelque chose me dit que tu es en train de parler pour toi, là !

Une demi-heure plus tard, Loulou était couchée et endormie, après avoir programmé son GSM.

XXII
C'est un ordre !

Quand son GSM sonna à 08H00, Loulou commença sa journée par un soupir. Elle ne se sentait pas de se réveiller. Ses yeux tentèrent de se refermer, mais elle se motiva et s'assit sur le bord du lit. Elle se leva immédiatement et prit la direction des escaliers. Il semblait que son corps fût reposé, mais elle se rappela la veille et décida de voir comment se passerait la journée.

Elle n'avait pas fait dix pas qu'elle sentit une angoisse en elle. Loulou avait bien conscience que la journée allait certainement être longue, compliquée et contrairement à certaines autres fois, elle l'appréhendait. Elle n'en disait rien, mais elle redoutait le face-à-face avec Boris Quartier. Elle avait compris sa détermination et il avait compris que Loulou s'emportait rapidement. Elle avait conscience que le faux pas se paierait cash, elle n'avait pas droit à l'erreur.

En bas, elle aperçut Viorel et Sylvain devant un café. Elle se servit et vint s'installer en leur compagnie.

- Bien dormi ? demanda Sylvain.

- Pas assez ! Je me sens aussi crevée qu'hier soir.

- Will et Andrea sont en train de prendre leur douche et de se préparer. Avec Viorel, on y va après. Tu auras le temps de te détendre dans un bain.

Elle s'alluma une cigarette. Sans même s'en rendre compte, ses yeux se portèrent sur le mur en face d'elle.

- A quoi tu penses ? demanda Viorel.

Elle répondit, en riant :

- Rien, je me demande juste ce qui va encore me tomber dessus.

- A cause de Martial ?

- Non, de ce côté-là, je ne me fais aucun souci. C'est Quartier qui me poserait plutôt un gros problème. Il ne m'aime pas et je ne l'aime pas.

- Il n'a pas tous les droits ! intervint Sylvain.

- Il est chez lui, dans ses locaux et n'a pas à se justifier d'un interrogatoire.

- L'avocat de Steph n'est pas là ?

- Je ne compte pas que Steph reste en prison. Si Quartier veut des réponses à ses questions, ce ne sera qu'à la condition que Steph sorte de là où il est.

- Tu ne peux pas faire ça, Loulou !

- Peut-être, mais c'est pourtant ce que je vais faire.

Sylvain se leva. Loulou soupira, en disant à Viorel :

- Tu vas voir le coup qu'il va appeler Leandro ou Jacques !

- Il a raison, tu prends trop de risques qu'il ne t'inculpe et te garde.

- Sous quel prétexte ?

- Ce sont des flics, ce ne sont pas les excuses qui manquent.

Sylvain fit son retour dans la salle et tendit son GSM à Loulou.

- A toi tout seul, je suis sûre que tu vas faire de mon début de journée un paradis ! émit-elle à l'homme, avec un sourire forcé.

Elle porta l'appareil à son oreille.

- Loulou ?

C'était la voix de Jacques Massin. Elle fixa durement Sylvain.

- Oui, Jacques ! soupira-t-elle.

- J'espère que Sylvain a mal entendu ce qui est sorti de ta bouche, ce matin !

- Je crois qu'il a au contraire de trop bonnes oreilles.

- Je t'interdis de faire ça ! Si Boris Quartier n'a pas les réponses qu'il souhaite, il sera obligé de relâcher Stéphane.

- Tu sais aussi bien que moi qu'il peut garder Steph autant de temps qu'il veut, simplement sur de simples soupçons. Et je ne veux pas de ça.

- Fais ce que je te demande !

- Je suis désolée, Steph doit rentrer chez lui.

La voix de Jacques Massin se durcit.

- Faire libérer Stéphane peut entraîner ta propre arrestation.

- Je prends le risque !

- Repasse-moi Sylvain ! dit-il, durement.

Elle tendit le GSM à l'homme, qu'elle n'avait pas quitté des yeux. Il s'éloigna dans le salon.

Will et Andrea arrivèrent quelques secondes plus tard. Ils comprirent immédiatement qu'il se passait quelque chose. Andrea partit rejoindre son collègue. Dans un réflexe, elle leva les yeux au ciel. Elle prit une cigarette et croisa le regard de Will, qui souriait.

- Ça sent le conflit à plein nez ici ! ricana-t-il.

- T'as un don de déduction épatant, mon gars ! répondit-elle.

- Ça sent aussi la bonne humeur version Loulou.

- Et ça ne sent pas le professionnalisme trop poussé de Sylvain ?

- Dans notre métier, on n'est jamais trop professionnel.

- Ça m'aurait étonnée que vous ne vous serriez pas les coudes.

Sylvain revint dans la salle.

- Tu n'as pas l'autorisation de faire du chantage à Boris Quartier ! dit-il, très calme.

- Et respirer, j'ai le droit ?

- Ce soir, tu dois appeler monsieur Massin. Et si Steph n'est pas libéré, il fera le nécessaire.

- On est vendredi. Ça veut dire que rien ne se décanterait avant lundi.

Loulou se leva.

- C'est sans moi ! dit-elle, catégoriquement.

Sylvain se déplaça sur le côté et se plaça devant elle, l'empêchant du même temps de passer.

- Est-ce que tu as compris ? demanda-t-il, plus fermement.

Elle le regarda droit dans les yeux. Elle était devant le côté de l'homme qu'elle aimait le moins et son ton monta, sans même qu'elle ne s'en rende compte.

- Steph sera dehors cet après-midi ! Que vous soyez ou pas d'accord, je ne changerai pas ce que j'ai décidé, il vous faudra faire avec !

- Si tu ne changes pas d'attitude, j'ai ordre de te remettre dans la voiture et de te ramener à la villa de monsieur Massin.

- Pousse-toi ! Je te rappelle que ce matin, je dois voir Martial.

Les deux protagonistes se regardaient. Aucun des deux ne baissait pavillon.

- Est-ce que tu as compris ? répéta une fois encore Sylvain.

- Oui, j'ai compris ! répondit-elle, les dents serrées.

L'homme tourna le dos et fit un signe à Viorel. Loulou, de son côté, prit la direction du salon et s'installa dans le canapé, avec son café. Elle s'alluma une cigarette et mit la musique.

Elle avait besoin de retrouver un peu de calme. Elle n'aimait pas les conflits, mais elle aimait encore moins qu'on ne la laisse jamais agir comme elle le ressentait.

Le soir où Boris Quartier s'était présenté dans la maison, elle avait compris que cet homme était sans scrupules. Il s'avérait qu'elle ne jouait qu'avec les armes que lui-même utilisait pour la déstabiliser. Elle ne voulait lui laisser aucune chance. Il savait que Stéphane était un moyen de pression sur elle, qu'elle ne supportait pas l'idée que son ami soit enfermé. Et de son côté, Loulou savait que ce tête-à-tête devait se faire à nu. Mais il lui fallait l'obliger à libérer Stéphane, pour qu'ils soient tous les deux à armes égales.

Elle repensa à la réaction de Sylvain et réalisa qu'elle devait impérativement faire comme si elle était d'accord, mais une partie d'elle-même était dans une colère noire de devoir jouer la comédie. Elle regarda l'heure, il était 08H40. Le rendez-vous avec Tito n'était qu'à 10H00. Elle se dit qu'effectivement, elle aurait le temps de prendre un bain. En attendant, elle monta à l'étage et lança le numéro de David.

- Ça va, ma puce ? Tu as bien dormi ?

- Oui. Est-ce que tu as des nouvelles des enfants ?

- Macha m'a téléphoné ce matin pour me dire que Marie et Olivier se portent très bien et tout le monde t'embrasse fort.

- Vivement ce soir, j'ai hâte de les récupérer.

- Tu n'as pas envie qu'on se garde la soirée pour nous ? Macha ne comptait pas nous voir avant demain.

- Alors, ce sera toi et moi !

Elle attendit quelques secondes.

- Je vois Martial ce matin.

- Ça ne te fait pas peur ?

- David, je n'ai aucune raison d'avoir peur, mais je ne veux pas que tu viennes me le reprocher après, ou me faire des remarques.

Elle l'entendit soupirer.

- Tu as besoin de le voir ?

- Oui, sinon je n'aurais pas cherché à le rencontrer.

- C'est en rapport avec Steph ?

- En partie, mais c'est surtout concernant Quartier.

- Tu es sûre que tout va bien se passer avec lui ?

- Avec qui ?

- Je sais que tout se passera bien avec Martial. Je parlais de Boris Quartier.

- Non, je sais que ça ne se passera pas bien, mais je n'ai pas le choix que de laisser les choses venir et faire au mieux.

- N'oublie pas que je t'aime, ma puce !

- Moi aussi, je t'aime !

A 09H30, les deux voitures se mirent en route. Loulou était avec Will et Viorel. Avec Sylvain, ils ne s'étaient plus adressé la parole depuis leur accrochage.

- J'espère que tu as réfléchi et décidé de suivre le conseil de Sylvain ! dit Viorel.

Will se retourna. Loulou le regarda.

- Quoi ?

- Alors ?

- Alors, pour l'instant, je dois voir Martial et point ! répondit-elle, sèchement.

- Tu n'as pas changé d'avis ? demanda Viorel.

- Je suis seule là-bas, je fais ce que bon me semble.

Elle regarda Will.

- Libre à toi d'aller le répéter à Sylvain.

- Si je lui dis ce que tu viens de dire, Einstein, en deux temps trois mouvements, tu es dans la voiture pour un retour express.

- Justement, pas la peine de prendre le risque que tout parte en cacahuète ! Et arrête de m'appeler Einstein, ça me tape sur le système !

- Je sais ! dit-il, fièrement. Je te précise que si jamais Quartier te met entre quatre murs, je serai obligé de le dire.

Loulou répondit, excédée.

- Voilà, tu le diras à ce moment-là et basta !

Elle aperçut au loin le centre commercial dans lequel ils devaient aller. Plus exactement, dans le parking souterrain.

- C'est toujours la même voiture derrière ? demanda-t-elle à Will.

- Non, mais c'est en tout cas bien celle-là qu'il y avait près de la maison ce matin.

- Tu es sûr qu'il n'y en a qu'une ?

- Oui, j'en suis certain ! Finalement, ils ne sont pas si discrets.

- Tu crois que c'est volontaire ?

- Oui. Ils savent bien que ça met la pression de ne pas pouvoir faire un pas sans être épié.

Ils arrivaient près du parking souterrain.

- Maintenant, on va savoir si le plan à Martial fonctionne ! soupira Loulou.

- Je dois faire sonner le GSM de Tito.

Will sortit son GSM, lança un numéro, laissa sonner et raccrocha. Les deux voitures s'engagèrent dans le parking souterrain du centre commercial. Ils sillonnaient les allées à vitesse réduite, comme s'ils étaient à la recherche d'une place. Soudain, à quelques dizaines de mètres devant eux, un véhicule sortit d'un emplacement et fit deux appels de phare, pour signaler que la place était maintenant libre.

- Ce sont eux ! dit Will.

La voiture passa à côté d'eux et Viorel fit une marche arrière dans l'emplacement. Le véhicule de Sylvain et Andrea passa devant eux, suivi par les policiers.

- Maintenant ! dit Viorel.

Sur sa gauche était garée une autre voiture dont la portière arrière était entrouverte. Loulou sortit, ferma la portière, ouvrit l'autre et monta.

- Salut, Loulou ! dit Tito, derrière le volant.

Sur leur droite réapparut Sylvain. Et le même processus recommença, à la différence que maintenant, Loulou était dans celle qui partait. Ils croisèrent les policiers.

- Ce sont les mecs qui travaillent avec Boris Quartier ! déclara Tito.

- Il est aussi collant qu'un morpion, celui-là !

- Ça va, tu n'as pas trop mal ? demanda-t-il, en montrant son œil.

- J'ai un peu de mal à esquiver les coups de poing, ces derniers mois ! répondit-elle, en souriant.

Il sourit, lui aussi, se doutant que Loulou parlait de celui que l'homme lui avait asséné dans le bureau, au Tourbillon.

Le trajet se fit dans le silence. Loulou n'avait pas peur, elle savait où elle allait. Ça lui laissait malgré tout une drôle de sensation d'être avec Tito, sans que celui-ci ne la menace.

Ils arrivèrent rapidement sur le parking du Tourbillon, où une autre voiture était garée. Tito descendit et ouvrit la portière à Loulou. Elle en profita pour s'allumer une cigarette et ils se dirigèrent vers l'entrée arrière de l'établissement. Il sortit une clé, la tourna dans la serrure et ils entrèrent.

Ils se trouvaient au sous-sol, dans le couloir des toilettes. Loulou passa devant, monta l'escalier et se retrouva sur la piste de danse. Ses reins étaient très douloureux. Elle regarda autour d'elle. L'endroit était d'un calme surprenant.

- Ça fait bizarre quand c'est vide, tu ne trouves pas ? demanda Tito, à côté d'elle.

- C'est même surréaliste !

- Je te fais un café ?

- Oui, je veux bien, merci !

- Martial t'attend à votre table.

Loulou entama sa marche vers le fond de la salle.

Elle vit Martial, assis, la regardant avancer, le sourire aux lèvres.

Quand elle fut près de lui, il était debout. Il se pencha et déposa un baiser sur les lèvres. Loulou ne dit rien. Ils s'assirent l'un en face de l'autre. Elle tenta de trouver la position adéquate pour soulager son dos.

- Ça me fait du bien de te voir, mon cœur ! dit Martial, tendrement.

Elle souriait. Au fond d'elle, elle était heureuse de revoir son ex-compagnon. Ça lui faisait du bien de ne pas le craindre. Pourtant, elle le vit se pincer les lèvres, avant de déclarer :

- Je crois que je dois apprendre à ne plus t'appeler "mon cœur". Ça va m'être difficile... mais je vais faire des efforts ! Je ne voudrais pas que David s'imagine des choses.

Elle fut bien tentée de lui souligner qu'il risquait fort de se formaliser pour le baiser sur la bouche, mais elle n'en dit rien.

- Comment tu vas ? continua-t-il.

- Bien.

- Ton œil te fait mal ?

- Non.

- Et le bébé ?

- On a rendez-vous mardi pour la première échographie.

Il sembla déçu.

- Je t'enverrai les clichés par Internet ! dit-elle.

Immédiatement, un déclic se fit dans son esprit et elle rajouta, naturellement :

- Enfin, tu as toujours Internet ?

Il fit un signe affirmatif.

- Tu me donnes ton adresse ?

Il sortit un petit calepin de sa poche intérieure, un stylo et laissa celui-ci glisser dessus. Il détacha la feuille qu'il tendit à Loulou. Elle prit le papier, le regarda et sourit.

- Avec un pseudo comme celui-là, j'imagine que ce ne sont pas les femmes qui manquent.

En effet, il avait donné son adresse sur "beaumale900".

- Tu accrocherais sur un pseudo comme ça ? demanda-t-il, sérieusement.

- J'ai un "corpsdereve" dans mes contacts. Tu dois savoir, comme moi, que ça ne signifie pas grand-chose.

- C'est vrai ! C'est quoi le tien ?

- Toujours le même ! "Loulou322"

Il sourit, en passant sa main dans les cheveux de Loulou. Tito revenait avec un plateau. Il déposa les trois cafés et prit une chaise près de lui. Elle plongea un sucre dans le sien. Martial prit la parole.

- Comment David a pris la nouvelle ?

- Mal dans un premier temps, mieux dans un second.

- Explique-toi !

- Je ne lui avais pas dit que j'avais arrêté la pilule il y a quelques semaines.

- Pourquoi lui avoir caché ?

- Effet de surprise !

Elle éclata de rire, en rajoutant :

- Remarque, question surprise, il a été servi.

Le silence tomba. Loulou en profita pour boire son café.

- Tu es heureuse d'attendre un enfant ?

- C'est toujours magnifique de porter la vie, quand c'est un événement attendu.

Les deux hommes se regardèrent, en souriant.

- J'ai dit une connerie ?

- Non, pas du tout ! répondit Tito. J'en connais une qui a blêmi, rien qu'en entendant la nouvelle de ta grossesse.

Loulou fronça les sourcils. Elle espérait ne pas comprendre. Elle se tourna vers Martial.

- Tu ne lui as pas dit que j'étais peut-être enceinte de toi ?

- Elle le sait ! A l'instant même, elle a prétendu que je l'avais trahie et je ne citerais pas les noms d'oiseaux dont elle t'a affublée.

- Tu sais qu'elle me hait, pourtant !

Il fit un signe affirmatif. Elle continua :

- Comment est-ce que tu as pu justifier qu'on ait eu des rapports sexuels ?

- Je n'ai pas à me justifier. Pour elle, tu n'es qu'une affaire à traiter. C'est bien ce qui l'a mis dans tous ses états.

- Elle est au courant depuis quand ?

- Elle était à côté de moi, à la villa, quand j'ai reçu ton message.

- Et comment tu as pu lui expliquer que tu recevais un message comme celui-là ?

- Un de mes contacts, placé chez toi, venait de le recevoir de ta part ! répondit-il, comme une évidence. Tu es encodé sous le prénom Nader.

Elle se leva.

- J'arrive, je vais aux toilettes !

Après avoir uriné, elle se lava les mains et posa celles-ci sur son ventre.

- Je te promets que je vais prendre du repos, dès que tout ça sera fini.

Elle se rendit compte qu'elle se sentait très mal dans son corps. Ses reins ne cessaient plus de lancer des éclairs et de nouveau, son ventre était ballonné. Elle remonta lentement les marches et en passant sur la piste, aperçut Tito derrière le comptoir. Elle se réinstalla à la table.

- Tu es sûre que tout va bien ?

- Oui, ça va ! soupira-t-elle. Mais j'avoue que j'ai hâte d'être rentrée chez moi pour me reposer.

- Qui t'a agressé mercredi ?

- Comment tu sais que c'est une agression ?

- David !

- Ma parole, vous avez partagé des secrets !

- Non, il avait peur qu'ils te retrouvent ici.

- Je ne les connais pas, mais Jacques ne lâchera pas, tant qu'il ne saura pas.

Tito remit des cafés sur la table et se rassit. Martial continua :

- De quoi tu voulais me parler hier soir ?

Elle regarda les deux hommes.

- Je voudrais que vous me donniez des renseignements sur Boris Quartier. Des trucs pas très nets, vous voyez le genre ?

- Pourquoi tu veux ce genre de renseignements ?

- Je préfère avoir quelques biscuits de réserve au cas où...

- Au cas où ton chantage ne fonctionnerait pas ?

Elle fixa Martial.

- Qui t'a parlé de ça ? demanda-t-elle, sèchement.

- Ne te fâche pas ! Monsieur Massin, il n'y a pas une heure de ça, pour que je te fasse changer d'avis.

- Ne te fatigue pas, je ne changerai pas d'avis. Et c'est justement en cas de refus de sa part qu'il me faut quelques trucs bien personnels. Je dois impérativement faire sortir Steph de là.

- Il ne pourra pas le garder indéfiniment, tu le sais !

- Martial, Annie est folle d'inquiétude, elle ne tiendra pas longtemps à ce rythme-là. Mais la chose qui prime vraiment par-dessus tout, c'est qu'il n'a rien à faire dans cet endroit. Quartier veut me piéger moi, par son intermédiaire.

- Et s'il venait à te faire le chantage inverse ? Tu parles et il libère Steph ?

- Ça ne fonctionne qu'à mes conditions, je ne compte pas lui laisser le temps d'imposer les siennes.

Elle but une gorgée de café.

- Je sais qu'une fois, tu l'as rencontré devant un entrepôt, à l'époque où Thomas était là. Tu travailles avec lui ?

Martial éclata de rire.

- Décidément, les gars qui ont suivi Thomas ont fait du bon boulot.

- Tu ne crois pas si bien dire ! C'est grâce à cette photo que j'ai eu un doute la toute première fois qu'il est venu à AMA. Je savais qu'il ne venait pas innocemment, la photo me l'a confirmée quelques heures plus tard.

- Je l'ai souvent rencontré à l'entrepôt, mais ce n'était que pour le payer. J'avais besoin qu'il couvre quelques affaires.

- Tu es toujours en rapport avec ?

- En quoi c'est important pour le problème qui t'intéresse ? intervint Tito.

- Rien à voir, c'est juste de la curiosité, en fait ! répondit Loulou, en se tournant vers lui.

- Avec Martial, on a arrêté de travailler avec depuis longtemps. On passe par quelqu'un de mieux placé que lui et qui ne mange pas à tous les râteliers. Quartier s'est toujours vendu au plus offrant. Pour de l'argent, il est capable de tout. La preuve, il travaille à couvert pour Bruno.

Loulou sentait le regard de Martial sur elle. Mais ça ne la perturbait pas. Elle s'alluma une cigarette.

- Tu ne voudrais pas arrêter, pour le bébé ? intervint ce dernier.

- C'est prévu au programme, mais au risque de te décevoir, pas dans les 24 heures à venir.

Elle les regarda.

- Vous voulez bien m'aider ? demanda-t-elle.

- Ce qu'on sait ne peut pas t'aider ! répondit Martial.

- Laisse-moi juge, tu veux bien ?

- A l'époque où il a commencé à travailler en sous-main pour Alexandre, la seule chose qu'on peut dire, c'est qu'il participait parfois à certaines séances. Mais ça ne pourrait pas jouer en sa défaveur, ses supérieurs et collègues connaissent ses travers.

- Dans des soirées organisées par Alexandre Birlet, ce ne sont plus des travers !

Tito semblait réfléchir. Soudain, il regarda Martial.

- Tu te souviens de l'histoire de sa médaille autour du cou ?

- Oui, mais personne ne sait si c'est la vérité.

- Pas le genre de mec à être mytho.

- C'est quoi, cette histoire ? demanda Loulou, en portant son café à sa bouche.

- Il y a quelques années, il a soi-disant fait une bavure ! répondit Tito. C'est lui qui racontait ça, un soir qu'il avait trop bu. Il disait qu'il avait interrogé un jeune gars de 17 ans, mais que le gamin était mort après un interrogatoire trop poussé dans son bureau. Il lui a pris sa chaîne. Chaîne qu'il a toujours autour du cou, comme un trophée.

Elle regarda Martial.

- Pourquoi tu dis que personne ne sait si c'est la vérité ?

- Il racontait ça à une époque, mais c'était un jeune flic, déjà trop ambitieux. Il se voyait en train de tuer tous les méchants du monde. C'est vrai que le gars est mort, mais la chaîne, c'était peut-être pour se faire mousser.

- Vous n'allez quand même pas me dire que ce mec n'a rien à se reprocher !

- Tu imagines bien que si certaines choses disparaissent avec ses mains, d'autres mains sont là pour cacher ses erreurs ! émit Tito.

- J'étais tellement certaine de pouvoir lui en mettre plein les dents.

- Pourquoi ?

- Tu crois que je ne sais pas qu'il va me pousser dans mes derniers retranchements ? La seule chose que je veux, c'est que Steph sorte de là. Le reste, je dois pouvoir m'en tirer, si j'arrive à le déstabiliser, comme lui va tenter de le faire avec moi.

- Tu sais pourquoi il a été arrêté ? demanda Martial.

Elle fit un signe affirmatif.

- Est-ce que c'est vrai ?

Elle se tourna vers Tito.

- Tu m'as fait surveiller toute cette semaine-là. Tu dois bien savoir de quoi il retourne.

- Je sais que c'est vous tous ! Même si toi, tu n'as pas bougé, sauf quand tu es venue au Tourbillon. Je sais que tu m'as provoqué pour me faire perdre du temps. Quand je t'ai coincée dans le bureau, je voulais juste que tu me dises si tu étais ou pas responsable de la disparition des filles. Parce qu'encore aujourd'hui, je me dis que tout ça a été bien manigancé.

- Tu avoues qu'on a été malins, alors !

- Tu avoues que vous en êtes responsables ?

Elle regarda Martial.

- Ça n'a plus d'importance aujourd'hui ! souligna ce dernier. Tu as le droit de garder la vérité pour toi.

- C'était bien nous ! confirma-t-elle.

- On a maintenant la preuve que tu es vraiment tenace face aux questions ! Et dis-toi que Steph a la force de ne pas se laisser impressionner par les menaces de Quartier, mais toi ?

- Quoi, moi ?

- Tu as la force de caractère de supporter beaucoup de choses, mais pas les nerfs.

- Tu es bien placé pour le savoir, tu as joué là-dessus à l'entrepôt.

- Et verbalement, tu as dérapé ! Tu m'as dit des choses qu'au fond de toi, tu aurais voulu garder.

- Je sais ! avoua Loulou.

 Elle dit, tout bas :

- Le principal, c'est que Steph sorte.

Le silence se fit autour de la table. Loulou avait les yeux rivés sur son café. Elle réalisait enfin qu'effectivement, l'après-midi risquait de s'avérer bien plus compliquée qu'elle ne l'avait imaginée jusqu'à maintenant. Martial avait raison, elle était faible nerveusement, elle s'emportait de manière radicale et fulgurante. Boris Quartier le savait et la veille, elle lui avait donné une preuve supplémentaire qu'elle était à fleur de peau.

Elle se rappela de son altercation avec Sylvain le matin même et dut bien se rendre à l'évidence qu'elle n'était pas dans les bonnes dispositions, pour affronter le policier.

- Quentin ! dit soudain Tito.

Loulou releva la tête.

- Quoi, Quentin ? demanda Martial.

- Tu ne te rappelles pas le petit Quentin et son vélo ? Ça remonte bien à dix ans.

Martial sembla réfléchir.

- Mais oui, je m'en rappelle !

Il se tourna vers Loulou.

- Il y a quelques années de ça, Quartier conduisait une voiture, qui a renversé un petit garçon de neuf ans, Quentin. Seulement, quand ses collègues sont arrivés sur place, il y avait un autre conducteur.

- Pourquoi ils s'étaient intervertis ?

- Il était en état d'ébriété... avancé, dirons-nous !

- Le moins qu'on puisse dire, c'est que c'était un vrai pote.

- Non, c'était son supérieur ! Il l'a couvert pour lui éviter la prison.

Loulou eut comme un sursaut.

- Loïc Tolaron ?

- Tu l'as déjà rencontré ? demanda Tito, étonné.

- Non, mais d'après ce que je sais, il vaut mieux éviter de tomber nez à nez avec lui, il est encore plus retors que Quartier.

- Mais qui t'a dit ça ?

Elle le regarda et sourit.

- J'ai su prendre l'information au vol, mais la question, ce n'est pas de savoir comment je le sais, mais si c'est vrai !

- Ça, je peux t'assurer que ce n'est pas une légende ! ajouta Martial. C'est un très bon flic !

- C'est surtout un mec qui a changé son fusil d'épaule après avoir eu un entretien avec Alexandre Birlet. Le bon flic est devenu ripou à ses heures.

- Mais qui t'a dit ça ? répéta Tito.

L'insistance de l'homme mit Loulou en colère.

- Mais arrête de focaliser là-dessus, bordel !

Martial fit un geste de la main.

- Tu vois, un bout de phrase et déjà, tu t'emportes.

- Ça veut dire quoi, ça ?

- Que tu seras en taule ce soir ! assura-t-il.

La phrase frappa Loulou, qui s'emporta pour de bon.

- J'en ai rien à foutre d'être en taule ce soir, si Steph est dehors ! Tu peux comprendre ça ?

- Non, tu vas faire sortir Steph pour t'enfoncer. Quartier n'a pas les réponses de sa part, il les obtiendra de toi !

Elle les regarda, le défi dans le regard.

- Non, mais attendez, les mecs ! Pourquoi vous croyez qu'il s'acharne Quartier ?

- Pour ce qui s'est passé il y a deux mois ! dit tout logiquement Tito.

- C'est vraiment ce que tu crois ?

- Ça ne peut être que pour ça. C'est pour ça que Steph est là où il est.

- Vous vous trompez complètement. La seule réponse qu'il veut obtenir remonte à novembre.

Elle regarda Tito.

- Un de tes gars était là le soir où il s'est pointé chez ma mère. Tu crois qu'il venait chercher quoi ? Encore et toujours savoir où et comment s'est finie la soirée après l'auberge. C'est pour ça que Mandrolet s'acharne. Ce qui s'est passé il y a deux mois n'est qu'une excuse.

Martial intervint :

- Tu dois te tromper ! Il m'a affirmé qu'il ne chercherait plus, jusqu'à ce que la réunion ait lieu.

- Quelle réunion ? demanda Loulou, vraiment surprise.

- Une réunion, tu n'as pas à en savoir plus.

- Elle aura lieu quand ?

- Loulou !

- Bon, sujet bouclé ! Mais admettons qu'il cherche. J'aimerais bien en connaître la raison parce que là, je me laisse l'impression d'avoir raté un métro.

Martial soupira.

- En connaissant la vérité, il a alors la preuve que tu as nui à notre projet et que tu es la seule responsable du retard.

- Mais qu'est-ce que vous lui avez dit sur cette nuit-là ?

Tito répondit.

- Pendant que Martial retournait en Grèce, j'ai appelé Bruno pour lui dire que les signatures allaient prendre du retard, que Martial avait un contretemps. Mais il avait bien retenu le fait que vous deviez vous voir. La seule chose qu'il a sue, c'est qu'il y avait eu un problème, qui retardait le retour de Martial pour un certain temps.

- Pas le genre de discours qu'il aime entendre.

- Il vociférait qu'il allait venir en Grèce pour signer ! continua Martial. Quand je lui ai dit que tout était retardé de quelques mois et qu'il se devait d'attendre ce délai, c'est vrai qu'il est rentré dans une colère noire. Il n'avait pas encore digéré le coup avec Alexandre, alors le rapprochement avec toi a été vite fait. Sa haine n'a fait qu'enfler.

- Pourtant, avec Alexandre Birlet, il aurait pu signer, je ne suis pas directement responsable de ce qui s'est passé.

- Il ne s'arrête pas à ce genre de détail.

- Mandrolet et Tolaron se connaissent ?

- Non ! assura Tito.

Soudain, Loulou se rappela de la conversation qu'elle avait eue avec Viorel, dans la maison de sa maman.

- Deux pieds gauches ! ricana-t-elle.

Martial leva immédiatement son index et dit :

- Loulou, quoi qu'il arrive, jamais tu ne dois dire ces mots en présence d'hommes à Bruno ! Jamais ! Et cela va de soi, surtout pas devant lui.

- Il a fait une véritable guérilla à tous ceux qui avaient osé, je sais ! Enfin tous, sauf ce brave Anthony Riblet.

- Il a su le convaincre ! continua Tito. Mais une chose reste certaine, son ego ne supporte plus qu'on le rabaisse à ce surnom. C'est vrai que tu dois oublier ce détail.

- Le dire ne signifie pas que je compte m'en servir.

- Non, mais tu sais que ça reste la dernière vexation pour lui ? ajouta Martial.

- Oui, je le sais !

Le GSM de Tito retentit. Il le porta à son oreille et s'éloigna.

- Comment tu as appris tout ça ?

- Sans chercher, si c'est ça que tu veux savoir. Je me contente d'écouter et de ne prendre que ce qui est essentiel.

- Avec monsieur Massin, on se demandait s'il ne serait pas plus prudent que tu ailles à la convocation avec un avocat.

- Avocat de quel genre ?

- Qui travaille pour moi.

Loulou se pencha en avant.

- Martial, je te rappelle que toi et moi sommes censés avoir de gros différends. Si ce n'était pas le cas, on aurait pu se voir autrement que secrètement. Alors, file-moi un de tes avocats dans les jambes, c'est le meilleur moyen de faire tourner le cerveau de Quartier.

- Tu es trop têtue !

- Non, je suis réaliste.

Elle termina son café.

- En théorie, je fais partie du clan Massin. En pratique, je suis seule dans le problème actuel.

- De quoi tu as peur ?

- Trop souvent, j'ai entendu parler de guerre de clans, de territoires, d'hommes de main et j'en passe. C'est un monde que je ne cautionne pas.

Tito revenait vers la table, Loulou continua :

- A l'époque, Alexandre Birlet m'avait fait comprendre que Mandrolet était prêt à s'associer avec lui, pour faire tomber le clan Massin. Je pense que c'est à ce moment-là que je me suis rendu compte de l'impact.

- Pourtant, tu vis au milieu de tout ça.

- Oui et non. David et moi avons un travail tout ce qu'il a de plus légal. On ne sait rien des activités qui se font autour de nous et franchement, on ne se pose aucune question. Je ne me suis réellement plongée dans votre monde qu'à cause de toi.

Martial regarda Tito, qui lui dit :

- Hervé vient de me dire qu'une deuxième voiture à Quartier a débarqué dans le parking. Je crois qu'il ne faut pas trop tarder à ramener Loulou.

- D'accord ! Tu nous laisses cinq minutes.

Tito se tourna vers Loulou.

- Je t'attends dans la voiture, tu connais le chemin.

Il tourna le dos et partit.

- Je vais avoir du mal à te quitter ! Tu n'as pas eu peur de venir jusqu'à moi ?

- Non.

- Tu pourras me laisser un message pour me dire comment ça s'est passé ?

- Oui.

Il se mit à rire.

- Tu as droit à un coup de fil, de toute façon !

- C'est malin !

Ils se levèrent et prirent doucement la direction des escaliers.

- Tu m'en veux pour l'entrepôt ? demanda-t-il, tout bas.

- On en parlera une autre fois, tu veux bien ?

Il fit un signe affirmatif. Elle consulta l'heure, il était 11H20. Ils descendirent les escaliers et devant la porte de sortie de secours, il se pencha et lui déposa un baiser sur la bouche.

- Il va falloir que j'arrête ça aussi, mais tu es si belle et je t'aime tant ! avoua-t-il, en passant la main dans ses cheveux.

Elle estimait que bien que le sujet de l'entrepôt puisse attendre, elle ne put se résoudre à ne pas régler un problème immédiatement.

- Martial, je ne veux pas te voir souffrir et un jour regretter la décision que tu avais prise à l'entrepôt de me ramener chez moi et...

- Jamais, je ne la regretterai ! coupa-t-il. Je t'aime toujours, c'est un fait ! Mais aimer, c'est aussi accepter que l'autre soit heureux et si ton bonheur passe par David et les enfants, je l'accepte... par amour pour toi ! Tu comprends ?

- Tu as décidément radicalement changé ! ricana-t-elle.

- En bien ? émit-il, narquois.

Loulou ouvrit la porte, en riant. La lumière extérieure l'éblouit. Après quelques secondes, elle prit la direction de la voiture. Ses reins la torturaient, son ventre était tendu. Elle monta. Le véhicule se mit en route vers le centre commercial.

Arrivés à quelques mètres du souterrain, Tito fit sonner le GSM de Sylvain puisque c'était la voiture qui devait partir en premier. Et le même manège recommença jusqu'à ce que les deux véhicules reprennent la direction de la maison.

- Comment ça s'est passé ? demanda Will.

- Très bien !

- Tu as eu les réponses que tu voulais ?

- Non, mais ça ne fait rien, je ferai avec...

Elle se mit à rire.

- Vous avez hérité d'une voiture supplémentaire ?

- Tu l'as vue ?

- Non, un des gars a téléphoné pour le dire à Tito.

Loulou regarda dehors et se rendit compte que le véhicule ne prenait pas la direction de la maison.

- On va où ?

- Devine ! dit Viorel, en la regardant par le rétroviseur intérieur, avec un grand sourire.

XXIV
Le calme avant la tempête

Quelques minutes plus tard, tout le monde se gara à proximité du restaurant chinois. Loulou sourit.

- Le repas du condamné ? demanda-t-elle, en riant.

- Évite de rigoler parce que Sylvain n'est pas encore calmé.

- Pas calmé ? Sylvain ? Ce n'est pas son genre de se braquer comme ça. Il est toujours zen.

- Et pourtant...

Tout le monde s'installa au fond de la salle. Loulou se sentait vraiment bien dans cet endroit, mais aujourd'hui, ça prenait un ton tout particulier. Elle sortait d'un moment calme et serein avec Martial et ce restaurant était un endroit clé de leur ancienne relation. Sylvain s'installa en face d'elle.

- Je ne vais pas te couper l'appétit ? demanda-t-elle, sérieusement.

- Raconte ! répondit-il, simplement et sèchement.

- Je n'ai rien à dire.

Il se pencha en avant et dit tout bas :

- Si je m'écoutais, je te foutrais dans la bagnole et je te ramène fissa à la villa de monsieur Massin. Je te laisse deux minutes pour me dire ce que tu as appris avec Martial.

Elle sourit.

- Je n'ai rien à dire ! Et ta menace de me ramener à la villa, tu peux la ranger dans ta poche. Avec moi, ça ne marche pas.

- Ne joue pas avec mes nerfs !

- Je n'ai pas besoin, tu arrives bien à t'exciter tout seul ! D'ailleurs, c'est la première fois que je te vois aussi virulent. Maintenant, si tu veux bien, je voudrais profiter d'un moment de tranquillité.

Sylvain se leva et demanda à Will, qui était au bout de la table, de changer de place. Will s'installa donc en face de Loulou. Elle vit bien qu'il s'apprêtait à dire quelque chose. Elle pointa son index vers lui.

- Non, t'es gentil, tu t'y mets pas !

L'endroit convenait à Loulou, mais le repas ne l'attirait pas. Son ballonnement était déjà tel, qu'elle en arrivait à se demander si elle avait digéré son repas de la veille, chez Matthias Birlet. Pourtant, du coin de l'œil, elle voyait que Sylvain ne la quittait pas des yeux alors, pour ne pas avoir à donner d'explications, elle mangea comme si de rien n'était.

Ses pensées l'amenèrent à Virginie. Ça la mettait très mal à l'aise que celle-ci puisse être au courant de sa grossesse. C'était un rêve pour elle de devenir la mère d'un enfant à Martial. Malgré la haine qu'elle lui vouait, Loulou dut malgré tout admettre qu'au fond de son cœur, cela lui faisait une certaine peine. Ça avait dû la blesser.

Elle réalisa que lorsque les hommes étaient entrés dans le bureau, Virginie était au courant qu'elle attendait un enfant, mais n'avait pas empêché les gars d'agir. Elle sentit soudain moins de peine pour la femme, se disant que même en connaissant le détail de sa grossesse, elle n'avait pas arrêté sa vengeance. Loulou admit cette fois qu'elle avait décidément eu beaucoup de chance que Véronique arrive.

- A quoi tu penses ? demanda Andrea, assis à côté d'elle.

Loulou s'alluma une cigarette.

- A rien de bien spécial.

- Tu as l'air contrariée, d'un coup !

- Je viens de me rendre compte d'un truc, auquel je n'avais pas pensé avant. Mais rien de bien méchant. Je psychote beaucoup à mes heures.

- Tu m'étonnes ! dit Sylvain, du bout de la table.

Elle fit comme si elle n'avait pas entendu la remarque.

Quelques minutes plus tard, la serveuse déposa les cafés et s'éloigna. Loulou consulta sa montre, il était 13H00.

- Pas trop stressée ?

Elle regarda Will.

- J'ai un de ces coups de pompe, c'est dingue ! émit-elle, en bâillant.

- Tu as encore le temps de faire une sieste.

- Si je m'écoutais, je retournerais tout bêtement me coucher.

Elle but son café, en se disant que celui-ci allait lui redonner un peu de vitalité. Puis elle se leva et prit la direction des toilettes. Ses douleurs s'étaient encore accentuées. Elle avait mal, elle était fatiguée et redoutait maintenant d'être en face de Boris Quartier.

Elle se sentait vidée et se demandait comment elle allait pouvoir affronter ça, sans craquer. Elle n'avait plus ni la motivation physique d'avancer et son mental se résumait à penser à son bébé. Elle n'avait plus assez de force pour lutter.

Elle se rafraîchit et sortit. Sylvain se trouvait là, à côté de la porte.

- Il est encore temps de reculer, Loulou ! dit-il, visiblement calmé. Il suffit que je téléphone à monsieur Massin.

- Non, quand j'en aurai fini avec ce con, je pourrai rentrer chez moi. Et c'est la seule motivation qu'il me reste.

- Est-ce que Martial a donné des informations ?

- Rien qui ne pourrait m'aider avec Quartier. On en parle ce soir ?

Il fit un signe affirmatif. Loulou retourna à la table, s'alluma une cigarette et se dirigea vers la sortie, après avoir rangé son paquet de cigarettes dans son sac à main. Sylvain paya l'addition.

Ils sortirent du restaurant. Les voitures étaient garées sur leur gauche. Ils virent un homme sortir d'un véhicule garé devant le restaurant. Loulou, sans mal, reconnut Boris Quartier.

- Bonjour, Loulou ! dit celui-ci, en ouvrant la portière arrière. Je me propose de te conduire.

Sylvain se mit devant l'homme.

- Elle n'est pas en état d'arrestation, donc elle vient avec nous.

Loulou intervint.

- Laisse, Sylvain ! Plus vite tout ça se terminera, mieux ce sera pour tout le monde. Je vais aller avec lui.

Il entraîna Loulou à quelques pas de la voiture.

- Ne fais pas de conneries ! Tu ne dois pas traiter avec ce mec !

- Ne t'en fais pas !

- J'ai promis à monsieur Massin que tout se passerait bien...

- Et tout se passera bien ! affirma-t-elle, en souriant.

Sans même attendre une quelconque réaction de Sylvain, elle monta dans la voiture de Boris Quartier. Un autre policier était au volant. Elle jeta sa cigarette avant que l'homme ne referme la portière, puis il monta à l'avant.

Pour s'extraire de ce lieu, elle pensa au cadeau de Matthias Birlet et Michel. Un sourire se dessina. Elle se dit qu'il fallait maintenant transformer le bureau de la maison et en faire une troisième chambre. Elle se rappelait encore le jour où David lui avait fait visiter la maison et de ses mots, quand il avait ouvert la porte.

- C'est au choix ! Soit elle reste vide, soit on en fera un troisième.

Elle-même avait du mal à réaliser que la famille allait encore s'agrandir. Elle posa la main sur son ventre et ferma les yeux. Elle imagina son petit haricot, se nourrissant de l'amour de sa maman. Elle avait vraiment hâte d'arriver à mardi et de le découvrir en elle.

La voiture freina, Loulou revint à la réalité. Ils venaient de se garer devant l'hôtel de police. Boris Quartier lui ouvrit la portière.

- Il faut croire que tes amis ont peur pour toi ! dit-il, en désignant deux voitures, qui se garaient à quelques mètres d'eux.

Elle le suivit dans les couloirs. Il s'arrêta et ouvrit une porte. Là, Loulou aperçut Stéphane et Daniel, attendant seuls dans le bureau. Elle sourit.

- Comment tu vas, Steph ?

- Loulou, il ne fallait pas venir ! lança-t-il, le reproche dans la voix.

- J'ai été convoquée dans les formes par...

Elle désigna Boris Quartier du menton.

- Bien, je pense que nous allons pouvoir commencer ! déclara justement ce dernier, en s'asseyant.

- Désolée de te contredire, mais nous ne commencerons que lorsque Steph sera libre et dehors !

Le policier éclata de rire.

- J'aime beaucoup ton humour !

- Profite parce que je ne suis pas en train de rire, moi ! Je n'ouvrirai plus la bouche tant que Steph sera ici.

Son sourire disparut, pour laisser place à la colère.

- Ici, tu ne dictes pas tes règles !

- Certainement, mais tu as mes conditions pour parler avec moi. Dans le cas contraire...

- Dans le cas contraire, je t'inculpe ! cria-t-il.

- Bonne idée ! Pour silence perturbateur...

Le policier pointa son index sur elle.

- Je te conseille d'y mettre de la bonne volonté. Ici, je suis chez moi et seul maître à bord !

Loulou le regarda, mais ne répondit pas.

- Tu n'es pas en droit d'imposer des conditions, je te rappelle que c'est moi qui pose les questions et toi, tu réponds !

Elle ne dit rien. Elle ne faisait qu'appliquer son chantage. Au fond d'elle, elle redoutait de perdre.

- Est-ce que tu connais Martial Rastigne ?

Loulou n'ouvrit pas la bouche. Elle continuait à le regarder.

- Je répète. Est-ce que tu connais Martial Rastigne ?

A côté d'elle, elle entendit une gorge qu'on racle et supposa qu'il s'agissait de l'avocat.

- Lieutenant, j'aimerais connaître les raisons qui vous poussent à garder mon client aujourd'hui.

- Aucune raison valable ! répondit Loulou, en se tournant vers lui.

Elle arrivait à peine, mais commençait déjà à perdre patience, dans cet endroit. Elle ouvrit son sac à main et s'alluma une cigarette.

- Il est interdit de fumer dans mon bureau ! dit sèchement Boris Quartier.

Celle-ci feint l'ignorance et reposa les yeux sur lui, sans un mot.

- Je vais demander qu'on ramène monsieur Etalin dans sa cellule, en attendant que tu te décides à parler.

Elle tira sur sa cigarette, dans le silence le plus total. Elle chercha sur le bureau un cendrier et n'en trouvant pas, secoua sa cendre par terre. Le policier se leva d'un bond, arracha la cigarette des mains de Loulou et l'écrasa sous son pied.

- Ne me fais pas perdre patience, d'autres l'ont amèrement

regretté.

Il mit son visage à quelques centimètres de celui de Loulou et cria :

- Est-ce que tu connais Martial Rastigne ?

Une envie féroce de se rebeller prit Loulou de plein fouet. Elle serra la mâchoire de colère, mais se tut. Nerveusement, elle sentait que la faille était ouverte, mais elle refoula sa haine et se motiva à rester sur la ligne de conduite qu'elle s'était imposée.

- Lieutenant, j'aimerais connaître les raisons qui vous poussent à garder mon client aujourd'hui ! répéta Daniel.

- Aucune raison valable ! affirma Loulou, une fois encore.

Boris Quartier se tourna vers l'avocat.

- Votre client est libre ! soupira-t-il.

Là, ce fut Stéphane qui ouvrit la bouche.

- Loulou, tu ne dois pas faire ça !

Elle le regarda et sourit.

- Tes cousins ont été prévenus, ils t'attendent dehors. Embrasse Annie pour moi.

Le policier, Stéphane et l'avocat sortirent du bureau. Loulou prit une grande inspiration. Elle savait que maintenant, tout allait commencer.

Elle profita de quelques minutes pour allumer une autre cigarette. Elle se surprit à avoir envie de boire un café, mais doutait fortement que Boris Quartier ne lui en offre un. Elle était satisfaite. Elle était parvenue à ses fins et finalement, son chantage avait fonctionné. Elle n'osa pas imaginer la tête de Sylvain, en voyant arriver Stéphane. Il comprendrait tout de suite que Loulou avait encore agi à l'encontre de ce qu'on attendait d'elle et il n'hésiterait pas une seconde à en faire part à Jacques Massin.

Elle ressentit comme un petit coup de couteau dans le bas du ventre. Elle émit un "aïe". Elle savait que son corps était en train de lui réclamer du repos, mais elle doutait pouvoir lui faire cet honneur, dans les heures à venir.

Elle pensa à David et les imaginait tous les deux enlacés dans leur lit. Elle ressentit un besoin de tendresse de la part de son compagnon. Elle s'impatientait de pouvoir dormir dans ses bras, la tête sur son torse. Elle écrasa sa cigarette et laissa ses pensées voguer.

- A nous deux ! entendit-elle soudainement, derrière elle.

C'était Boris Quartier qui venait de refaire son apparition dans le bureau. Il semblait hors de lui.

- Où est Steph ?

- Il est libre. C'est bien ce que tu voulais, non ?

- Exactement !

L'homme semblait nerveux, mais dans son métier, on apprenait certainement à maîtriser ses nerfs et à ne pas montrer son impatience.

- Dis-moi ce que je veux savoir.

- Steph a passé la semaine avec ses cousins et je me suis contentée de les héberger, voilà !

- Je ne parle pas de ça ! dit-il, en élevant la voix.

Elle fit comme si elle n'avait pas entendu.

- Pourquoi il aurait mis le feu au studio ? Même Annie n'y a jamais mis les pieds. Ou alors, en cachette et il s'est vengé.

Elle réfléchit puis lança :

- Non, vraiment pas le genre du garçon, je t'assure !

Elle voyait bien que Boris Quartier se retenait d'exploser. Elle continua :

- Et puis, maintenant, je connais un peu ses cousins. Ce ne sont pas des mecs qui laisseraient faire ce genre de truc.

- Arrête ! hurla le policier, à travers la pièce. Tu sais très bien que je ne parle pas de ça !

Le ton employé ne plut guère à Loulou, qui sentait sa colère enfler au fur et à mesure des minutes.

- Tu parles de quoi, alors ? C'est bien pour ça que t'es venu me pomper hier, non ?

- Je veux savoir ce qui s'est passé après l'auberge.

Malgré sa colère grandissante, Loulou se moqua de l'homme en face d'elle.

- Je ne me rappelle pas qu'on ait été dans une auberge, cette semaine-là ! C'était avant ou après l'incendie ?

Le poing s'abattit sur le bureau.

- Ne te fous pas de ma gueule !

Elle poussa un soupir.

- Tu ne pourrais pas arrêter de gueuler trente secondes, ça devient fatigant !

Il se mit devant elle.

- Où vous étiez après l'auberge ?

Elle balaya sa main devant son nez.

- Vacherie, tu pues du bec !

En riant, elle ajouta :

- Remarque, pour un poulet...

Il se redressa et se mit à marcher de long en large derrière elle. Le bruit de ses pas agaça Loulou très rapidement.

- Vous avez bien été dans une auberge, avec Martial ?

- Oui... et sans Christian Sauvage !

- Après l'auberge, qu'est-ce qui s'est passé ?
- Rien.
- Il avait prévu de t'emmener où ?
- Chez moi, où d'autre ?
- Tu avais prévu de l'emmener où ?
- Nulle part, je n'organisais pas la sauterie !
- Qu'est-ce qui s'est passé après l'auberge ?
- Rien, je te dis !
- Quoi d'autre ?
- On a échangé la recette du gâteau au yaourt.
- Je te mets en état d'arrestation !
- Sous quel prétexte ?
- Agression sur un fonctionnaire, dans l'exercice de ses fonctions.
- Si c'est toi le fonctionnaire, ça me ferait même mal de te poser la main dessus. Maintenant, si t'as envie de te foutre des coups d'annuaire sur la gueule, fait comme chez toi !

De nouveau, elle l'entendit faire les cent pas derrière elle.
- Est-ce que tu connais Bruno Mandrolet ?
- De vue et c'est déjà de trop !
- Tu sais qu'il bosse avec Martial ?
- Tu bosses bien pour lui, toi !
- Tu sais que tu lui as fait perdre beaucoup d'argent ?
- Mince ! J'ai fait ça, moi ?
- Qu'est-ce que tu as fait à Martial, après l'auberge ?
- Rien.
- Alors pourquoi il a disparu de la circulation quelques mois ?
- Il avait peut-être envie d'aller se détendre sur une île déserte !
- Qu'est-ce qui s'est passé après l'auberge ?
- Tu fais chier à répéter tout le temps la même question.

D'un geste brusque, il prit la chaise à côté de celle de Loulou et s'assit. Leurs visages n'étaient qu'à quelques centimètres.
- Qu'est-ce qui s'est passé après l'auberge ?
- Rien.
- On sait très bien que vos routes ne se sont pas séparées après le repas. Alors quoi ?
- Qui t'a dit cette connerie ?
- Qu'est-ce qui s'est passé ?

A mesure qu'il posait les questions, elle entendait le ton monter et sa colère montait à hauteur égale.
- Rien du tout !
- Quelle était votre destination, en sortant de l'auberge ?
- Il m'a ramenée chez moi !
- Tu es rentrée à quelle heure ?

- Je te l'ai déjà dit, je ne tiens pas de journal intime.

- Tu n'es pas rentrée, Martial ne t'aurait pas lâchée. Le seul but qu'il avait ce soir-là était de te faire payer. S'il n'est pas parvenu à ses fins, c'est parce que c'est toi qui l'as mis hors course. Qu'est-ce qui s'est passé après l'auberge ?

- Tu m'emmerdes, je t'ai déjà dit rien !

- Raconte !

- Rien !

- Raconte !

Les mots de Boris Quartier agressaient les oreilles de Loulou. Il hurlait volontairement dans celles-ci. Elle cria à son tour :

- Rien !

- Raconte ! dit-il, encore plus fort.

Sa colère était si grande qu'elle eut envie de pousser l'homme à côté d'elle, mais elle savait que le faux pas était interdit. Elle voulut se lever, mais il la rassit.

- Raconte !

- Rien !

- Raconte !

- T'es saoulant, comme mec !

- Raconte !

Et là, la colère l'emporta sur la raison.

- Putain ! Je te dis rien, t'es sourd ?

- Qu'est-ce que tu as fait à Martial ?

- Rien ! hurla-t-elle.

- Il t'a poussée à bout, qu'est-ce que tu lui as fait ?

- Rien !

Il bougea sa chaise brusquement. Ils étaient face à face, yeux dans les yeux.

- Raconte !

- Tu me fais chier !

- Où vous êtes allés après l'auberge ?

- Nulle part !

- Tu m'as dit qu'il t'avait ramenée chez toi !

- Oui et alors ?

- Chez toi, ce n'est pas nulle part ! Tu l'as emmené où ?

- Nulle part !

- Raconte !

Elle ne supportait plus sa voix, ses hurlements, ses répétitions. Elle ferma les yeux et tenta de trouver quelques secondes de répit.

- Raconte !

- Tu voudrais pas me foutre la paix deux minutes ?

- Raconte !

- Rien, putain de merde !

- Raconte !

Loulou était dans un tel état de pression, qu'elle sentait ses larmes arriver.

- Raconte !

Plus elle regardait le visage en face d'elle, plus l'envie de le frapper se fit obsédante.

- Raconte !

Elle aperçut sa chaîne, luisante, brillante et se rappela de sa conversation avec Martial et Tito.

- Raconte !

Dans un mouvement aussi rapide qu'imprévu, elle prit la chaîne, l'arracha, la tendit et lui hurla dans la figure :

- Et toi, tu me raconterais son histoire ?

L'impact fut exactement celui qu'elle espérait. Le silence se fit quelques secondes. Il la regarda droit dans les yeux.

- Personne ne connaît l'histoire ! Tu me baratines. Tu crois que je ne sais pas que tu as beaucoup de gueule ?

- Ce jour-là, si t'avais moins bu, connard...

Il eut un rictus.

- Et c'est quoi l'histoire ?

- Un gars de 17 ans mort après un interrogatoire ! Et toi, fier comme jamais, t'as gardé la chaîne comme un trophée.

Il eut un arrêt. Son visage se métamorphosa. Il se leva d'un bond et gifla Loulou.

- Salope !

Elle sentit la chaîne glisser de sa main et tomber à terre.

- Bingo ! dit-elle, en frottant sa joue irradiée.

Les larmes montèrent, mais elle les refoula en fermant les yeux et en pensant à son bébé.

- Qu'est-ce qui s'est passé après l'auberge ?

Elle ouvrit les yeux. Boris Quartier était de nouveau assis en face d'elle. Ses yeux étaient noirs de colère, il fulminait.

- Raconte !

Elle sentait qu'elle allait droit au dérapage. Les mots de Boris Quartier l'agressaient, mais la claque avait déclenché une hargne puissante.

- Raconte !

Elle savait qu'elle n'aurait aucun répit, jusqu'à ce qu'elle craque de trop en supporter.

- Raconte !

Elle se refusa à donner cette victoire à Bruno Mandrolet.

- Raconte !

- Il t'a promis combien Mandrolet si t'avais la réponse ?

- Raconte !

- T'as un pourcentage sur les séances ?

- Raconte !

- T'as droit à une séance bientôt ?

- Raconte !

- Ça te plaît de voir des nanas se faire bousiller par des saloperies ?

- Raconte !

- T'es un pervers !

- Raconte !

- Une sale ordure !

- Raconte !

- T'es une merde, Quartier ! lança-t-elle, avec mépris.

Il se leva et d'un pas rapide, sortit du bureau, sans oublier de claquer la porte.

Elle gonfla ses joues et souffla fort. Elle disposait d'un moment de répit. Même si ce n'était que quelques secondes, ça lui permettait de reprendre le contrôle.

Elle profita d'être seule pour se baisser et prendre une cigarette dans son sac à main. C'est là qu'elle aperçut la chaîne, qui avait glissé de sa main un moment plus tôt. Elle la prit et la mit dans son sac à main, avant de le refermer. Elle n'estimait pas que le bijou était au bon endroit, avec ce personnage. Il s'en était acquitté, mais il ne lui appartenait pas.

Elle fuma lentement, tentant de reprendre le contrôle d'elle-même. Au fond, elle avait conscience qu'elle ne pourrait pas tenir longtemps si Boris Quartier restait dans son optique de provocation. Nerveusement, elle était au bord de la rupture.

Elle écrasa sa cigarette et ferma les yeux. Le calme du bureau lui fit un bien fou, une accalmie qu'elle apprécia à sa juste valeur.

Elle projeta ses pensées vers Stéphane et Annie. Elle imaginait le bonheur de son amie d'avoir retrouvé son compagnon.

C'est là qu'elle se demanda quelle heure il pouvait bien être. Elle leva son poignet, ouvrit les yeux et découvrit qu'il était 14H50. Elle ne s'était pas rendu compte que cela faisait déjà un si long moment qu'elle était ici.

Elle entendit la porte s'ouvrir brutalement derrière elle.

- Debout ! cria Boris Quartier.

Elle se leva. A peine était-elle arrivée devant lui qu'il lui empoignait le bras et la tirait. Elle se devait de marcher à son rythme, mais ses reins et son ventre se rebellèrent. Les douleurs étaient infernales, mais elle n'en dit rien.

Ils montèrent un étage et le policier frappa à une porte. Sans attendre qu'on l'invite, il entra et tira Loulou jusqu'au fauteuil. Il l'assit. Elle se trouvait devant un homme d'une cinquantaine d'années, mince.

En d'autres lieux, Loulou l'aurait trouvé très sympathique, d'un premier abord. Celui-ci la fixait. Loulou fit de même, sans même être impressionnée.

- Je me présente, je suis...

- ... le commissaire Tolaron, j'imagine ! dit-elle, fière de son effet de surprise.

Elle avait su à l'instant où elle était entrée dans le bureau qu'il ne pouvait s'agir que de lui. Elle n'avait jamais oublié les paroles de Geneviève :

- *Quand Boris Quartier n'arrive pas à ses fins, il fait appel en dernier recours à ce monsieur. Je te l'ai dit, c'est un fonctionnaire exemplaire, à la différence qu'il ne tient plus bien compte de la loi. Mais il n'en reste pas moins très persuasif et persévérant. Beaucoup entrent dans son bureau, mais n'en ressortent pas.*

- Je ne vous demanderais pas comment vous avez eu écho de mon existence, mais c'est aussi bien que les présentations soient faites, madame Louvanier ! Avez-vous la moindre idée de la raison qui vous amène dans mon bureau ?

- Bien sûr ! La boniche à Mandrolet a besoin de son papa.

- Je vous trouve bien familière et insolente avec le lieutenant Quartier !

- Il s'avère que depuis que nous nous connaissons, nous avons un gros problème de communication.

- C'est aussi ce qu'il me semble. C'est la raison pour laquelle c'est à moi que vous allez donner les réponses que nous attendons. Vous êtes bien l'ex-compagne de monsieur Rastigne ?

- Oui.

- Vous l'avez quitté il y a quelques années de ça, c'est exact ?

- Oui.

- Étiez-vous au courant de ses activités au moment de votre départ ?

- Non.

- Vous ne soupçonniez rien ?

- En partie, mais je n'ai pas pris le temps d'approfondir.

- Qu'entendez-vous par là ?

- Monsieur Rastigne avait beaucoup changé.

- Saviez-vous qu'il travaillait avec Alexandre Birlet ?

- Non.

- Menteuse ! hurla Boris Quartier.

Loulou le regarda et lui dit, calmement :

- Pète pas ta case maintenant, on ne fait que commencer !

Elle se tourna vers Loïc Tolaron.

- A cette époque, la seule chose que je savais était qu'il faisait des affaires avec Matthias Birlet, dans le cadre de l'immobilier. C'est plus tard que j'ai eu vent de ses autres activités.

- Ne me dites pas que vous ne vous rendiez compte de rien ! continua le commissaire.

- Bien sûr que je me rendais compte que tout n'était pas tout à fait clair, mais je ne posais pas de questions.

- Dans quelles conditions avez-vous rencontré Alexandre Birlet ?

Elle sourit.

- Je n'ai jamais dit avoir rencontré ce monsieur !

- Non, je suis d'accord, mais nous connaissions les projets qu'il nourrissait à votre égard. Vous n'êtes pas sans savoir que sa mort a fait beaucoup de bruit ici, en tout cas dans nos locaux.

Il se tut quelques secondes.

- Je me permets de vous reposer la question. Dans quelles conditions avez-vous rencontré monsieur Birlet ?

- Il m'a aimablement invitée à déjeuner.

- Vous a-t-il, d'une quelconque manière, menacée ?

- Disons que j'entretenais avec monsieur Birlet les mêmes symptômes antipathiques qu'avec le lieutenant.

Loïc Tolaron sourit.

- Je n'ai aucun mal à imaginer que vos rapports étaient donc tendus ?

Elle fit un signe affirmatif.

- Est-ce que monsieur Birlet vous a fait part, lors de ce déjeuner, des affaires qu'il faisait avec votre ex-compagnon ?

- Oui, tout à fait.

- Il ne vous a donc pas caché les dérives de monsieur Rastigne ?

- Non, au contraire, puisqu'il me tenait principalement responsable de ses dérapages.

- Dans quelle mesure ?

- J'étais partie.

- Au décès de monsieur Birlet, nous sommes donc d'accord pour dire que vous aviez la teneur des activités de monsieur Rastigne ?

- Oui.

- Avez-vous été appelé à revoir ce monsieur après ?

- Oui, à plusieurs reprises.

- Pouvez-vous nous préciser le nombre de fois ?

- Trois fois.

Loulou sentit à cet instant le terrain glissant sur lequel elle venait de se lancer. Elle n'avait, jusqu'à maintenant, pas entrevu le jeu du commissaire, mais elle dut bien admettre qu'il avait finement joué son interrogatoire.

- La première fois s'est passée où ?

- Dans un entrepôt.

- Où ça ?

- L'entrepôt qui a brûlé et qui, par la suite, a été reconstruit.

- Celui-là même qui a été rebâti par Atelier Massin Architectes ?

- C'est exact.

- Entreprise dans laquelle vous travaillez, si mes informations sont justes ?

- C'est encore exact.

- En quelle qualité ?

- Je suis l'assistante de Nathaniel Massin.

- Très bien. Donc, vous rencontrez monsieur Rastigne à l'entrepôt. Il s'agit de la première fois. Où se passe la seconde ?

Avant de répondre, elle jeta un coup d'œil à Boris Quartier qui était assis sur le second fauteuil, en face de Loïc Tolaron.

- Dans une auberge.

- Quelle auberge ?

- Je ne connais pas l'endroit, mais c'était l'auberge où Alexandre Birlet m'avait emmenée.

- Monsieur Rastigne est du genre nostalgique ?

- Disons plutôt qu'il se voulait symbolique.

- Comment se sont passées ces deux rencontres ?

- Relativement mal.

- Est-ce que monsieur Rastigne vous a caché, lors de vos rencontres, la nature des activités qu'il avait ?

- Non, jamais !

- Vous saviez donc les domaines dans lesquels il évoluait ?

- Oui.

Il se tut et fixa Loulou. Dans son regard, elle discerna de la satisfaction, comme si le commissaire venait d'arriver là où il le souhaitait. Elle baissa les yeux sur le bureau et aperçut un cendrier.

- Est-ce que vous me permettez de fumer ? demanda-t-elle.

- Bien sûr, madame Louvanier ! Désirez-vous quelque chose à boire ?

- Un café serait le bienvenu, merci !

Il fit un signe à Boris Quartier, qui se leva et sortit du bureau. Elle fouilla dans son sac à main et sortit ses cigarettes. Elle tendit son paquet au commissaire qui en prit une, en la remerciant. Ils fumèrent en silence, l'homme en face d'elle ne semblait pas décidé à continuer sans la présence du lieutenant. Mais il l'observait, cet air de satisfaction toujours discernable dans son regard.

Loulou laissa ses yeux se perdre sur un cadre accroché au mur. Son esprit se fondit dans son corps et rejoignit son bébé. Elle se sentait bien avec lui, seule au monde.

Loulou sortit de ses rêveries au moment où Boris Quartier revint avec les cafés. Il distribua les gobelets et reprit sa place. Loulou écrasa sa cigarette et but une gorgée du liquide. Elle le trouva bon.

- Bien, reprenons, si vous le voulez bien ! dit Loïc Tolaron.

Elle fit un signe affirmatif.

- Madame Louvanier, si je me base sur tout ce que nous venons d'échanger, nous pouvons donc considérer que votre comportement envers monsieur Rastigne s'apparente à de la complicité.

Loulou émit un rire.

- Pardon ?

- Si vous le permettez, je vais vous raconter une petite histoire qui a eu lieu dans ce bureau, il y a quelques jours de ça. J'ai reçu, ici même, une maman dont le mari venait d'être mis en examen pour attouchements sur leur fils. Elle m'affirmait qu'elle n'était pas au courant des agissements de son époux. Pourtant, tout en parlant avec elle, de la même manière que nous venons de le faire, elle a admis avoir parfois eu des doutes, des soupçons. Mais elle n'en a pas tenu compte et finalement, tout ceci aurait pu être évité. Elle a prétendu avoir voulu partir avec le petit garçon, mais retardait ce moment, simplement pour ne pas perturber l'enfant et ne pas fâcher son époux. Admettez que tout ceci est ridicule. Aujourd'hui, elle est inculpée de complicité.

- Grâce à vous ! affirma Loulou.

- Cette femme a agi de la même façon que vous, avec monsieur Rastigne. Vous soupçonniez puis vous avez eu la certitude, mais à aucun moment, vous n'avez agi !

- Qu'aurait-il fallu que je fasse ?

- Le dénoncer, tout simplement !

- Monsieur le commissaire, soyons réalistes et remettons-nous dans le contexte. Au moment où j'ai eu confirmation des agissements de mon ex-compagnon, je vous rappelle que je ne vivais plus avec lui.

- Mais vous saviez ! dit-il, plus fermement.

- C'est un fait !

- Vous n'avez jamais pensé à venir le dénoncer ?

Loulou répondit ironiquement :

- Je n'avais pas la chance de connaître le lieutenant sinon...

Elle se tourna vers Boris Quartier.

- Le dernier qui t'a parlé de Martial...

- Je ne vois pas de quoi tu parles !

- N'insulte pas Thomas ! Mais au moins, je constate que tu n'as pas plus de respect pour les vivants que pour les morts.

- Qui est ce Thomas ? demanda le commissaire.

- Le frère de Martial. Il avait voulu stopper son frère et avait fait part de tout ça au lieutenant. Thomas a été obligé de s'exiler.

- Où est ce monsieur maintenant ?

- Mort ! répondit simplement Loulou.

Elle porta son gobelet à sa bouche et se ralluma une cigarette.

- Passons maintenant au sujet qui intéresse le lieutenant.

- L'auberge ! lança Loulou, en levant les yeux au ciel. Un sujet qui est devenu une véritable obsession pour certaines personnes.

Et là, l'attitude de Loïc Tolaron changea du tout au tout. Il se redressa dans son fauteuil, son visage se durcit et ses yeux se firent perçants.

- Madame Louvanier, sachez dès maintenant que je ne vous pose la question qu'une seule fois. En fonction de votre réponse, je me devrais de prendre des dispositions, en ce qui concerne votre liberté.

- Rien que ça ! réagit Loulou, en souriant.

- Que s'est-il passé après votre sortie de l'auberge ?

Sans attendre, elle répondit :

- Je suis rentrée chez moi.

- Tu mens ! hurla Boris Quartier. Tout le monde sait qu'il s'est passé quelque chose. Pourquoi tu ne parles pas ?

- Va demander à Martial, t'es si malin ! cria Loulou, en se tournant vers lui.

- Madame Louvanier ! lança sèchement Loïc Tolaron.

Elle le regarda.

- Mentir ne peut amener que de gros ennuis, je suis certain que vous en êtes consciente.

Elle sourit et lui répondit naturellement :

- Vous parlez en connaissance de cause ?

- Je ne comprends pas votre insinuation !

- J'entends par là que vous avez vous-même menti pour sauver un chauffard alcoolique, il ne semble pas que ça vous ait beaucoup pesé sur la conscience.

- Soyez claire, madame !

- Je pense que vous avez bien compris de quoi je parle.

- Ce qui me chagrine, c'est comment vous avez pu apprendre ça.

- Certainement de la même manière que j'ai appris l'histoire de la chaîne du lieutenant.

Les deux hommes se regardèrent quelques secondes. Le commissaire reposa ses yeux sur Loulou.

- C'était un regrettable accident.

- Je n'en doute pas, mais j'imagine que les parents du petit Quentin avaient soif de justice.

- Peu de personnes savent que c'était monsieur Quartier qui conduisait le véhicule.

- C'était pourtant le plus alcoolisé des deux !

- Personne ne peut le prouver !

- Tout comme personne ne peut prouver qu'il se soit passé quelque chose après notre départ de l'auberge ! conclut elle.

Sans même l'avoir prémédité, Loulou savait qu'elle venait de mettre un terme à la conversation. Les deux hommes avaient, eux aussi, compris que l'entretien se terminait.

Elle écrasa sa cigarette et termina son café. Elle regarda son poignet, il était 15H40.

Elle entendit Boris Quartier quitter son fauteuil et sortir, sans claquer la porte.

- Il semblerait bien que plus personne ne vous harcèlera avec cette question, madame Louvanier !

- C'était de toute façon un acharnement ridicule. Tout le monde a agi comme si Martial avait disparu de façon définitive, alors que ça n'a jamais été le cas.

Il sortit un paquet de cigarettes d'un de ses tiroirs. Il en offrit une à Loulou.

- Le lieutenant n'est plus ici, il va de soi que tout ce que nous dirons restera entre vous et moi.

- Comment je peux en avoir l'assurance ? demanda Loulou.

- Je n'ai qu'une parole, mais je comprends que vous en doutiez.

- Je vous écoute !

- Où s'est passée votre troisième rencontre avec Martial ?

- Dans un entrepôt.

- Sur le territoire de Bruno Mandrolet, c'est bien ça ?

- C'est à moi d'être étonnée que vous soyez au courant de ce détail.

- Il m'en avait touché deux mots, sans me cacher qu'il espérait que personne n'y découvre votre présence.

Loulou sourit.

- C'est donc avec vous qu'il traite certaines choses maintenant. Vous me paraissez bien plus intègre que le lieutenant Quartier.

- Je ne fonctionne pas de la même manière.

- Est-ce volontaire que vous laissiez tout le monde penser le contraire ?

- J'avoue que ce qu'on peut penser de moi m'indiffère un peu.

Elle demanda, après quelques secondes :

- Est-ce que je peux, moi aussi, vous poser une question ?

- Je vous en prie !

- Le jour de votre entretien, de quel chantage a usé Alexandre Birlet ?

- Comment pouvez-vous affirmer qu'il s'agit d'un chantage ?

- Il ne savait pas agir autrement. Toutes les personnes qui l'ont croisé ne parlent que de chantage et de menaces. Je doute qu'il en soit autrement dans votre cas.

- Je vous le concède ! D'après mes informations, vous avez vous-même eu droit à l'un d'eux.

- Oui, c'est exact !

- C'est à cause de ça que Martial a, dirons-nous, dépassé les limites du raisonnable. Je n'ai connu le fin mot de l'histoire que quelques années plus tard, de la bouche même de Martial. J'étais en charge de l'affaire à l'époque.

- Quelles avaient été les conclusions ? Un simple règlement de comptes ?

- Oui et c'était très bien ainsi, si vous me permettez un avis personnel.

Il attendit quelques secondes et continua :

- Mais revenons à Alexandre Birlet ! Mes parents sont d'une famille très honorable, très respectée. Seulement, comme beaucoup de papas, le mien était joueur. Le vôtre aussi l'était, il me semble !

- Oui, c'est vrai ! Il a été obligé de partir.

- Les choses sont différentes, en ce qui me concerne. Mon père a cumulé une dette de jeu. La somme était exorbitante. Je vous précise que mon père était avocat, donc vous comprendrez que la dette était si énorme, que même son salaire n'aurait jamais couvert le montant. Comme beaucoup à cette époque-là, y compris votre père, le marché a été mis dans les mains du mien. Seulement, au vu de notre situation familiale et sociale, il était même impensable d'agir de cette manière. Ma mère a fait la chose qui lui paraissait la plus rapide. Elle s'est prostituée !

- Dans les séances à Alexandre Birlet ?

- Non. Les rumeurs allaient bon train et il était hors de question qu'elle se montre au grand jour. Elle a opté pour la prostitution la plus classique, dans la rue.

- L'histoire s'arrête donc là, non ? s'étonna Loulou.

- C'est ce que je pensais, moi aussi. Mais c'était oublier qu'Alexandre Birlet avait toujours un lapin dans son chapeau. Il avait fait suivre ma mère et a pris des clichés d'elle, en train de se prostituer. Je vous laisse aisément deviner la crédibilité de notre famille, si des photos comme celles-ci venaient à apparaître.

Il sourit, avant de continuer :

- Vous êtes bien placée pour connaître les méthodes du lieutenant. Méthodes qui laissaient parfois monsieur Birlet mal à l'aise. Il m'a donc convoqué un jour et m'a présenté les photos de ma maman. Il m'a alors expliqué que mon père avait vu ces mêmes photos, quelques années plus tôt. Elles avaient été la fin du calvaire de ma mère, qui a pu rentrer à la maison, mais le début de celui de mon père, qui s'est vu imposer des clients à défendre.

- Des amis à Alexandre Birlet !

- Tout à fait.

- Et pour vous ?

- Il m'a simplement dit que je devais faire quelques écarts sur certains dossiers, pour que ces photos restent dans l'oubli.

- Je sais que vous n'aviez pas les moyens de refuser le chantage.

- Au moment de son décès, j'ai demandé à Tito, qui remplaçait Martial, de bien vouloir me rendre les photos. Il m'a promis de me les remettre au plus vite, lui non plus ne fonctionnait pas de cette manière.

- Il vous les a rendues ?

- Oui, mais ce jour-là, il m'a laissé entendre que Boris Quartier devenait de plus en plus gourmand et que ses méthodes se dégradaient.

- Pas très bon pour les affaires, c'est ça ?

- Oui, c'est ça ! Pour le service qu'il m'avait rendu, j'ai accepté de continuer ce que j'avais commencé avec Alexandre Birlet, mais de façon bien plus réglementée.

- Je ne comprends pas ! avoua Loulou.

- Je ne fais disparaître que certains dossiers.

- Certaines disparitions inquiétantes ?

- Oui, mais uniquement ce genre de dossiers. Pour le reste, ce sont des différends que nous réglons de manière officielle, dans ce bureau.

- Comme aujourd'hui ?

- Oui, comme aujourd'hui !

- Vous n'êtes donc pas aussi ripou qu'on veut bien le dire ?

- Faire un écart dans notre métier est déjà une erreur. Je tente, malgré tout, de garder mon intégrité. Mais votre cas me posait un véritable problème de conscience, puisque la demande n'émanait pas de Martial.

- Vous êtes en relation avec Bruno Mandrolet ?

- Non et le lieutenant Quartier sait que jamais, je ne veux rencontrer cet homme. Seulement, exceptionnellement, j'ai bien voulu intervenir. Martial m'a téléphoné ce matin, car vous avez eu un entretien. Vous aviez dans l'idée de faire du chantage à Boris Quartier. Et ça, c'était une énorme erreur ! Vous ne connaissez que la partie émergée du personnage, mais en profondeur, il peut se montrer d'une réelle cruauté. Surtout s'il n'arrive pas à ses fins. De plus, Martial m'a fait part de votre état, ainsi que de l'agression dont vous avez fait l'objet et humainement parlant, je ne pouvais pas vous laisser entre les mains du lieutenant.

Il attendit quelques secondes.

- Je sais que Martial ne vous a jamais parlé de moi avant ce matin. Comment avez-vous appris mon existence ?

Loulou rit.

- Par sa maman !

Le visage du commissaire s'éclaira d'un sourire.

- Tout s'explique !

- Mais il semblerait que votre papa ne soit pas au courant de tout, je me trompe ?

- Cela fait des années que je n'ai plus eu de contact avec lui. Il est resté sur une mauvaise image de moi. C'est malgré tout grâce à Martial que j'ai trouvé cette maison de repos. Mon papa a de gros problèmes de santé.

- Vous ne pensez pas qu'il serait bon pour vous deux de rétablir un dialogue ?

- J'y pense très sérieusement, mais je ne veux rien forcer ! Je sentirai quand le moment sera venu.

Le commissaire se leva.

- Je pense que quelques personnes vous attendent dehors et

j'imagine qu'elles s'impatientent.

Loulou regarda l'heure en se levant, il était 16H20. Son bas-ventre était très douloureux et ses reins refusaient tout effort. Elle serra la main de Loïc Tolaron.

- Je vais appeler Martial pour le rassurer sur votre sortie de nos locaux ! dit celui-ci.

Loulou avança lentement vers la porte et l'ouvrit. Elle avait peur de tomber sur Boris Quartier, mais elle avait plus que tout envie de sortir.

Elle descendit l'escalier. De nouveau, après quelques couloirs, elle se retrouva devant la sortie. Le soleil l'éblouit.

XXVI
Après l'effort, le réconfort

Elle vit Will et Viorel sur le trottoir en face. Avant de traverser, elle s'alluma une cigarette et les rejoignit.

Physiquement, son corps souffrait, mais moralement, elle était satisfaite d'avoir passé la plus grosse épreuve de la journée. Elle regarda autour d'elle.

- Où sont Sylvain et Andrea ?

Will lui répondit :

- Ils devaient partir, mais ils seront de retour dans la nuit.

- Ça veut dire qu'on ne part pas ce soir ?

- On repart dès qu'ils reviennent.

- Ils sont partis où ?

Les deux hommes en face d'elle gardèrent le silence. Loulou n'insista pas et écrasa sa cigarette. Will lui ouvrit la portière, pendant que Viorel prenait place au volant. Elle s'assit dans la voiture et immédiatement, son corps se sentit soulagé. Elle aurait aimé s'allonger et s'endormir, mais elle se disait qu'elle était près de la maison et qu'il lui suffisait d'avoir un peu de patience.

Elle sentait que les deux hommes devant elle auraient aimé avoir la teneur de l'entretien avec Boris Quartier. Mais elle n'avait plus envie de parler, juste envie de se reposer seule, avec son corps en morceaux.

Elle savait qu'elle allait rentrer chez elle, retrouver sa famille, mais avant tout, elle allait pouvoir souffler, respirer. Elle remarqua vite que Viorel ne prenait pas la direction de la maison, mais là encore, elle n'eut pas envie de lui demander où il allait. Sa fatigue et sa lassitude étaient telles qu'elle ne voulait plus rien savoir.

La voiture stoppa quelques minutes plus tard. Elle reconnut à quelques mètres la maison de Stéphane et Annie. Viorel se retourna, Loulou sourit.

- Ils nous ont fait promettre de t'emmener ici, dès que tu serais sortie.

Ils étaient sans aucun doute attendus, car Annie courut au-devant de son amie et la serra dans ses bras.

- Merci, ma Loulou !

- C'est normal, mais ne remets pas ça trop vite, je suis vidée ! répondit Loulou, en riant.

Tout le monde entra dans la maison. Stéphane arriva devant eux et à son tour, serra Loulou dans ses bras.

- Tu es vraiment une tête de mule, toi !

- Parfois, ça a du bon, non ?

Le café était déjà servi dans la salle et chacun prit place autour de la table. Loulou entama le sien et s'alluma une cigarette. Annie était à ses côtés.

- Tu as l'air toute pensive, ma Loulou !
- En fait, pour être franche, il faudrait que je m'allonge.
- Tu as un problème ?
- Oui, je suis crevée... vraiment crevée !
- Viens !

Annie l'installa dans sa chambre. Loulou enleva ses chaussures, s'allongea et s'endormit, avant que son amie ne quitte la pièce.

Quand Loulou ouvrit les yeux, elle leva son poignet, il était 18H00. Elle se sentait enfin reposée, mieux dans son corps. Sans tarder, elle se leva et partit dans la salle, où tout le monde était installé, en train de discuter.

- Ça va mieux ? demanda Stéphane.
- Oui, il fallait juste que je dorme.
- Assieds-toi, je te ramène un café ! dit Annie.

Elle constata que Stéphane la regardait, en souriant.

- Tu trouves que j'ai l'air d'un zombie, au réveil ?
- Non.

Annie revint avec un café dans une main et un cadeau dans l'autre. Elle posa le tout devant Loulou.

- Will et Viorel nous ont appris la bonne nouvelle. On vous félicite. Mais ce cadeau-là, c'est pour te remercier de ce que tu as fait pour Steph aujourd'hui !

- Il ne fallait pas ! répondit cette dernière, émue.

- Ouvre, ma Loulou !

Elle enleva le papier et découvrit un mug avec l'inscription "**Tu es quelqu'un de bien**".

- Ça te plaît ? demanda Stéphane.
- J'adore ! Merci beaucoup !

- Il est comment Boris Quartier sur son territoire ? interrogea Viorel.

- Égal à lui-même, c'est une pourriture !

Elle se tourna vers Stéphane.

- Tu as passé combien de temps dans son bureau ?

- Ne rigole pas, mais juste quelques minutes ! répondit-il. Il est venu m'arrêter avec un de ses collègues, soi-disant pour l'incendie du studio. Ils m'ont emmené, il m'a juste posé quelques questions sur ce soir-là. Si ça a duré dix minutes, c'est déjà beaucoup. Et je ne l'ai revu que lorsque tu es arrivé avec lui tout à l'heure. C'était vraiment toi qu'il voulait avoir. Maître Graville ne se sentait pas de te laisser seule avec lui, il connaît ses méthodes.

- A ce propos, ce soir, on va dîner chez Matthias Birlet ! intervint Will.

Loulou se tourna vers lui, en riant.

- Quelque chose me dit que ce n'est pas pour te déplaire.

Il lui fit un clin d'œil.

- Elle s'appelle Laura, c'est un amour !

Elle se leva.

- Annie, je peux prendre une douche ? J'ai besoin de me ressaisir un peu.

- Tu n'as pas besoin de demander. Tu es chez toi, ici !

Loulou prit donc la direction de la salle de bain et se doucha longuement. Elle se sentait ragaillardie et le contact de l'eau lui redonna un coup de fouet. C'est à cet instant qu'elle se rappela que les deux hommes n'avaient pas voulu lui dire où étaient partis Sylvain et Andrea. Ça ne ressemblait pas à Sylvain de disparaître de la sorte.

Elle se séchait les cheveux, quand soudain, dans son esprit, se fit comme un déclic. Elle redescendit.

- Sylvain sera de retour vers quelle heure ?

- Au juste, on ne sait pas ! répondit Will.

- Ils sont retournés là-bas ?

De nouveau, les hommes se turent.

- Ça n'aurait rien à voir avec une certaine réunion ?

Viorel soupira.

- A 20H00.

- Où ça ?

- Tu en sais déjà de trop, Loulou !

Elle s'alluma une cigarette et s'isola dans la cuisine. Annie vint rapidement la rejoindre.

- Ils te protègent !

- Tu sais qui assiste à cette réunion, au moins ?

- Oui. Will et Viorel nous ont expliqué les derniers événements et c'est une logique que tu ne puisses pas y assister. Laisse monsieur Massin et Martial régler le problème.

- Si tu réagis de cette manière, c'est que tu sais pour l'entrepôt et la paternité.

- Ça te dérange ?

- Non, tu sais bien que je vous dis tout. C'est juste que c'est difficile d'engager un sujet comme celui-là.

- Tu n'es responsable de rien et pourtant, tu réagis en coupable.

- Tout est moche dans cette histoire. Et pourtant, il n'en est ressorti que du positif, va comprendre ça !

- Tu es heureuse, malgré tout, pour ta grossesse ?

- Tu ne peux pas imaginer ! Mais il faut quand même savoir que je ne vois que le côté grossesse. Tout le monde se braque sur le côté paternité.

- Tu es une femme ! Tu agis déjà en tant que mère. Tu as vu Martial ce matin, comment ça s'est passé ?

- Très bien, franchement ! Tu te rends compte que je n'avais même pas peur d'être à ses côtés. Ça faisait tellement longtemps que ça n'était pas arrivé, que j'en arrive à me demander si je ne rêve pas.

- David garde la tête froide, par rapport à tout ça ?

- Oui et non. Je n'arrive plus bien à le cerner ces derniers temps. Mais je crois qu'il est partagé entre la logique et sa jalousie. Il reste malgré tout persuadé au fond de lui que je peux retomber amoureuse de Martial.

- Je pense qu'à sa place, tout le monde aurait cette peur. Imagine qu'il soit en relation avec son ex et qu'ils se côtoient, tu penses pouvoir rester de marbre et assurer à 100 % que rien ne va arriver ?

- Non, je sais bien ! Mais j'arrive à me mettre à sa place, c'est encore ça le pire. Et d'un autre côté, je me dis que si moi, je ne peux pas pardonner à Martial tout ce qu'il m'a fait subir ces dernières années, comment David oublie si vite ?

- Tu en veux à Martial ?

- Je ne sais pas si j'arriverai à lui pardonner certaines choses.

Annie servit les cafés et les deux femmes s'installèrent sur la terrasse.

- Je ne veux pas te forcer, ma Loulou, mais qu'est-ce qui s'est passé à l'entrepôt ?

- Ça risque de ne pas être de ton goût, Annie !

- Parle !

Loulou raconta donc à son amie ce qui s'était passé. Mais contrairement au récit qu'elle avait fait le lendemain à Leandro et David, elle n'omit aucun détail. Elle savait qu'au même titre que Geneviève, le secret serait bien gardé. Secret d'un huis clos, qui lui devenait difficile à porter.

Quand elle eut fini, Annie ne cacha pas son étonnement.

- Je ne pensais pas que Martial s'acharnerait à te montrer sa bonne foi et à te convaincre qu'il ne te voulait plus de mal.

- Et sans compter le fait qu'il a demandé une réunion à Jacques.

- Quand ?

- Le soir même de mon retour.

- Comment ça s'est passé ?

- Leandro l'a enregistrée. Là, je dois bien dire que je ne l'ai pas reconnu, il ne me semblait pas que de tels mots pouvaient sortir de sa bouche. Pourtant, avec le recul, il n'a fait que dire à la réunion ce qu'il a mis tant de temps à me démontrer à l'entrepôt.

- David l'a écoutée ?

Elle sourit.

- David y était !

- Tu ne penses pas que ça a été une bonne chose ?

- Aujourd'hui, oui, mais il était tellement à bout de nerfs qu'il a fait quelques dérapages. Mais sur le fond, je pense qu'il fallait qu'il entende tout de la bouche même de Martial.

- Et toi, comment tu te sens par rapport à tout ça ?

Elle mit sa main sur son ventre.

- Je me sens juste enceinte avec l'envie que mon enfant grandisse dans de bonnes conditions. C'est ma priorité !

- Je crois que je réagirais de la même manière à ta place.

- Ce serait un grand bonheur pour moi de te savoir enceinte, tu sais !

- Je suis sous traitement pour le moment, mes cycles sont trop irréguliers. Mon gynécologique essaie de pallier à ça, mais il n'y a aucune raison que ça ne finisse pas par marcher, tu ne crois pas ?

- Je n'ai aucun doute !

Viorel se mit sur le pas de la porte-fenêtre.

- Loulou, on ne va pas tarder à filer !

Elle regarda sa montre, il était déjà 19H35.

- C'est dingue ce que le temps passe, je n'en reviens pas.

A 20H00, ils arrivaient devant la villa de Matthias Birlet. Le portail s'ouvrit, alors que Loulou sortait du véhicule. Will fit de même. Elle s'alluma une cigarette.

- Ça ne va pas ? demanda Will, en marchant à ses côtés.

- J'ai juste hâte de rentrer. Tu penses que la réunion va durer longtemps ?

- Je ne sais pas, mais Leandro m'appelle dès qu'elle est terminée.

Loulou sentait ses douleurs présentes à chaque pas, mais elle savait que c'était la dernière ligne droite. Dans quelques heures, elle serait dans les bras de son compagnon, bien décidée à ne pas quitter son lit du week-end.

Elle leva les yeux pour apercevoir ses hôtes sur le perron. Comme elle le faisait à chaque fois, elle serra la main de Matthias Birlet.

- Bonsoir, monsieur Birlet ! dit-elle, tout naturellement.

Celui-ci ne répondit pas, mais ne la lâchait pas du regard. Il semblait aussi surpris qu'amusé. Loulou leva les sourcils en signe d'étonnement, elle ne comprenait pas son attitude. Elle se tourna vers Michel qui la regardait, en riant. Elle allait s'avancer pour lui faire la bise, quand soudain, elle repensa aux paroles de Matthias Birlet, la veille au soir :

- *Loulou, toi et moi nous connaissons depuis quelques années déjà. Je sais que tu me respectes et il en va de même pour moi, mais je finis par me sentir en reste quand je t'entends tutoyer tout le monde autour de moi. Je me laisse parfois l'impression d'être un vieux monsieur trop respectable et rigide. Ça me ferait vraiment plaisir de t'entendre me tutoyer et si tu pouvais par la même occasion remplacer "Monsieur Birlet" par Matthias...*

Elle éclata de rire et émit un "pardon !", en le regardant. Elle rectifia donc sa phase :

- Bonsoir, Matthias !

Un grand sourire se dessina sur son visage et il fit la bise à Loulou.

- Je pense qu'avec le temps, ça finira bien par te paraître naturel ! émit-il, en riant.

- Je n'ai aucun doute là-dessus !

Elle fit la bise à Michel, qui riait franchement.

- Si tu avais vu ta tête !

- C'est ça, rigole !

Michel serra la main de Will et Viorel, en leur disant :

- Vous dînerez avec nous, ça évitera à Loulou d'avoir à répéter plusieurs fois son entretien avec Boris Quartier.

Il la regarda.

- Daniel est là aussi.

Loulou se tourna vers Will.

- C'est ballot !

Puis elle éclata de rire devant la mine déconfite de l'homme. Elle lui donna un coup de coude.

- Je demanderai à Matthias de te libérer pour le dessert... si tu es sage !

- Tu as la fibre comique, toi !

Ils arrivèrent à la porte de la salle à manger. Loulou aperçut immédiatement Daniel, qu'elle partit saluer, avec un grand sourire.

- Tu vas bien ? demanda Loulou.

- C'est à toi qu'il faut demander ça ! répondit-il.

- Je suis là...

Tout le monde s'installa autour de la table. Will et Viorel se placèrent de part et d'autre de Loulou, alors que Matthias Birlet, Michel et Daniel s'assirent en face. Elle s'alluma une cigarette.

Quelques minutes plus tard, une jeune femme entra, poussant une petite table. Loulou remarqua immédiatement le sourire qu'elle échangea avec Will. Elle n'eut pas de mal à en conclure qu'il s'agissait de Laura. C'est en croisant le regard de Michel que Loulou comprit qu'elle n'était pas la seule à avoir remarqué le manège.

Lorsque Laura fut sortie, Loulou dit à Michel :

- Je lui ai dit qu'on le libérerait pour le dessert.

- Tu crois qu'il tiendra jusque-là ?

Elle éclata de rire en se tournant vers Will, qui riait de bon cœur.

Quand les assiettes furent terminées, Matthias Birlet prit la parole :

- Tu as obtenu de Martial toutes les réponses que tu attendais ?

Elle expliqua aux hommes les deux histoires que Martial et Tito avaient racontées sur Boris Quartier.

- Honnêtement, je ne pensais pas pouvoir faire quoi que ce soit de ça.

- En dehors de la raison pour laquelle tu devais le voir, comment s'est passée votre rencontre ?

- Très bien !

Il attendit quelques secondes et continua :

- Tu sais qu'il existe une autre histoire que peu de personnes connaissent sur ce lieutenant ? Je te rassure, Martial ne pouvait pas la connaître. Mais aussi bizarre que cela puisse paraître, ça a un rapport direct avec Lionel. Excuse-moi de revenir à cette nuit-là, mais est-ce que tu te souviens que Lionel t'a expliqué que sa femme l'avait quitté ?

- Si ma mémoire est bonne, il a dit qu'elle l'avait fait le jour où il avait recommencé à jouer, non ?

- C'est exactement ça ! Mais ce que tu ne sais pas, c'est pourquoi il a replongé dans le vice du jeu. Un événement bien spécial est venu perturber la vie de sa famille et principalement de sa femme. Elle a, à cette époque, rencontré un homme, avec qui elle a eu une aventure.

Loulou haussa les épaules.

- Situation somme toute banale.

- Es-tu sûre que les situations que tu vis sont banales ?

Elle ne comprenait pas cette question. Elle n'arrivait pas à faire le lien entre elle et l'aventure conjugale de madame Tirelet. C'était une histoire qui avait trait au lieutenant.

Soudain, une lueur arriva tout naturellement et elle dit :

- Boris Quartier était l'amant de madame Tirelet ?

- Tu as compris ! Tu sais que Martial connaissait Lionel depuis bien des années déjà. Seulement, quand Lionel s'est rangé de tout ça et que Martial a monté son plan pour l'entrepôt, il lui fallait cet homme, c'était impératif. Lionel, tu le sais maintenant, était un plan de secours, si Elodie n'arrivait pas à ses fins avec toi. Il fallait donc lui redonner l'envie de retourner au jeu. Boris Quartier n'a pas hésité une seconde à l'aider.

- Madame Tirelet n'a jamais rien soupçonné ?

- Pourquoi l'aurait-elle fait ? Le décès de son mari lui a permis de se marier avec son amant... dans le plus grand secret.

- Sans que Martial ne soit jamais au courant ?

- Le secret est toujours aussi bien gardé. Le lieutenant a soutenu à tout le monde qu'il n'avait eu qu'une aventure et qu'ils s'étaient quittés, quelques semaines plus tard.

La nouvelle fut vraiment de taille. Elle n'arrivait pas à le croire. Elle avait été, indirectement, manipulée par le lieutenant Quartier, à l'époque de Lionel Tirelet.

- C'est quelque chose qui te dépasse, n'est-ce pas ? demanda Michel.

- Complètement.

Matthias Birlet reprit :

- Il semblerait, d'après ce que nous a raconté Daniel, que malgré les avertissements, tu as fait du chantage à Boris Quartier ?

Elle devint sérieuse et le regarda.

- Je ne voyais pas bien comment faire sortir Steph sans en passer par là. Et je suis certaine qu'il y serait encore, si je n'avais pas posé certaines conditions.

Daniel intervint :

- Tu as vraiment joué avec le feu parce qu'oser le défier comme tu l'as fait relevait carrément de la folie.

- Tu as bien vu que malgré cela, il a cédé.

- Parce que ça ne l'arrangeait de toute façon pas que Stéphane et moi restions dans le bureau, mais en d'autres circonstances, les conséquences auraient été dramatiques.

C'est à cet instant que Laura fit de nouveau son apparition avec son plateau. Elle enleva les assiettes vides et les remplaça. Loulou profita du mouvement pour tenter de trouver une position adéquate sur sa chaise. Son dos la torturait terriblement maintenant et son ventre semblait peser des tonnes. Elle savait que chaque bouchée avalée ne faisait qu'accentuer son ballonnement, mais elle ne voulait pas que quiconque se rende compte de son mal-être.

- Qu'est-ce que tu as, à gigoter comme ça ? demanda soudain Viorel. Tu as mal quelque part ?

- Au dos, mais ça n'a rien d'anormal ! répondit Loulou. Ça va encore durer quelques jours.

Lorsque Laura fut sortie, Loulou continua, à l'intention de l'avocat :

- Je savais bien qu'en le poussant un peu, il céderait facilement. Tout comme lui savait qu'il ne pouvait pas remettre Steph en cellule sans t'avoir sur le dos, puisque tu insistais déjà pour connaître les raisons valables de son incarcération.

Matthias Birlet reprit :

- Tu as réussi à le mettre hors de lui en quelques minutes. Daniel a en vain tenté de le convaincre qu'il était ton avocat. Mais le lieutenant avait, de son côté, décidé de te garder pour lui seul.

- Il pensait arriver à ses fins.

- Explique-nous ce qui s'est passé avec ce monsieur.

Elle picorait une bouchée par-ci par-là, lorsque l'un des hommes posait une question.

- Termine ton assiette, on parlera après ! finit par dire Michel.

- Non, ça va, je n'ai plus très faim.

Matthias Birlet posa sa fourchette et fixa Loulou.

- Tu as passé tout ce temps-là dans le bureau du lieutenant Quartier ?

- Pas exactement ! Il a fini par me faire monter.

- Dans le bureau du commissaire Loïc Tolaron ? demanda Daniel, surpris.

- Celui-là même !

- Et tu es sortie, libre comme l'air ?

Elle se désigna.

- Tu vois bien !

Il se mit à rire.

- Une main suffit pour le nombre de personnes qui en sont sorties autrement qu'entre deux policiers. Et ça fait des années que je vais défendre mes clients dans son bureau.

- C'est vrai qu'il m'a piégée et je n'ai rien vu venir du tout.

- Comment ça ?

Elle expliqua l'entretien qu'ils avaient eu. Le fait d'en reparler lui fit à nouveau se rendre compte combien le commissaire était tenace. Elle s'arrêta au moment où le lieutenant était sorti du bureau.

- Comment ça se serait passé si tu n'avais pas eu connaissance de l'histoire du petit Quentin ? demanda Will.

- Toi, par contre, je te vois venir, avec tes gros sabots ! dit-elle.

- Ça ne répond pas à ma question.

- En théorie, je suppose qu'il aurait trouvé un biais pour me boucler.

- Ça veut dire quoi, en théorie ?

- Dis donc, tu deviens pire que Sylvain ! soupira-t-elle.

- Si c'était lui qui était à ma place, tu verrais la différence.

Elle le fixa.

- Seulement, ce que tu ne sais pas encore, c'est que la conversation avec le commissaire ne s'est pas arrêtée là. C'est bien pour ça que je t'ai précisé "en théorie".

- Explique-nous ça ! émit Michel, en face d'elle.

Elle raconta donc le reste de l'entretien avec Loïc Tolaron. Elle n'avait pas de respect pour cet homme, seulement une certaine sympathie. Mais il avait réussi à la convaincre qu'il n'était plus l'homme si ingrat et sans morale, qui lui avait été dépeint.

- Il a eu beaucoup de fil à retordre avec Boris Quartier à l'époque de mon père ! précisa Matthias Birlet. Il n'arrivait plus à le freiner dans ses dérapages.

Loulou s'apprêtait à répondre, mais se tut.

- N'aie pas peur de dire ce que tu penses, même s'il s'agit de mon père. Je sais me montrer réaliste, en ce qui le concerne.

- Je voulais juste dire que ton père s'est toujours entouré de personnes comme lui. Avides d'argent et de pouvoir. Martial compris !

- Mais contrairement à Martial, Boris Quartier est toujours dans l'ombre. Jamais il ne se fera une place parmi les grands.

- Tito m'a fait comprendre ce matin qu'il mangeait à tous les râteliers. C'est encore le meilleur moyen de finir comme Lionel.

- Penses-tu que ça arrivera ? demanda Michel.

- Si tu veux mon avis profond, c'est effectivement comme ça que ça se terminera. Tu ne peux pas jouer indéfiniment dans toutes les cours, sans faire le faux pas de trop.

Elle sourit.

- Martial et Tito restaient persuadés qu'il ne me convoquait que pour avoir des explications sur les événements de la fameuse semaine où le groupe était là. La soirée de novembre était, soi-disant, en suspens jusqu'à la réunion.

- Celle de ce soir ? demanda Will.

- Exactement.

- Rien ne dit que Bruno Mandrolet sait tout ce que fait Boris Quartier dans son dos ! suggéra Viorel.

- Quartier est une machine, il ne fait qu'agir en fonction de sa programmation ! répondit Loulou.

Viorel attendit quelques secondes et demanda, étonné :

- Tu as toujours été en contact avec la maman de Martial ?

- Je ne l'ai revue qu'en décembre dernier.

- Tu as eu les informations sur le commissaire quand, alors ?

- Je l'avais appelée pendant la semaine où on était tous chez ma mère. Là encore, elle m'a parlé, mais je ne pensais pas avoir besoin de ses informations.

- Tu as tout de suite su que c'était le commissaire ? demanda Daniel.

- Oui, le doute n'était même pas possible.

- Il ne t'a pas impressionnée ?

- Beaucoup, je dois bien l'admettre. Il a une telle façon de fonctionner, que tu ne peux pas ne pas l'être.

Loulou ressentit soudain comme un coup de couteau dans son bas-ventre. Elle émit un "aie".

- Tu as un problème ? demanda Matthias Birlet.

- Non, ça va ! mentit-elle. Il me tarde de retrouver mon lit.

Michel regarda sa montre et dit :

- La réunion ne devrait plus tarder à se terminer maintenant.

Loulou vit qu'il était 21H30.

- Tout dépend où ça a lieu ! dit-elle, en regardant Will.

- Tu demanderas les détails à monsieur Massin ! répondit-il.

- Je ne vois pas en quoi le lieu doit rester secret. Tu ne t'imagines quand même pas que je vais m'y pointer.

- Tu ne m'auras pas.

- Je n'essaie pas de te piéger, juste de savoir où.

- Je ne te dirais rien.

Elle entendit Matthias Birlet rire.

- Je fais servir le café dans le salon. Loulou, je crois que tu es devant quelqu'un d'aussi têtu que toi.

Tout le monde se leva. Daniel en profita pour quitter la villa. Will et Viorel s'effacèrent.

Loulou entra donc dans le salon avec Matthias Birlet et Michel. Elle sentit une envie d'uriner et se dit qu'elle ne devrait pas tarder à y aller, si elle ne voulait pas revivre la même douleur que quelques minutes auparavant.

Contrairement aux autres fois, ils s'installèrent confortablement dans les fauteuils. Laura apporta le café et fit le service.

Quand ils furent seuls, Loulou s'alluma une cigarette et se tourna vers Michel.

- Il y a quelque chose qui me trotte depuis quelque temps.

- Exprime-toi ! dit-il, en riant. Je sens que c'est pertinent.

- Que sont devenus les bijoux ?

Matthias Birlet se mit à rire et dit à Michel :

- C'est toi qui t'y colles !

Celui-ci regarda Loulou.

- On se demandait quand tu aborderais le sujet. Avec l'espoir que tu ne l'abordes jamais...

- Désolée !

- On connaît la filière qu'utilise Martial, pour les écouler. On a simplement suivi la même.

- Et le gars largué sur l'autoroute, il n'a pas eu de problèmes ?

Les deux hommes éclatèrent de rire. Michel continua, en essayant de garder son sérieux :

- Le moins qu'on puisse dire, c'est qu'il n'était pas verni ce soir-là. Figure-toi que son GSM était déchargé, il a dû s'arrêter à une borne pour se faire dépanner.

Ce fut au tour de Loulou d'éclater de rire.

- Autant te dire qu'il l'avait mauvaise quand il est revenu.

Elle but une gorgée de café et se tourna vers Matthias Birlet.

- La dernière fois, vous m'aviez demandé...

Michel se racla la gorge, en souriant. Elle rectifia le fil de sa phrase, en riant :

- Tu m'as demandé si Alexis m'avait dit quelque chose de spécial.

- Et ?

- En fait, il m'a fait part de la dernière acquisition de Martial. Un local commercial.

- Je me doutais qu'il te l'avait dit.

- Il n'a rien dit de plus, excepté le fait qu'il savait que Martial avait pour rêve d'ouvrir une autre agence immobilière.

- C'est vrai que c'est quelque chose qui lui tient beaucoup à cœur. Mais ne te méprends pas, ce n'est pas pour agrandir son réseau, c'est pour libérer Alexis de toutes les affaires douteuses.

- C'est bien comme ça que je voyais la chose.

- Martial t'en a touché un mot ?

- Oui, à l'entrepôt !

- Qu'est-ce qu'il t'a dit ? demanda Michel.

- Il m'a avoué être passé ici, quelques jours avant que Tito ne vienne m'enlever chez moi. Que vous aviez parlé de l'ouverture d'une agence...

- Mais...

- Mais qu'il y avait une condition !

- Tout à fait ! dit Matthias Birlet. Et la condition, c'était toi !

Il continua, en riant :

- Et je peux t'assurer que j'étais certain que mon stratagème allait fonctionner. Aujourd'hui, je me rends compte que ce n'était pas la haine qui l'a poussé à agir à l'entrepôt, mais tout bêtement l'amour.

Loulou but une gorgée de café. L'homme se pencha en avant.

- La chose que tu ne sais pas, c'est qu'il est revenu depuis.

Elle le regarda, étonnée, mais ne dit rien.

- Avec Michel, on sait maintenant tout ce qui s'est passé. Je pense que Martial ne nous a épargné aucun détail.

Michel continua :

- C'est là qu'on en est arrivés à la conclusion que certainement, tu n'avais pas tout dit à Jacques.

- Non, c'est vrai ! avoua-t-elle. Je ne me voyais pas étaler certains détails de ce qui s'est passé. Et entre nous, je ne vois pas bien ce qui l'a poussé.

- La culpabilité ! répondit simplement Michel.

- Il en a fait part à la réunion avec Jacques, le lendemain de mon retour à la maison.

- Qui t'a informé de la teneur de la réunion ?

- Leandro l'avait enregistrée ! C'est comme ça que j'ai compris combien il s'en voulait.

- Il n'a pas supporté ta souffrance ! émit Matthias Birlet. Je vais être franc avec toi, Loulou ! Il est plus que probable que si cet événement s'était passé il y a encore deux ans, Martial aurait été pleinement satisfait du résultat. Peut-être même que tu aurais souffert encore davantage, pour son propre plaisir. Aujourd'hui, il ne voulait que te rendre, pour le principe, la monnaie de ta pièce. A la seule différence que la drogue lui avait fait perdre toute notion de jugement, dans les heures qui ont précédé votre rencontre et qu'il s'est retrouvé devant une personne souffrant le martyre, à cause de lui. Mais cette personne, c'était toi !

- Si je comprends bien ce que tu me dis, les autres fois, il n'a pas souffert ? Pourtant, les scarifications...

- Ça rentrait dans le cadre d'un fantasme, c'était un état d'esprit encore différent. Il ne pouvait qu'être satisfait puisqu'il fantasmait de voir ces marques sur ton corps. Ta souffrance passait bien après sa satisfaction.

- J'avoue que je comprends mal sa culpabilité.

- Pourquoi ?

- Parce que l'entrepôt est un virage marquant. Lui et moi sommes ressortis de cette épreuve grandis. Le dialogue est renoué et on arrive, comme ce matin, à se faire face.

- Mais tu as souffert ! Il n'arrive pas à se pardonner d'avoir engendré ça.

- Autant que je sois franche ! Ce que j'ai fait au cimetière continue de me hanter dans mes cauchemars.

- Les coups de scalpel ? s'étonna Michel.

- Oui, nombre de fois, je fais ce cauchemar. Je ne vois que ça, le scalpel qui ouvre la chair. Tout se passe au ralenti, ça me laisse toujours un sentiment étrange, l'impression de l'avoir fait souffrir.

- Tu peux donc comprendre ce qu'il a ressenti à l'entrepôt ?

- Je crois que oui.

Elle sourit. Le GSM de Matthias Birlet retentit à cet instant. Il mit l'appareil à son oreille, s'excusa et sortit de la pièce.

- Il m'a aussi parlé de quelque chose à l'entrepôt qui m'a intriguée.

- Aie ! dit Michel.

- Justement, ça te concerne. Il m'a dit t'avoir vu une fois mettre un mec en bouillie. J'avoue que j'ai eu du mal à y croire.

- A quel niveau ça t'a choqué ?

- Je ne te vois pas complètement enragé.

- Tu penses que je suis comme tu me connais, quelqu'un de calme et maître de lui. Mais j'ai, moi aussi, mon côté démon. Il ne sort que peu, mais il est toujours présent, quoi qu'il arrive !

Il sourit.

- Mais, à ta décharge, tu ne connais pas les circonstances ! Martial ne t'a pas raconté cette histoire ?

- Non.

- Tu veux la connaître ?

- Tu sais combien je suis curieuse.

- A cette époque, Martial avait eu vent d'une propriété à vendre. Seulement, elle ne l'était pas officiellement. Martial débutait tout juste ses affaires avec Matthias. Les propriétaires venaient de décéder dans un accident de voiture. Les enfants ne voulaient à aucun prix entendre parler de cette propriété. Ils ont donc proposé à l'agence d'acheter. Mais nous n'avions que quelques heures pour nous décider et ce ne sont pas des méthodes que nous utilisons. Mais il s'avérait aussi vrai que la propriété nous intéressait. Matthias a tout simplement avancé l'argent, dans les heures qui ont suivi. Seulement, il s'est vite avéré que nous avions eu affaire à une bande d'usurpateurs, qui venaient de s'envoler avec une grosse somme en poche.

- Comment vous l'avez su ?

- Quand les enfants, les vrais, se sont présentés à l'agence, pour demander pourquoi la maison de leurs parents était mise en vente, sans leur aval. Nous n'avons eu aucun mal à les retrouver. Mais ils ont voulu jouer un jeu dans une cour qui n'était pas la leur. Tu me connais, je sais me montrer très calme et diplomate.

- En fait, je ne te connais que comme ça.

- Après avoir usé de toute ma diplomatie, ils n'ont pas pour autant entendu raison. Je me suis juste un peu énervé.

- Il semblerait que tu aies beaucoup impressionné Martial.

- Mais comment en es-tu arrivée à parler de ça ?

- Tu sais, on a parlé de tellement de choses, que te donner la base de nos conversations est un peu compliqué.

- Tu viens de dire une chose que j'ai entendue de la bouche de Martial.

- Quoi donc ?

- On a parlé de tellement de choses !

- Ça me fait bizarre de me dire que j'ai réussi, après toutes ces années, à avoir un dialogue avec lui.

Matthias Birlet revint s'asseoir.

- Excuse-moi, mais j'attendais ce coup de fil depuis plusieurs heures.

Elle se tut quelques secondes et demanda à Matthias Birlet :

- Excuse-moi de te demander ça, mais Martial est venu avant ou après que je lui annonce ma grossesse ?

- Quelques jours avant ! Mais le soir même de ton message, il m'appelait pour m'annoncer la grande nouvelle. Comment tu as réagi, quand tu as appris que tu attendais un enfant ?

- Je me suis sentie un peu perdue, parce que je ne me pensais pas capable d'affronter la situation comme elle était. David a très mal vécu tout ça et je n'osais pas lui dire.

- Qu'est-ce qui t'a décidé ?

- Je voulais prendre quelques jours seule, mais je savais que je ne devais pas tricher avec Jacques. Ce jour-là, j'ai simplement envoyé un message à David et Martial, pour leur annoncer.

- As-tu jamais pensé à avorter ?

- Ça m'a traversé l'esprit. Le temps que je réalise qu'il s'agissait d'une vie, d'un enfant. Ça ne peut apporter que du bonheur de mettre un enfant au monde, qu'importe le père !

- Tu te sens heureuse ?

- Oui, je le suis ! dit-elle, avec un grand sourire.

Michel se mit à rire.

- Tu sais que Virginie est au courant de la nouvelle ? Elle était là quand il a reçu ton message.

- Ça, je ne sais pas si je dois m'en réjouir ! répondit Loulou.

- Le lendemain, elle criait à qui voulait bien l'entendre que tu ne garderais pas cet enfant. Que tu ferais tout ce qu'il fallait pour le perdre parce que tu haïssais Martial et que jamais, tu ne voudrais porter un enfant qui serait de lui.

- Elle est trop excessive dans ses raisonnements. Mais au fond, je comprends sa haine contre moi.

- Elle s'en remettra !

On frappa à la porte. Michel invita à entrer. Will apparut.

- Leandro vient de téléphoner, la réunion va se terminer.

Il se tourna vers Loulou.

- Il sera là dans quelques heures avec Sylvain, Andrea rentre directement avec monsieur Massin.

Loulou se leva et regarda l'heure, il était maintenant 22H40.

- Ça me laisse le temps de me détendre dans un bain, avant qu'ils n'arrivent.

Trente minutes plus tard, ils entraient dans la maison. Elle dit aux deux hommes, en riant :

- Urgence toilettes ! Les femmes et les enfants d'abord !

Elle monta à l'étage.

XXVIII

Aux abords de la folie

- Je dois aller au Tourbillon ! dit Loulou, en prenant son sac à main.

- Ça veut dire quoi, ça ? demanda Will.

- Je dois aller au Tourbillon ! répéta-t-elle, plus fort.

- On attend Leandro et Sylvain. Après ça, on file !

- Je m'en fous de Leandro et Sylvain. Je dois aller au Tourbillon !

L'homme ne répondit pas. Il la fixait, froidement.

- Tu m'emmènes, oui ou merde ?

- Qu'est-ce qui te prend d'un coup ? demanda-t-il, colérique.

- Tu m'emmènes ?

- Non.

- Parfait !

Elle prit la direction de la porte d'entrée. Elle s'apprêtait à l'ouvrir, quand Will la retint par le bras.

- Explique-moi pourquoi tu veux aller là-bas ?

- Ça ne te regarde pas ! Soit tu m'emmènes sans poser de questions, soit j'y vais seule !

- Tu restes ici, on attend Leandro et Sylvain ! dit-il, d'une voix ferme.

- Je vais au Tourbillon ! cria-t-elle.

- Tu ne bougeras pas d'ici !

- Ça, c'est ce que tu crois !

Il ne fallut que quelques secondes pour voir apparaître Viorel.

- Pourquoi vous criez comme ça ? C'est quoi le problème ?

- Je dois aller au Tourbillon, point barre !

- Loulou, on n'a plus le temps.

- Moi, j'ai le temps ! Et je ne partirai pas de cette baraque tant que je n'y serai pas allée, est-ce que c'est clair ?

- Explique-nous pourquoi tu dois y aller ?

- Vous me saoulez avec vos questions !

- Tu en as pour longtemps ?

- Non, le temps de régler une affaire !

- Quel genre d'affaire ? demanda Will.

- Du genre qui ne te regarde pas !

- Soit tu nous dis de quoi il retourne et on t'y emmène, soit tu te tais et je t'attache sur une chaise !

Le regard que Loulou posa sur Will ne laissait aucun doute sur la haine qui l'habitait. Il sembla qu'il le remarqua tout de suite. Il se tourna vers Viorel.

- On y va sinon, on court droit au drame !

Il lâcha le bras de Loulou, qui sortit. Mais il ne lui fallut que le temps de récupérer sa veste, pour revenir à la charge.

- Loulou, explique-toi !

Mais elle ne voulait plus parler. Elle venait de se fixer un objectif et comptait aller au bout, sans se laisser déranger par quoi que ce soit.

Une rage puissante émanait de son être, une haine si intense que même son cerveau n'avait plus la faculté de réfléchir. Elle venait de le programmer pour une mission et plus rien au monde n'existait. Elle était entrée dans une bulle. Personne ne pourrait l'en déloger, tant qu'elle ne l'aurait pas décidé et tant qu'elle n'aurait pas atteint son but.

- Loulou, s'il te plaît ! dit Viorel, en roulant. Dis-nous quelque chose.

Mais elle n'avait plus rien à dire. Elle ne voulait plus expliquer, plus se justifier. Elle avait son esprit focalisé sur le Tourbillon, c'est là qu'il lui fallait aller, chercher, trouver. Elle savait qu'elle avait basculé dans un autre monde, un monde qui lui appartenait. Elle n'avait plus qu'une seule solution pour s'en sortir.

Quand la voiture se gara sur le parking, elle n'attendit pas ses deux compagnons de voyage. Elle descendit et se dirigea droit vers l'entrée, les yeux rivés au sol. Elle entendit courir derrière et Will se mit devant elle.

- Arrête-toi deux secondes.

Elle ne l'écouta pas et continua à avancer. Il tendit ses bras et la repoussa en arrière.

- Je t'ai demandé de t'arrêter ! répéta-t-il, fermement.

Elle leva la tête et braqua ses yeux dans ceux de Will.

- Est-ce que je dois te rappeler que Didier est peut-être dedans ?

- J'en ai rien à foutre de Didier ! J'en fais de la pâtée pour cochons, si je le vois !

Elle tenta de le contourner, mais il fit un pas de côté et de nouveau, la repoussa en arrière.

- Allez, crache !

- Dégage !

- Je te jure que je te pousse à bout ici !

- Tu m'emmerdes, Will !

- Dis-moi pourquoi tu veux rentrer là-dedans ? demanda-t-il, en la repoussant encore.

- Arrête ton cirque ! cria-t-elle.

Viorel arriva.

- Loulou, calme-toi !

- Demande à ton pote de dégager, alors !

- Pourquoi tu ne nous dis pas ce que tu viens faire ici ?

- Demande à ton pote de dégager, Viorel ! répéta-t-elle, menaçante.

Will s'effaça et Loulou reprit sa marche. Elle entra dans la boîte, sans même saluer José et Michel et immédiatement, sans réfléchir, passa au travers des danseurs pour aller au bar. La foule était dense en ce vendredi soir.

Elle aperçut Bilal, vers qui elle se dirigea. Elle lui parla à l'oreille et tous deux s'enfermèrent dans le bureau.

Une dizaine de minutes plus tard, Loulou en ressortait. Elle prit la direction de la salle au fond et chercha une table.

Elle s'assit, rejointe quelques secondes plus tard par les deux hommes. Will se plaça en face d'elle, Viorel à côté.

- Maintenant, tu parles, Einstein ! dit Will.

Romain fit une arrivée discrète. Il déposa trois cafés sur la table et repartit immédiatement. Loulou plongea son sucre et commença à touiller, sans jamais lâcher le liquide des yeux. Elle prit son paquet de cigarettes dans la poche de son jean, s'en alluma une et le rangea.

- Parle ! dit Will, visiblement excédé.

Viorel se pencha à l'oreille de Loulou.

- Tu es coincée sur cette table et tant que tu ne donneras pas de raisons, tu ne sortiras pas ! Qu'est-ce qui s'est passé ?

Elle gardait les yeux dans sa tasse. Will tapa sur le bras de Loulou avec son index. Ce geste l'insupporta immédiatement, mais elle n'en fit rien voir.

- Si tu refuses de parler, je vais voir ton pote Bilal derrière le bar. J'en profiterais pour lui demander ce qu'il a fait de ton sac à main.

Elle ne bougea pas. Pourtant, leurs voix étaient insupportables à ses oreilles. Elle avait envie de leur hurler de se taire, mais elle devait garder intacte sa hargne encore un moment.

Mentalement, elle se détacha de la table et se souvint de la soirée où elle était allée à l'auberge avec Martial. Elle avait cumulé une semaine de colère, de rage, de haine, de ressentiments, pour avoir le courage et la force d'affronter son ex-compagnon. Elle se souvenait du geyser qui avait jailli dans la voiture, à l'instant où elle était montée et qu'elle avait porté ses yeux sur lui.

Ce soir, il ne lui avait fallu que quelques minutes pour arriver au même résultat. Elle n'attendait plus que le moment de tout relâcher.

- Loulou ! cria Will, devant elle.

Elle ne releva pas les yeux. Elle porta son café à ses lèvres. Elle consulta l'heure, il était 23H55. Elle continuait à fixer son café, tout en fumant sa cigarette. Elle profitait du calme éphémère de la table.

Elle eut soudain une envie terrible de pleurer, mais elle ne devait pas, elle avait conscience que pleurer allait l'affaiblir et la faire douter. Tout comme ce soir-là avec Martial, elle devait garder sa colère intacte jusqu'au dernier moment.

- Laisse-moi passer, je dois aller aux toilettes ! dit-elle, à l'oreille de Viorel.

- Tu vas aux toilettes ou tu comptes sortir ?

- Tu n'as plus qu'à me suivre, si tu manques de confiance en moi.

Il se leva, la laissa passer et lui emboîta le pas. Loulou descendit les escaliers, non sans jeter un regard de reproche à Viorel. Il ne prit pas le risque de la suivre plus loin et se mit aux côtés de Romero et André.

XXIX
Massacre programmé

Elle passa devant les toilettes et partit à la sortie de secours. Elle regarda par terre, une batte de base-ball était posée là. Elle la prit et poussa la porte, qui avait été ouverte par Bilal. Il reviendrait la fermer dans quelques minutes.

Elle cacha tant bien que mal la batte et s'enfonça dans le parking. Elle savait quelle place elle devait surveiller, mais savait aussi que dans peu de temps, Will et Viorel agiraient, ne la voyant pas remonter. Elle devait se dépêcher d'aller se placer à l'endroit que lui avait conseillé Bilal.

Elle vit à quelques pas le cabanon, qui servait de local pour les poubelles de la boîte. Elle passa sur le côté, qui était complètement plongé dans le noir. Elle était entre le bois du cabanon et le mur en pierre qui séparait le Tourbillon du parking d'un magasin. Elle n'avait pas le choix que de rester debout, l'endroit était très étroit, mais elle était certaine de son invisibilité. Même les phares des voitures ne pouvaient balayer cet espace exigu.

Elle fixa ses yeux sur une place en particulier. Cette place allait bientôt être occupée par une voiture. C'est celle-ci qu'elle attendait. Elle sortit une cigarette et fuma, tout en surveillant l'entrée du parking. Si Will et Viorel arrivaient, elle le verrait immédiatement. Pour l'instant, il n'y avait aucun mouvement de ce côté-là.

Elle redouta soudain que la voiture arrive en même temps que ses deux gardes du corps. Mais elle rejeta même l'éventualité, jugeant que quoi qu'il arrive, elle parviendrait à ses fins.

Elle tenait fermement la batte, s'imprégnant de sa dureté, de sa rudesse et se surprit à s'impatienter.

S'avouer être d'un naturel pacifiste et avoir au fond de soi une envie de violence étaient deux sentiments qu'elle n'avait aucun mal à gérer ce soir. Mais la violence prenait le dessus sur tout, y compris sur sa raison. Elle écrasa sa cigarette, sans jamais lâcher des yeux la place de parking.

Son esprit déconnecta et de nouveau, elle se vit avec Martial au cimetière. Quand elle avait drogué son ex-compagnon et qu'ensuite, il l'avait forcée à boire le reste de la bouteille d'alcool. Elle arrivait presque à ressentir la faiblesse de son corps, celle-là même qu'elle avait éprouvée en buvant. Elle se voyait encore en train de regarder Martial, se demandant si la drogue avait fait son effet, ou si elle allait s'écrouler avant d'avoir pu accomplir ce qu'elle était venue faire devant Marie.

Loulou réalisa que ce soir, il s'agissait du même combat. Il n'y avait ni drogue ni alcool, mais elle avait un ultime but. Ce qui la dérangeait, c'était les deux hommes qui allaient l'empêcher d'aller au bout de ce qu'elle souhaitait entreprendre.

Elle eut comme un sursaut et se reconcentra sur le parking. A l'entrée, elle vit deux formes se dessiner au fil des lampadaires. Elle reconnut immédiatement Will et Viorel. Ils cherchaient au travers des rangées de voitures la présence de Loulou, le GSM collé à l'oreille. Elle se mit à espérer qu'ils n'allaient pas être trop méticuleux et chercher dans les moindres recoins. Sans aucun doute alors qu'ils allaient se diriger vers le cabanon. Mais leur empressement à chercher Loulou les dirigeait à l'opposé.

Elle finit par les perdre de vue. Elle se doutait qu'ils allaient vers la sortie arrière du parking. Une terrible envie de pleurer la submergea, mais elle lutta. Elle regarda la place de parking et sa rage revint. Elle commençait à perdre patience.

Une voiture entra dans le parking quelques minutes plus tard. Elle reconnut la forme et celle-ci se dirigeait vers le fond. Elle était presque sûre que c'était celle qu'elle attendait.

Et effectivement, le véhicule braqua et se gara à l'emplacement prévu. Elle sortit de sa cachette et avança, la batte levée.

La personne dans la voiture regarda Loulou avancer et dans un geste qui relevait certainement de la survie, bloqua les portières. Loulou était maintenant devant la voiture. Elle leva la batte et l'abattit sur le toit.

Dans le véhicule, Virginie hurla. Loulou continua ainsi, en avançant vers le pare-brise. Celui-ci se fendit au premier coup, se craquela au second puis elle s'attaqua au capot. Dans sa rage, elle vit deux choses.

La première était que Virginie tentait une sortie par la portière côté passager. Elle donna un dernier coup de batte sur le pare-brise, qui cassa et forma un trou.

- Si t'as le malheur de bouger ta gueule de cette bagnole, je te bousille avec ça ! hurla-t-elle, en montrant la batte.

Celle-ci ne bougea plus et continua à paniquer bruyamment.

La seconde chose que vit Loulou, c'est Will et Viorel arriver en courant vers elle. Et là, sans contrôle, elle se mit à pleurer. Mais plus ses larmes sortaient, plus elle s'acharnait sur la voiture. Elle était maintenant en train de s'attaquer au toit côté passager quand Virginie, regardant derrière Loulou, hurla :

- Hervé, va chercher de l'aide, c'est une folle !

Loulou se retourna et observa l'homme à qui Virginie venait de dire ça. Elle imprima son visage dans son cerveau, en même temps qu'elle disait, tout bas :

- J'aurai encore du temps pour toi !

Elle vit Will et Viorel se mettre à quelques pas d'elle. Elle leva la batte vers eux.

- Le premier qui approche, je jure que je le massacre !

- Pose ça, Loulou ! cria Viorel. Tu vas blesser quelqu'un !

- Et alors ? brailla-t-elle. Quand j'en aurai fini avec sa caisse, je lui défonce la gueule, à cette garce !

Ses larmes redoublèrent. Elle avait tant attendu pour craquer, qu'elle n'arrivait plus à se contrôler.

Mais elle continua à déformer la voiture. Elle ne vit pas Will et Viorel se placer de chaque côté du véhicule, elle ne voyait plus que sa haine qu'elle passait dans les coups.

Les beuglements de Virginie décuplèrent encore sa colère. Elle vociféra à son attention :

- Mais ferme ta gueule !

Et là, elle ne vit rien venir. Will et Viorel, de concert, lui sautèrent carrément dessus. Sans aucun mal, Viorel lui arracha la batte des mains, pendant que Will la ceinturait et l'éloignait de la voiture.

Ce fut au tour de Loulou de hurler. Elle se débattit, tout en se maudissant de ne pas avoir été plus vigilante. Elle vit, au travers de ses larmes, Virginie sortir et courir vers le Tourbillon. Elle ne voulait pas la laisser partir et tenta de se libérer de l'étreinte de Will.

Viorel se mit devant elle, prit son visage entre ses mains et la força à le regarder.

- Loulou, pense à ton bébé !

A ces mots, un rictus se forma sur son visage et de nouveau, ses larmes déferlèrent.

- Parle-nous ! dit Viorel.

Elle fit un signe négatif.

- Il s'est passé quelque chose ?

Elle fit un signe affirmatif.

- Tu dois nous expliquer !

Will se mit devant elle et lui fit un signe.

- Viens ! dit-il, en ramassant la batte.

Elle remit ses yeux au sol et se contenta de suivre les pas de l'homme, à ses côtés. Elle ne vit plus Viorel.

Ils marchèrent quelques longs mètres et s'arrêtèrent. Il ouvrit la portière avant passager de la voiture. Puis fouilla dans la boîte à gant. Loulou en profita pour relever la tête.

Elle se retourna pour constater qu'un groupe s'était formé autour de la voiture de Virginie et que certains la désignaient. Elle se fichait bien qu'on la montre du doigt, elle se fichait que Virginie fasse venir qui que ce soit, même Didier. Elle n'avait pas encore fini ce qu'elle était venue faire, mais pour le moment, elle se devait de se reprendre, pour finir sa mission.

Elle aperçut Viorel en train de retourner vers l'entrée du Tourbillon, son GSM à l'oreille. Elle mit la main dans sa poche et sortit son paquet de cigarettes. Les mains tremblantes, elle s'en alluma une.

A nouveau, elle posa les yeux sur l'attroupement autour de la voiture de Virginie. Le groupe semblait grossir au fil des minutes, chacun voulait profiter du spectacle. Elle se dit que dans ce groupe de gens, certains devaient être satisfaits, Virginie n'était pas foncièrement appréciée. D'autres devaient se dire que ce n'était que justice, qu'il fallait que ça arrive un jour. Et d'autres préféraient certainement juger Loulou et sa folie.

- Loulou ? entendit-elle de la bouche de Will.

Elle tourna la tête et le regarda. Il tendait un carnet et un stylo.

- Si tu ne veux ou peux pas parler, ce n'est pas grave. Dans ce cas, écris-le ! On doit comprendre et tu dois te soulager.

Au loin, elle vit Viorel arriver. Son GSM toujours à l'oreille, il tenait un gobelet dans l'autre main.

- Assieds-toi là ! dit Will, en lui désignant le siège passager.

Elle s'exécuta. Elle fumait sa cigarette lentement, elle n'arrivait plus à réfléchir, son cerveau restait en position d'alerte, sa mission n'était pas finie. Elle se devait de la mener à bien, c'était impératif pour son bien-être.

Physiquement, elle ne ressentait plus les douleurs, mais elle savait que son corps était affaibli, fatigué. Viorel arriva à leur niveau et tendit le café à Loulou.

- Bois ça !

Elle prit le gobelet en entama le liquide. Les deux hommes s'éloignèrent et parlèrent. Elle n'entendait rien de leur conversation et elle ne voulait de toute façon pas savoir. Plus rien autour d'elle n'avait d'importance, sauf ce qu'elle devait finir. Et elle ne repartirait pas de cet endroit, sans boucler ce détail.

Elle jeta sa cigarette et termina le café. Elle posa le gobelet à même le sol et se cala dans le siège. Elle prit le carnet, le stylo et commença à écrire. Elle se concentra sur sa main, qui n'en finissait plus de trembler.

Elle ne cherchait pas les mots, ceux-ci s'alignaient sans peine au fil des lignes. Elle racontait son histoire, les larmes continuant à couler.

XXX
L'affrontement de la haine

Après un moment, elle posa le stylo. Elle avait noirci beaucoup de lignes et ne s'en sentait pas mieux. Elle tourna la tête vers les deux hommes à côté de la voiture. Ils observaient Loulou, sans un mot, sans jugement.

Elle tendit le carnet à Will. Il le prit et pendant que Loulou s'allumait une cigarette, ils entamèrent la lecture. Elle fuma, les yeux au sol. Elle ne souhaitait pas voir leur réaction.

Elle ne releva la tête que lorsque leurs pieds furent à côté du véhicule.

- Il faut rentrer, maintenant ! dit Viorel.

Elle se leva.

- Je vais récupérer mon sac à main ! murmura-t-elle.

- On ne peut pas te laisser entrer seule là-dedans ! émit Will.

- Je dois finir ce que je suis venue faire, c'est important !

Les deux hommes s'interrogèrent du regard.

- C'est sans la batte, alors ! affirma Will.

- Je n'en ai plus besoin.

- On reste tout près de toi, mais on te laisse faire. Ça te va ?

Elle fit un signe affirmatif. Will referma le véhicule et tous trois se mirent en marche vers l'entrée du Tourbillon.

Quand ils arrivèrent près de la piste, Loulou vit immédiatement que certains visages se retournaient vers elle, que des coups de coude étaient échangés. C'était certainement ces mêmes personnes présentes sur le parking, qui venaient de comprendre que le spectacle n'était pas terminé. Elle vit aussi Romero et André approcher et se mettre près de Will et Viorel.

Loulou laissa ses yeux se promener sur la piste, puis dans la salle. Un des deux visages qu'elle cherchait se trouvait assis à une des tables. Sans réfléchir, elle s'y dirigea. Hervé la vit approcher et ne fit aucun mouvement. Il ne devait certainement pas de douter que la visite était pour lui. Pourtant, Loulou s'arrêta à sa table et y posa ses mains.

- C'est toi qui as joué avec Emmanuelle ? Tu t'appelles bien Hervé ?

Il parut surpris. Il pensait certainement que Loulou ne connaissait pas le prénom de l'homme qui avait séduit Emmanuelle, dans le seul but de se faire ouvrir le portail.

- Oui et on s'est bien amusés ! répondit-il, avec un grand sourire.

- Ça te fait marrer, connard ?

- Elle a passé du bon temps avec moi, tu veux quoi de plus ?

Loulou se redressa comme pour partir. Mais elle venait de fermer son poing, qu'elle balança dans la figure du type.

Celui-ci se releva immédiatement, mais Will vint se placer à côté de Loulou. Hervé comprit sans mal qu'il ne devait pas répliquer.

Elle tourna les talons et sonda les tables. Les regards étaient braqués sur elle, mais elle n'en tint pas compte. Elle avança vers la piste. Puis prit la direction du bar.

En avançant, Bilal lui fit un signe discret vers les escaliers. Elle bifurqua donc vers les toilettes et entama la descente. Elle se fit la réflexion que cette fois, Romero ne lui barrait pas la route.

Arrivée en bas, elle partit directement dans les toilettes pour femmes et urina. Sans même pouvoir le contrôler, elle se remit à pleurer. Elle commençait à ressentir en elle la lassitude du combat, mais il lui restait encore assez de forces pour finir. Elle pensa à son sac à main et se dit que bientôt, elle pourrait enfin se détendre et faire la seule chose encore valable, pour boucler cette journée désastreuse. Déconnecter !

Elle sortit des toilettes, se lava les mains et se mit en quête. En repassant devant les escaliers, elle constata que Romero et Will étaient en haut. Ils empêchaient les gens de descendre et ceux qui étaient en bas ne comptaient pas remonter, ils étaient aux premières loges pour la suite du spectacle.

Elle passa devant une jeune fille qui montra à Loulou les toilettes pour hommes. Elle continua donc à avancer. Elle se souvint de la première fois qu'elle y était entrée. C'était pour constater que Didier massacrait, sur ordre de Martial, un gars qui avait simplement demandé un briquet à Loulou. Elle effaça vite cette image et entra.

Trois gars se trouvaient là et ne daignèrent pas bouger ou s'offusquer à la vue de la femme. Elle regarda les portes des toilettes. Sur les six, deux étaient fermées. Le silence était de marbre. Un silence pesant, mais qui donnait l'ampleur de la situation qui allait se jouer.

- Sors ! cria simplement Loulou.

Mais aucun bruit ne se fit entendre derrière les portes closes. Le geyser de haine se remit en fonctionnement dans son corps. Sa patience était depuis longtemps élimée.

- Sors ! Je te jure que si c'est moi qui te déloge, je te mets en pièces et je te fais bouffer ton bulletin de naissance !

Un bruit métallique se fit entendre, quelques secondes plus tard. Une forme sortit d'un des cabinets. Elle se mit face à Loulou.

- Qu'est-ce que tu me veux ? hurla Virginie. T'es devenue complètement tarée !

- T'as raison, je suis tarée et c'est toi qui vas payer ! C'est con, tu trouves pas ?

Elle regarda les hommes présents là.

- Je vais appeler la police et tout le monde ici témoignera que c'est toi qui es venue m'agresser.

- J'en ai rien à foutre, appelle qui tu veux !

Elle continua, en serrant les dents :

- Tu peux même appeler Quartier, je m'en cogne !

- C'est qui ce mec ? T'es complètement folle !

- Folle de haine pour toi ! dit Loulou, le menton tremblant, les larmes lui barrant le visage.

- Qu'est-ce que je t'ai fait ?

- Je vis un moment pénible et je n'ai que toi pour passer mes nerfs. Ça ne doit pas être ton jour de chance !

- Salope !

En disant cela, Virginie se jeta sur Loulou, le poing levé. Mais celle-ci se mit de côté et le coup ne la frappa pas. Elle attrapa Virginie par les cheveux, tira violemment en arrière et lâcha. Son ennemie fut déstabilisée et tomba à terre.

Mais elle fut rapidement debout et projeta Loulou, qui tomba à son tour. Le combat se fit ainsi. Les deux femmes étaient tellement haineuses qu'elles balançaient les coups, sans même savoir s'ils arrivaient à bon port.

Virginie, soudain, se mit à hurler, mais n'en continuait pas moins à se battre. Loulou vit bien du sang couler du nez de la jeune femme, mais ne s'en émut pas.

Elle était à un tel point décalée de la réalité qu'elle ne vit pas que sa rivale disparaissait de son champ de vision. Elle supposa alors qu'elle s'était relevée et dans un dernier effort, commença à vouloir faire de même, pour retourner au combat. Des mains la stoppèrent.

- C'est fini, maintenant ! entendit-elle, de la bouche de Viorel.

Il la releva. Elle resta là, immobile, pendant quelques secondes.

Puis elle se dirigea douloureusement vers les lavabos et se rafraîchit le visage, en même temps qu'elle se remettait à pleurer.

Elle commença à ressentir des douleurs aux doigts. Son visage était brûlant. Elle ne se regarda pas dans la glace. Elle tira deux serviettes en papier et sécha son visage.

Sans un mot, elle sortit des toilettes et remonta les escaliers. Bilal était en haut, lui tendant son sac à main. Elle le prit et le trouva très lourd.

- A la prochaine, Loulou ! dit-il.

Elle gardait les yeux au sol, elle n'avait plus la force d'affronter le regard des gens présents. Elle avait fini ce qu'elle était venue faire, elle était hors course.

En sortant de l'établissement, elle s'aperçut que Will était sur le trottoir. Il avait son GSM à l'oreille et parlait. Il se mit en marche et tous les trois rejoignirent le parking. Loulou s'alluma une cigarette, en avançant. Elle remarqua que ses doigts viraient au bleu à certains endroits, mais ça ne la dérangea pas.

Elle termina sa cigarette, l'écrasa et monta dans le véhicule, sans un mot. Seuls ses reniflements rompaient le silence.

Quelques minutes après, elle regardait la route et soudain, dit à Viorel :

- Prends à droite au prochain carrefour, s'il te plaît !

Celui-ci jeta un coup d'œil dans le rétroviseur intérieur.

- Non, Loulou !

- Alors, dépose-moi ici, je vais me débrouiller.

Will se retourna.

- Tu as fait ce que tu avais à faire, non ?

- Je n'ai pas tout à fait fini.

- Tu ne crois pas que tu es déjà assez mal comme ça ?

- Alors, je vous demande ça comme un service... s'il vous plaît !

Les deux hommes se regardèrent. Viorel prit à droite. Il savait où Loulou devait aller puisqu'il était déjà venu à ce même endroit avec elle, quelques mois auparavant.

Il ne fallut que cinq minutes pour qu'ils atteignent la maison de Virginie. Comme la première fois, il se gara dans la rue plus loin. Loulou descendit et se mit devant la portière passager. Will sortit.

- Tu es sûre que tu veux faire ça ?

Elle fit un signe affirmatif, en tendant la main. Il soupira, sortit du véhicule et ouvrit le coffre.

Elle entama sa marche. Viorel se trouvait déjà devant le portail et l'attendait. Il l'arrêta avant qu'elle n'entre.

- Je vais ouvrir la porte de derrière comme la dernière fois, pour éviter d'ameuter le quartier. Je m'occuperai de faire passer ça pour une effraction, quand tu auras fini.

Viorel sortit une pochette de sa poche et entreprit d'ouvrir la porte. Ils entrèrent tous les deux dans la maison.

- Je t'attends ici ! dit-il.

Loulou, sans attendre, prit les escaliers et entra dans la chambre de Virginie. Elle leva la batte que lui avait donnée Will et l'abattit en premier lieu sur le miroir, qui était accroché au mur, puis sur la table. Rien ne lui échappa, tout ce qui était cassable finit en mille morceaux. Elle termina par la table de chevet, où se trouvaient une lampe et la photo de Martial.

Elle prit ensuite la direction du bureau et là encore, la batte détruisit tout ce qui passa près d'elle. L'ordinateur ne fut pas épargné. Elle brisa l'écran, s'acharna sur l'unité centrale jusqu'à ce qu'elle soit certaine de l'avoir mis hors d'état de fonctionner.

Elle reprit la direction des escaliers. Loulou se sentait au bout du rouleau, mais elle voulait continuer. Elle n'était pas encore au bout de ses forces et de sa volonté.

La batte s'abattit sur tous les meubles de la salle et du salon. Tout fut brisé, broyé, plié sous les coups rageurs et destructeurs. Rien ne devait plus rester intact.

Puis quand enfin, elle se sentit vidée de toute force, elle regarda Viorel, qui lui dit simplement :

- On y va !

Elle le suivit. Ils sortirent. Il regarda Loulou.

- Commence à avancer, je vais défoncer la porte. Ça peut réveiller les voisins.

Elle avait déjà passé le portail quand elle entendit un bruit de carreaux qui se brisent. Dans les secondes qui suivirent, Viorel l'avait rejointe, en même temps qu'une lumière s'allumait derrière les volets de la maison à côté.

- Dépêche-toi ! dit Viorel. Ça ne va pas tarder à bouger dans le coin.

Ils coururent jusqu'à la voiture, où ils montèrent. Will avait pris place derrière le volant et sans attendre, démarra.

- Tu as fini, maintenant ? demanda Viorel, en se retournant sur Loulou.

Elle fit un signe affirmatif. Cette fois, elle était au bout de ses forces. Elle se sentait lasse et nauséeuse.

Il y avait pourtant un endroit où elle avait envie d'être, mais elle ne ressentait plus le courage de justifier son choix. Sa volonté était si faible que même dire à haute voix son désir profond lui était impossible. Elle se résolut à se taire, par manque de puissance morale. La voiture roulait, sans qu'aucun des trois occupants ne dise un mot.

Will et Viorel connaissaient maintenant la vérité, ils savaient pourquoi Loulou avait agi. Elle n'avait plus rien à faire, excepté déconnecter. Elle regarda sa montre, il était 01H30.

Elle ne se rendit pas compte qu'elle somnola.

- Loulou ?

Elle ouvrit les yeux sur Viorel.

- Leandro nous a dit que tu aimerais être ici.

Elle tourna les yeux dehors et aperçut le petit portail du cimetière. Elle était finalement là où elle voulait être. Le seul endroit qui pouvait supporter sa peine, le seul endroit où était sa meilleure amie.

- Merci ! dit-elle, aux deux hommes.

Elle descendit du véhicule. Son sac à main était lourd, mais le contenu réconfortant. Elle poussa le portail et descendit les quatre marches.

Le cimetière était dans le noir, mais ça ne l'impressionnait plus. Elle entama sa marche vers la tombe de son amie, un peu éclairée par les lampadaires électriques. Elle entendit des pas derrière elle, elle savait que c'était ses deux compagnons.

Arrivée devant la tombe, elle déposa un baiser sur ses doigts, qu'elle posa sur la dalle.

- Salut, Marie ! dit-elle, à voix basse.

Elle se redressa et comme par logique, elle s'assit à côté, contre le mur. Au même endroit où elle se trouvait, le vendredi soir, quand elle avait emmené Martial. Viorel s'approcha d'elle.

- Donne-moi ton sac à main !

Elle ne lui demanda pas pourquoi. Elle se contenta de lui tendre. Il l'ouvrit, sortit des gobelets et une bouteille d'alcool. Il versa un peu de liquide dans ceux-ci et donna le sien à Loulou. Will s'était approché et les deux hommes s'assirent eux aussi à même le sol, à quelques pas d'elle.

- A ton amie Marie ! émit Will, en levant son gobelet.

A ces mots, de nouveau, les larmes se mirent à couler. Elle avança malgré tout le sien, trinqua avec les deux hommes et but le liquide. Elle sortit ses cigarettes et s'en alluma une. Elle posa ses yeux noyés sur les deux hommes.

- Rassurez-moi, vous n'avez rien dit à Leandro ? demanda-t-elle.

- Non, ne t'en fais pas ! répondit Will.

Il sortit les feuilles de sa poche et les tendit.

- C'est à toi de décider s'il doit en lire le contenu.

Elle prit les feuilles et les mit dans son sac à main, près d'elle.

- Je ne sais pas ! continua-t-elle. Mais il faudra les détruire avant de sortir d'ici.

- Ce sera fait ! affirma Will.

Viorel la regarda.

- C'est ici la fameuse histoire du cimetière ?

Elle fit un signe affirmatif.

- Qui t'a donné les détails ?

- Leandro ! Après tout, c'est bien à cause de cet endroit que tu as tous ces ennuis avec Bruno Mandrolet ?

- Oui, il ne sait même pas qu'on est venus jusque-là, avec Martial. Alors, s'il savait ce qui s'est passé...

- Vous sortiez de l'auberge, c'est bien ça ?

- Oui.

- Elle est loin d'ici ?

- A quelques heures de voiture.

Il regarda Will, qui lui fit un signe de tête.

- C'est là qu'a eu lieu la réunion de ce soir.

Elle gardait les yeux sur Viorel. Quelque chose lui échappait. Elle avait toujours pensé que Martial avait emmené Loulou dans cette auberge par symbolisme. Mais sa théorie ne tenait plus debout.

- Mais qu'est-ce qu'il a de spécial, cet endroit ?

Viorel attendit quelques secondes, avant de répondre :

- Elle appartenait à Alexandre Birlet !

- Qu'est-ce qu'il pouvait bien foutre d'un truc pareil, dans un coin si isolé ?

Elle posait la question, mais n'attendait pas la réponse, elle venait d'elle-même. L'auberge était un endroit rêvé pour garder des filles en attente, sans que personne ne soupçonne quoi que ce soit. Qui aurait l'idée d'aller faire des heures de route, pour retrouver des filles disparues ?

Un sursaut se fit dans son cerveau.

- Ne me dites pas que Martial a acheté l'endroit après la mort d'Alexandre Birlet ?

Will fit une moue.

- C'est ce qu'il a fait !

Ils terminèrent leur gobelet et se levèrent.

- Est-ce que l'un de vous a une lampe ?

Viorel fouilla dans sa poche et sortit une mini-lampe torche. Il la tendit à Loulou qui la prit, en même temps qu'elle se levait.

- Qu'est-ce que tu veux faire ?

- Aller dire bonjour à quelqu'un.

- Et après ?

- Après, je crois que je vais finir la bouteille.

Sans un mot, ils reprirent le chemin de la sortie. Loulou alluma la lampe et prit la direction de la tombe de Barbara Birlet.

Quand elle fût devant, elle projeta la lampe sur son nom. Sans en connaître la raison, elle se rappela la première fois qu'elle était allée sur la tombe de Jewel. Elle se rendit compte qu'elle avait besoin d'aller visiter Jewel et il semblerait qu'elle ressentait ce besoin envers Barbara Birlet, quand elle venait voir Marie. A moins que cela ne rentre dans le cadre de la superstition.

Elle se souvint de la phrase qu'avait prononcée Michel, la dernière fois qu'elle se trouvait à cet endroit :

- *Tu l'aurais beaucoup aimée !*

Loulou en était certaine.

Elle rebroussa chemin, se rassit et se retrouva seule avec son amie pour la vie et son amie pour un soir, la bouteille. Elle reversa du liquide dans le verre.

- Tu te rappelles la dernière fois que j'ai bu devant toi, Marie ? dit-elle, tout bas. C'est bizarre, c'était un vendredi soir aussi. Mais il faisait si froid, tu te souviens ? En tout cas, moi, j'avais très froid, mais je crois que j'avais surtout peur. La peur engendre le froid, mais pas le contraire.

Elle but le contenu de son verre d'un trait. Elle ne voulait pas tarder à déconnecter, elle devait s'extraire de sa réalité, même si ce n'était qu'éphémère. Elle reversa du liquide.

- Au moins, ce soir, je n'ai personne pour me forcer à me saouler. Personne à surveiller pour le faire souffrir. Tu sais que je fais souvent ce cauchemar aussi ? En fait, j'en fais deux. Je te vois tomber de ton balcon et l'autre, c'est quand j'enfonce le scalpel dans la peau de Martial. Ça reste deux obsessions chez moi. Les deux choses avec lesquelles j'ai du mal à vivre et avancer.

Elle jeta sa cigarette terminée et s'en alluma une autre. Il lui semblait que son corps commençait à amorcer un décalage mouvement/sensation. Ça ne la perturba pas, elle attendait les profondeurs avec impatience.

Elle but pour la troisième fois le liquide dans son gobelet. Et sans attendre, pencha la bouteille et laissa l'alcool se déverser.

- Tu trouves ça juste que j'arrive à parler avec Martial ? Tu sais que je me demande si tout ça est logique ! Il m'a fait tant de mal, il t'a tuée et je me trouve satisfaite de pouvoir dialoguer avec lui. Mais tu sais comme j'ai besoin de paix et je crois vraiment que je n'aspire plus qu'à ça aujourd'hui. Et aussi bizarre que ça puisse paraître, j'ai retrouvé de la sérénité à son contact. Je crois que j'avais besoin que les choses s'aplanissent entre nous. Mais je doute pouvoir lui pardonner le geste qu'il a eu envers toi.

Elle but le contenu de son gobelet et le remplit à nouveau.

- Je crois que je commence à être saoule. Tu te souviens, j'ai bu de la même façon quand j'étais enceinte de Marie. Je n'avais trouvé que ce moyen pour oublier ce qui se passait autour de moi, mais surtout le fait que tu n'étais plus là. Pourtant, l'alcool n'a jamais été une solution à aucun problème, il permet juste d'oublier quelques heures que la vie te pèse et qu'elle fait mal.

Elle se remit à pleurer et articula :

- Tu me manques tellement !

En disant cela, elle but le contenu du gobelet. Mais cette fois, ses larmes décidèrent de ne pas s'arrêter. Elle porta la cigarette à sa bouche, en même temps qu'elle remplissait son gobelet. Elle sentait maintenant les effets de l'alcool dans son corps.

Le décalage était amorcé, ses idées commencèrent à s'embrouiller. Elle leva son verre et avant de boire, dit à la tombe, à côté d'elle :

- Marie, je t'aime !

Elle but le liquide. Cette fois, elle reposa le gobelet. Elle constata que la bouteille était déjà vide de la moitié de son contenu.

Elle continua à fumer, tout en laissant son corps s'évaporer. Elle avait les yeux rivés devant elle.

L'image de Martial assis dans l'allée revint à son esprit. Elle retrouva la sensation qu'elle avait eue, cette nuit-là. Elle le regardait, sans savoir si le rohypnol avait fait son effet. Sa peur de ne pas pouvoir agir, tant elle était persuadée que Léo n'avait pas donné les bons cachets.

Elle sentit sa tête pencher, mais elle la redressa et continua à fumer. Elle prit la bouteille. Loulou comprit immédiatement qu'elle serait bien incapable de verser le liquide dans le gobelet alors, elle leva la bouteille et porta le goulot à sa bouche. Ça n'avait plus d'importance. Elle ne comptait pas ressortir consciente de ce cimetière.

A nouveau, son esprit revit Martial au milieu de l'allée, assis, la regardant boire. Elle se souvint qu'elle avait osé bouger à l'instant où elle avait vu que sa cigarette était toujours dans sa main, consumée. Elle repassa au ralenti les étapes qui avaient suivi.

Le vent balaya ses cheveux et elle eut comme un sursaut. Un endroit dans son cerveau lui rappela qu'il y avait la lettre dans son sac à main.

Malgré son état d'ébriété, elle sut que Leandro devait lire cette lettre. C'était son meilleur ami, son complice, celui qui avait partagé chaque épreuve. Il en avait été chaque fois acteur. Aujourd'hui, il était impératif qu'il comprenne pourquoi Loulou avait agi de cette façon.

Elle jeta sa cigarette et péniblement, en alluma une autre. Chaque geste devenait compliqué, lent. Elle espéra que Leandro ne tarderait plus à arriver. Elle tourna la tête vers l'entrée du haut. Son cerveau semblait réagir avec un décalage flagrant. Elle aperçut deux formes assises sur les marches. Elle tenta de regarder l'heure. Elle leva son bras, les aiguilles étaient brouillées. Elle laissa son bras retomber.

Elle repensa à la lettre. Sans même baisser la tête, elle plongea la main dans son sac et attendit de sentir le contact du papier. Elle fut rassurée de les sentir si près d'elle, elle se dit qu'elle n'aurait pas de mal à les trouver, quand elle en aurait besoin. Elle porta sa cigarette à sa bouche et l'écrasa à côté d'elle. Elle prit la bouteille et but une longue gorgée du liquide. Elle laissa sa tête basculer contre le mur derrière elle et observa les étoiles.

La lettre revint traverser son esprit. Elle mit la bouteille dans sa main gauche, plongea la droite dans son sac à main et laissa ses doigts se poser sur le papier. Elle ne bougea plus.

Son corps n'avait plus aucun contact avec le sol, son cerveau était en flottaison quelque part dans sa boîte crânienne et ses pensées se résumaient à un amas d'images qu'elle n'analysait plus.

XXXII
Quand l'enfant n'est plus...

Elle se rendit compte que sa tête avait basculé. Elle se demanda si elle avait dormi. Elle la redressa, but une longue gorgée d'alcool et posa la bouteille sur la tombe d'à côté.

De nouveau, ses yeux se portèrent sur les étoiles. Elle les regarda longuement, sans qu'aucune pensée n'émane de son esprit, qu'aucune image ne vienne troubler sa méditation. Elle flottait au milieu des étoiles, elle se sentait légère.

Elle sortit une cigarette et la porta à sa bouche, en même temps qu'elle baissait la tête. A quelques centimètres de son visage, une flamme fit son apparition. Celle-ci s'approcha de sa cigarette, elle aspira. Puis elle leva les yeux.

- Ça va, fillette ? entendit-elle au loin, de la bouche de Leandro.

A ses côtés se trouvait Sylvain. Il ne disait rien et elle ne sut pas discerner sur son visage une quelconque émotion. Elle ne poussa pas plus loin son analyse. Elle reposa ses yeux sur Leandro.

- Décidément, on ne peut pas te laisser toute seule, tu trouves toujours le moyen de te distraire ! dit-il, en riant.

Sa voix était lointaine, faible.

- Qu'est-ce que tu fais avec la main dans ton sac ? demanda Sylvain.

Elle se concentra sur sa main et sentit le contact du papier sur ses doigts. Elle tira les feuilles et les tendit. Le premier réflexe de Leandro fut de tourner la tête. Loulou leva les yeux et vit Will et Viorel, derrière les deux hommes.

Son ami prit les feuilles et s'assit en face d'elle, ainsi que Sylvain. Loulou voulut soulever la bouteille, mais Sylvain posa la main sur son bras, pour stopper son geste.

Elle remit sa tête vers les étoiles. Elle se revit dans la voiture, en train d'écrire.

Ce matin, j'ai rencontré Martial qui ne m'a pas caché que Virginie connaissait la nouvelle de ma grossesse. Elle a été au courant à l'instant où j'ai envoyé le SMS. Confirmation m'a été donnée ce soir de la bouche de Matthias. Le lendemain, il semblerait qu'elle ait crié partout que je ferais mon maximum pour ne pas garder l'enfant, parce que je haïssais Martial.

La première fois qu'elle avait parlé d'engager des gars pour me donner une leçon, elle n'avait que des soupçons sur le fait que je sois avec Martial, même si elle n'en connaissait pas les conditions.

Il est plus que certain que ses doutes se sont révélés vrais après mon message. Le soir de l'agression, elle m'a parlé par Internet, mais je me suis vite dit que ses phrases étaient incohérentes. Elle prétendait que les trois gars m'avaient massacrée et j'ai été tentée de penser que les mecs avaient menti, en lui faisant croire qu'ils m'avaient passée à tabac. Sa satisfaction était disproportionnée. Elle m'avait aussi laissée entendre que Martial allait me massacrer quand il saurait. Rien n'avait de sens dans ce qu'elle disait, mais je n'ai pas pu avoir plus de renseignements, faute de temps de sa part. Je n'ai compris que ce soir une partie de son dialogue.

Mercredi, quand les mecs qu'elle avait engagés sont venus au bureau, ils ont juste eu le temps de me mettre K.O. et de me projeter contre l'armoire. C'est ce que tout le monde a cru, moi compris !

Mais je me suis vite aperçue que j'avais des traces sur le ventre. C'est la raison qui m'a poussée à aller consulter Laurent. Il a tout d'abord téléphoné au docteur Ronen, pour avoir confirmation de ma grossesse. Quand il a vu les marques, il a pensé comme moi que c'était certainement des causes indirectes de l'agression. Mes douleurs au ventre et au dos s'avéraient normales, dans la mesure où le choc sur l'armoire avait dû être rude. Je n'en suis pas sortie rassurée, mais j'étais vraiment persuadée que tout allait bien de ce côté et que quelques jours de repos allaient remettre les choses dans l'ordre.

Les deux derniers jours ont été stressants et le manque de repos n'a fait qu'accentuer mes douleurs. Mais je n'y ai rien vu d'anormal et je me suis basée sur la conclusion rassurante de Laurent. Ce soir, quand on est rentrés de chez Matthias, je me suis aperçue qu'il y avait un problème. Je n'ai pas attendu pour appeler Laurent, qui m'a confirmé ce qu'il avait redouté mercredi soir. Les gars m'ont volontairement mise K.O. dès leur arrivée, simplement parce que Virginie avait changé les ordres. Pendant que j'étais inconsciente, ils se sont acharnés sur mon ventre dans le but ultime que je perde l'enfant. Les marques n'ont été atténuées que par l'épaisseur de mon pantalon. La violence du coup sur l'armoire avait aussi un sens. Amorcer la fausse couche. Virginie avait toutes les *raisons d'être satisfaite. J'ai perdu l'enfant, suite à l'agression.*

Je dois me venger parce qu'elle a touché à la vie, sans avoir la certitude que l'enfant était de Martial. Et qu'importe qu'il ait été de lui, la vie que je portais était un être humain. Je n'ai que mes mains pour venger l'enfant que je portais. Je dois le faire.

Je me suis demandé pourquoi elle a affirmé que Martial allait me massacrer. Mais la réponse est si simple : elle a volontairement crié partout que je ferais ce que je pourrais pour ne pas le garder. Peut-être arrivera-t-elle à le convaincre que c'est ce que je voulais et que je suis seule responsable de la fausse couche. Seul le temps nous le dira, mais jamais personne ne doit connaître la vérité. Et certainement pas Martial.

Qu'importe comment il réagira à la nouvelle, jamais personne ne doit dévoiler le secret. Les conséquences n'en seraient que trop graves.

Il reste préférable aujourd'hui que tout le monde pense que j'ai fait une fausse couche, suite à une agression qui avait pour motivation de punir la femme et non la maman. Les médicaments et la drogue restent à eux seuls une excuse.

*

**

- Loulou !

Loulou fit un effort surhumain pour redresser sa tête. Ses yeux étaient en train de se fermer, sa conscience était inexistante.

Elle vit Leandro tendre les feuilles derrière lui. Will les prit et alluma un briquet dessous. Les feuilles s'enflammèrent très rapidement. Loulou regardait, mais ne vit que des flammes, ça ne représentait plus rien pour elle. Elle baissa les yeux sur Leandro.

- Il est temps de reprendre la route !

Elle regarda Sylvain ramasser la bouteille et le vit s'éloigner. La seule chose qui la perturba un tant soit peu, c'est que celle-ci semblait vide.

Quand Sylvain revint, Leandro se leva et s'approcha.

- Je sais que tu m'entends ! Tu nous laisses faire, on va te remettre dans la voiture.

Loulou avait ses yeux dans ceux de Leandro, mais elle sentait ses paupières se fermer, sans même qu'elle ne puisse rien y faire. Elle se laissa entraîner. Son corps n'était plus là.

Elle sentit bien qu'on l'allongeait à l'arrière de la voiture et qu'on lui soulevait la tête. Elle entrouvrit juste les paupières et découvrit Leandro qui avait roulé sa veste, pour en faire un oreiller. Il lui dit à l'oreille :

- Tu rentres à la maison, fillette !

Leandro posa une couverture sur Loulou.

Il monta à l'avant.

Loulou ferma les yeux.

Sylvain démarra...

<u>A suivre</u>...
(IX – Vengeance de glace)

REMERCIEMENTS

L'écriture est une passion
Lire est une passion
L'un comme l'autre sont des moments de sérénité
Soyons sereins ensemble, cher lecteur !

Table des matières

Dépôt légal : 2024
ISBN : 978-2-931249-08-6

www.ingramcontent.com/pod-product-compliance
Lightning Source LLC
LaVergne TN
LVHW091044170726
843494LV00001B/50